관종이란 말이 좀 그렇죠

관종이란 말이 좀 그렇죠

바통

05

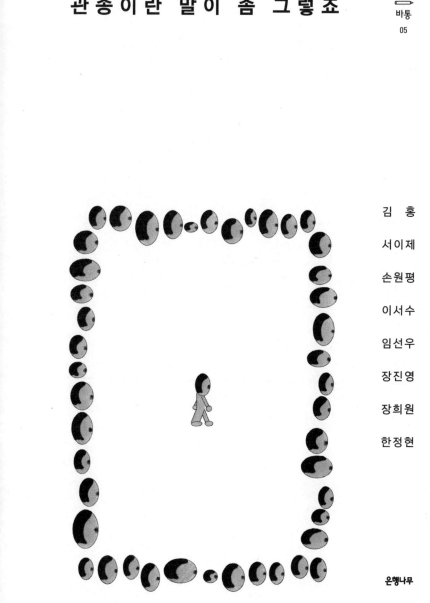

김 홍

서이제

손원평

이서수

임선우

장진영

장희원

한정현

은행나무

차례

포르투갈

김홍

김 홍

2017년 동아일보 신춘문예에 당선되며 작품활동을 시작했다. 소설집 《우리가 당신을 찾아갈 것이다》, 장편소설 《스모킹 오레오》가 있다.

포르투 프란시스쿠 드 사 카르네이루 공항에 도착했을 때 바람이 세차게 불었다. 공항 노동자의 오렌지색 점프 슈트가 특수효과처럼 펄럭거릴 정도였다. 파리 샤를 드 골 공항에서 환승을 위해 세 시간 대기한 것을 포함해 인천에서 출발한 뒤부터 열일곱 시간이 걸렸다. 언제 비가 내렸는지 땅이 젖어 있었다. 최종 목적지인 마르바오로 가는 버스 시간은 두 시간 남짓 남아 있었다. 서울시가 포르투와 맺은 MOU 덕분에 따로 표를 끊지 않고도 대중교통을 이용할 수 있었다.* 시외 터미널로 향하는 버스에 올라 지갑째로 티머니를 댔다. 익숙한 삑, 소리가 나며 "환승입니다"라는 안내 멘트가 흘러나왔다. 포르투는 사진으로 본 것보다 훨씬 쇠락한 인상이었다. 도심

* 안 된다.

곳곳이 유네스코 역사 지구로 지정되어 새 건물을 올리기 힘들다는 안내 글이 기억났다. 그런데도 시내는 곳곳이 공사판이었다. 낡은 건물을 레스토랑이나 로드숍으로 리노베이션하는 공사가 한창이었다.

해외 파견, 고수익 보장이라는 제목의 알바몬 공고를 봤을 때 내가 떠올린 건 회고적으로는 중동의 건설 현장이었고, 시의적으로는 필리핀의 보이스 피싱 공장이었다. 하지만 행선지는 뜻밖에도 유럽이었다. 일찌감치 코로나19 백신을 맞아둔 게 다행이었다. 안내문에는 항공권을 포함한 부대 비용 전액을 지원한다고 돼 있었다. 애초에 내가 찾던 일자리는 숙식을 제공하는 지방의 공사 현장이었다. 그런 곳은 고립돼 있어서 생활하는 동안 쓸데없는 돈이 나가지 않고, 일이 고된 만큼 현장 노동 시간을 엄수하는 편이라 목돈을 만들기에 좋았다. 혹여 추가 근무가 있더라도 가감 없이 공수를 쳐주기 때문에 야간 연장이 나쁘지 않았다. 지방 현장을 몇 군데 돌고 나니 통장에 돈 쌓이는 재미도 제법 알게 됐다. 그 돈으로 무얼 할 수 있을지 생각할 틈도 없이 현장에 나갔다 오면 잠들기 바빴다.

되는대로 일을 하며 지냈지만 꿈이라는 게 없지는 않았다. 사실 나는 지역 축제를 휩쓰는 품바가 되고 싶었다. 유튜브에서 품바 영상을 찾아보며 나만의 독자적인 레퍼토리를 짜보기도 했다. 실제로 품바팀 관계자를 찾아가 입단?이랄까 정식 멤버가 되는 것에 대한 문의를 한 적도 있는데, 실상을 듣고 보니 배우는 데 오래 걸리고 정식 단원이 될 때까지 돈을 모으기도 힘들었다. 그나마도 코로나 때문에 지역 축제 대부분이 취소되면서 제대로 운영되는 품바패가 거의 없었다. 하는 수 없이 현장일을 꾸준히 나갔다. 아쉬움도 있었지만 어려서부터 적응을 잘하는 편이라 괜찮았다. 야리끼리*의 기쁨을 맥주 한 캔으로 흘려보내며 하루하루를 보내다 보면 시간이 잘 가서 좋았다.

포르투갈에 대해서 아는 바가 별로 없었다. 루이스 피구의 나라라든가, 크리스티아누 호날두의 조국 정도랄까. 나는 축구에 전혀 관심이 없었고 국가대표 경기라고 해도 한일전을 제외하고는 거들떠도 보지 않는 타입이라 별다른 감흥을 느끼지 못했다. 나는 축구보다는 확실히 야구 쪽이었다. 나는 이것을 kick – person과 hit – person의 차이라고 말하곤 했다. 유럽이라고 하면 기껏해야 크리켓을 하는 영국 사립학교의 청소년밖에 생각나지 않았는데, 그들은 어쩐지 니삭스를 신고 있을 것 같았고, 가장 멀리 뻗어나가는 공이 철망에 맞고 튕겨나오는 대신 풀숲으로 사라져 찾을 수 없을 것 같았다. 페넌트레이스가 한창인 야구 게시판은 자신이 응원하는 팀에 대

* やり切り. 공사 현장에서 그날 정해진 할당량을 채우고 일찍 마치는 것.

한 소망충족적 망상들로 가득 차 있었다. 한국을 떠나는 것에 대한 심정적인 걸림돌은 야구를 못 보는 것밖에 없었다.

일하는 과정에서의 의사소통에 무리가 없다는 안내를 본 것도 비행기를 타게 된 중요한 요인이었다. 나는 영어 회화에 자신이 없을 뿐만 아니라 포어의 발음이 어떤지는 가늠해본 적도 없었다. 그야말로 순도 높은 모노링구얼 한국어 화자였다. 어떻게 자연스러운 의사소통이 가능하다는 건지 도무지 감이 잡히지 않았다. 나의 질문에 인력 사무소 사장 김오력 씨는 '가보면 안다'는 대답만 했다.《생활 포르투갈어》라는 책을 사서 몇 쪽 들여다보긴 했는데 기억나는 거라고는 '감사합니다'뿐이었다. 남자는 오브리가다, 여자는 오브리가도.* '아리가또'랑 비슷한 것 같기도 하고.〈오브라디 오브라다〉 생각도 났다.

터미널에서 마르바오행 티켓을 끊고 기다리는데 한국인이 보였다. 아는 사람은 전혀 아니었지만 낯선 곳에 있으니 조금만 익숙한 분위기가 섞여 있어도 아는 사람처럼 느껴졌다. 그 여자는 틀림없는 한국인이었다. 마스크를 쓰고 있었지만 이름표를 붙여놓은 것처럼 알 수 있었다. 계절을 가늠할 수 없는 옷을 입은 여자가 성큼성큼 걸어오더니 내게 악수를 청했다. 나를 고용한 인력 중계회사 '파이브 파워'의 포르투갈 현

---

* 반대임.

지 코디네이터라고 자신을 소개하며 '최민아'라고 적힌 명함
을 건넸다.

"요기라도 좀 했어요?"

"아뇨. 아직."

"그냥 그림 보고 아무거나 사 먹어요. 여기 빵은 다 맛있고
고기는 좀 짠데 빵이랑 같이 먹으면 그냥저냥 간이 맞아요."

"저 가서 무슨 일 해요?"

"한국에서 무슨 일 했어요?"

"그냥 이런저런 일요."

"똑같아요."

여자는 마스크를 내리더니 담배를 꺼내 불을 붙였다. 주변
을 둘러보니 전자식 궐련은 물론이고 연초 연기를 거리낌 없
이 뿜어내는 사람이 적지 않았다. 한국에 비해 실외 흡연에
전반적으로 관대한 분위기인 것 같았다.

"가서 코스타 씨를 찾아요. 그쪽 현장 책임자니까."

"근데 제가 포르투갈어는 생전 배워본 적이 없고 영어도 못
하는데 괜찮을까요?"

"얘네들도 한국어 몰라요."

"그래도 일을 해야 되잖아요."

"미국 영화에 예수님이 히브리어 쓰는 거 봤어요?"

"예?"

"코스타 씨한테 안부 전해줘요."

여자는 담배꽁초를 신발로 비벼 끄고 빠르게 사라졌다. 머리에 수건을 두른 집시 할머니가 보자기에 가득 싼 물건을 머리에 이고 지나갔다. 터미널 벽 곳곳에 의미를 알 수 없는 그라피티가 그려져 있었다. 일본인 관광객으로 보이는 남녀가 행복한 표정으로 알록달록한 벽 앞에서 번갈아가며 사진을 찍었다. 거기에 개나 소를 모욕하는 말이 적혀 있다고 해도 상관없는 눈치였다.

버스는 한국의 고속버스보다 층고가 훨씬 높았다. 더듬이처럼 공격적으로 튀어나온 백미러가 전투 로봇의 생기다 만 팔처럼 보였다. 순식간에 〈트랜스포머〉처럼 거대 로봇으로 변신을 한다면…… 안에 있는 승객들은 어떻게 되는 건가? 〈트랜스포머〉의 공식 설정에는 그런 부분을 어떻게 설명하고 있는가? 알 수 없는 일이었다. 나는 배낭을 버스 아래 짐칸에 싣고 좌석에 앉았다. 머리색과 피부색이 비슷한 운전기사가 느리게 액셀을 밟았다. 포르투갈의 수도 포르투*를 벗어나는 동안 정지 신호에 걸렸을 때를 제외하고는 한 번도 차가 멈추지 않았다.

최민아의 명함을 접어 학을 만든 뒤 숨을 불어넣었더니 곧 날개를 퍼덕였다. 건너편에 앉아 있던 할아버지의 눈이 동그래졌다. 나는 작은 희열을 느끼며 부산스러운 종이학을 운전

* 리스본임.

14

석 쪽으로 날려 보냈다. 기사는 창문을 열고 파리를 내쫓듯 손을 휘저었다. 작은 파열음과 함께 창밖으로 튕겨져나간 종이학은 잠시 휘청거렸다. 곧 중심을 잡고 인사도 없이 버스에서 멀어졌다.

마르바오는 스페인 국경과 멀지 않은 작은 요새도시였다. 화강암 절벽 위에 세워진 중세의 성벽은 남한산성을 떠올리게 했고 자욱한 안개는 청평호의 그것과 비슷했다. 돌로 쌓아올린 아치형 입구에서부터 낡은 도시 특유의 습기가 코 점막을 자극했다. 사람들은 곧 시작될 '마르바오 올리브 축제'를 위해 꽃과 빵을 나르고 있었다. 구글 지도를 켜고 미리 안내받은 민박집으로 찾아갔다. 벨이 보이지 않아 주먹으로 문을 두드렸다. 집에서 나온 사람은 자기소개를 하지 않았지만 나는 그 사람이 코스타인 것을 직감적으로 알 수 있었다. 코스타 씨는 콧수염을 멋지게 기른 거구의 사내였다. 우락부락한 팔뚝으로 나를 끌어안더니 양 볼에 가볍게 키스를 건넸다. 어깨를 잡은 두 손을 풀지 않고 내게 물었다.

"몇 살이냐?"

"구삼인데요."

"스물아홉?"

"네. 근데 빠른……."

"차보다 빨라?"

"그건 아니고요."

"닭띠가 빨라봤자지. 일머리는 좀 있나?"

주방 쪽에서 인기척이 나더니 내 또래로 보이는 여자가 빵을 우물거리며 나왔다.

"뭐예요? 신입?"

"인사해. 네 사수야."

"안녕하세요."

"어디서 왔어? 지나? 니하오?"

"아냐. 한국이래."

"아, 나 한국 알아."

"근데 왜 반말하세요?"

"얘 상태 왜 이래요?"

"왜 그래. 사이좋게 지내. 서로 존대해."

"네. 저는 존대할게요."

"나는 싫은데. 너만 존대해."

"그만하고 회의하자. 일 시작해야지."

코스타 씨가 탁상에 놓인 과자 봉지를 굵은 팔뚝으로 밀어냈다. 빈자리에 두루마리처럼 말려 있는 종이를 펼쳤다. 비스듬한 아몬드 모양의 마르바오 지도였다. 아몬드의 뾰족한 부분에 큰 동그라미를 치고, 둥글고 넓적한 부분에도 똑같이 동그라미를 그렸다. 지도를 보며 아몬드를 생각하다가 아몬드에 생각보다 많은 주름이 있다는 걸 기억해냈고, 지도에 오밀

조밀 표시된 작은 건물들이 아몬드의 주름과 비슷하다고 생각했다.

"아래쪽에 TFS 텐트 하나 쳐야 되고 위쪽에 몽골 텐트 삼 미터짜리 일렬로 열다섯 개 놓는 거야. TFS는 H빔 놓고 용접할 거거든? 그건 내가 할 테니까 니들은 몽골 텐트 쪽에 가 있어."

"그냥 앵카 박는 게 편하지 않아요?"

"여기 지금 땅에 박혀 있는 돌 하나하나가 유적이야."

"내가 박는 앵카도 삼백 년 지나면 다 유물이에요."

"신참. 몽골 텐트 작업해본 적 있다고 했지."

"네. 주로 축제랑…… 철거랑…… 그냥 아무거나 다 했어요."

"니가 잘 데리고 다녀라. 축준위 사람들한테 인사도 시키고."

"인사는 지가 알아서 하는 거고."

"네. 인사는 저도 할 줄 알아요."

"너는 말하는 게…… 왜 이렇게 밥맛이 없니?"

"저…… 코스타 씨."

"응?"

"최민아 씨가 안부 전해달래요."

"최민아? 그게 누구?"

"파이브 파워 최민아 씨요."

"아아, 걔가 최 씨였구나."

내 이야기를 들은 코스타 씨는 곧장 전화기를 꺼내 어딘가로 전화를 걸었다. 전화를 건 상대에 대한 친밀감이 음성에 실린 분위기를 통해 느껴졌다. 포르투의 터미널에서 만난 최민아 씨인가 싶었는데, 스피커에서는 걸걸한 쉿소리가 흘러나왔다. '이 새끼'라든가 '그 새끼'라는 소리가 섞여 들린 탓에 상대방이 혹시 러시아 사람인가 싶기도 했다. 내가 코스타 씨의 통화를 분석하는 동안 작업복으로 갈아입은 사수가 2층에서 내려왔다. 그러고 보니 아직 통성명도 하지 못했다는 게 생각났다.

"이름이 뭐예요?"

"라라. 그냥 선배라고 불러."

라라는 자기를 따라오라는 듯 내 왼쪽 어깨를 손바닥으로 가볍게 쳤다. 문을 나서는 라라의 발걸음에는 활기가 넘쳤다. 갑자기 문을 통해 밝은 빛이 쏟아져들어온 탓에 실내가 상당히 어두웠다는 것을 새삼 깨달았다. 그런 생각을 하면서 잠시 멍하게 있다가, 라라가 시야에서 사라진 뒤에야 정신을 차리고 허둥지둥 라라를 따라갔다. 문을 나서기 전 통화 중인 코스타 씨에게 가볍게 목례를 했고, 그는 검지를 슬몃 들어 내 인사에 응답했다.

밖에 나와보니 라라는 어느 골목으로 들어갔는지 보이지 않았다. 길을 따라 올라갈 것인지 내려갈 것인지 결정해야 했다. 내 인생은 전반적으로 내리막길의 연속이라는 생각이 있었기 때문에 고민 없이 내려가는 쪽을 택했다. 올라가려면 숨이 차서 그런 측면도 없지 않았다. 청바지에 후드를 맞춰 입은 마칭 밴드가 민속적인* 가락을 연주하며 발을 맞춰 연습했다. 인파를 헤치듯 밴드 사이를 헤치고 나오니 저 멀리 골목이 꺾어지는 구석에 머리를 올려 묶은 라라의 뒷모습이 보였다. 안도하는 한편 내 인생에 대한 자조적인 평가가 별다른 어려움 없이 증명된 듯해서 씁쓸한 기분이 들었다.

라라는 무대를 설치하는 축준위 사람들과 농담을 주고받았다. 이야기를 들어보니 대부분 마르바오에서 몇 대째 살아온 사람들이었고, 도시로 떠났다가 축제 때가 되면 마을로 돌아오는 경우도 있었다. 내륙 억양이 강하고 대화 중간중간 마을에 대한 자부심 같은 것을 느낄 수 있었다. 마르바오는 지난 천 년간 포르투갈 전역에서 가장 정복하기 힘든 요새 중 하나였다. 끝내 성벽을 타고 넘어 마을을 장악한 것은 어느 나라의 군대도 아닌 자본주의 그 자체였다. 마르바오는 이제 매년 열리는 국제 클래식 페스티벌을 가장 자랑스러워하는 마을이 됐다. 수시로 열리는 지역 특산물 축제도 지역 경제의 활성화를 위해 빼놓을 수 없는 핵심적인 행사였다.

나는 대화에 끼어들기 위해 이목을 집중시키는 평소의 습

* 유럽 민속적.

관을 되풀이하기로 했다. 뒷주머니에서 꺼낸 손수건을 손바닥 위에 빳빳이 세운 다음 손바닥에 항상 숨기고 다니는 콩알탄을 땅에 던져 평, 소리와 연기를 만들었다. 그러는 사이 손수건은 조각조각 갈라져 수백 마리의 나비로 변했고, 흩어진 나비가 일사분란하게 움직여 허공에 'Marvão'를 만든 뒤 반짝이는 종이 가루로 흩어졌다. 축준위 사람들의 열렬한 박수와 함께 악수 요청이 이어졌다. 팔짱을 낀 라라는 입꼬리를 한쪽만 올리며 제법이라는 듯 내게 눈짓을 보냈다.

"어이, 꼬마. 어디서 왔다고?"

"한국요. 싸우쓰."

"오! 김치!"

"BTS!"

"쏜!"

"쏜은 뭐예요?"

"토트넘의 쏜 말야. 쏜을 몰라? 쏜이 일본인이던가?"

"아, 맞아요 한국인. 손흥민."

"형…… 뭔?"

"쏜형뭔."

그러더니 자기들끼리 축구 얘기를 한참 이어갔다. 포르투의 터미널에서도 느꼈지만 이 나라 사람들은 대체로 축구에 미쳐 있는 것 같았다. TV가 있는 가게는 어김없이 축구 경기를 틀어놓고 있었다. 단 한 곳만이 뉴스 비슷한 것을 보고 있었다. 한국의 종합편성채널에서 주로 오후 시간대에 흔히 볼 수 있는 시사 프로와 비슷한 분위기였는데, 그마저도 토론 주제가 축구라는 것을 알아차린 것은 자료화면 때문이었다. 곧 멱살이라도 잡을 것처럼 흥분한 패널들이 손바닥으로 책상을 치며 전날 축구 경기에 대한 분석? 평가? 같은 것을 하고 있었다. 물음표에 대해서는 용서를 바란다. 나는 포어를 모르고 축구에는 아무 관심이 없기 때문에……. 축준위 사람들은 축구 이야기를 그치지 않았고 나는 아쉽게도 독도가 어느 나라 땅인지 이야기할 타이밍을 놓쳐버렸다. 나는 축구에 관해서라면 정말이지 할 말이 없었으므로 혼자서 kick-person과 hit-person의 근본적인 차이를 정리해보기로 했다. 효율적인 전개를 위해 전자를 KP, 후자를 HP라고 줄여 표기하겠다.

KP: 반장선거 할 때 제일 먼저 자기 추천해서 입후보했다가 떨어짐. 치킨 먹을 때 주로 퍽퍽살 먹음. 국밥 먹을 때 국물맛 구별 안 될 정도로 다대기 많이 넣음. 엠티 갈 때 버스에서 제일 열심히 놀다가 밥할 때 되면 전날 술 많이 먹어서 피곤하다고 자는 척함. 경기 종료 휘슬 울리자마자 선수들이랑 하이파이브하려고 출구 쪽으로 뛰어감. 대체로 태음인.

HP: 직관 갈 때 경기장 근처 맛집 다섯 군데 정도에서 테이크아웃 하는데 끝날 때 보면 다 남기는 경우 많음. 자기 팀 선수들 연봉, 타율, 평균자책점 전부 외우면서 자기 생일은 까

먹음. 사인볼 받은 것 잘 보관한다고 하는데 이사 몇 번 다니다 보면 다 없어져 있고 그나마도 남아 있는 것 다 조카한테 줘버림. 대체로 소양인.

　내가 슬슬 축준위의 축이 축제가 아닌 축구일 수도 있겠다는 생각을 시작했을 때 한 눈에 봐도 공무원처럼 보이는 안경을 쓴 남자가 우리 쪽으로 다가왔다. 그것은 한국인을 쉽게 알아볼 수 있는 것과 원리에 있어서 크게 차이 나지 않았다. 인종과 문화를 차치하고 어디서나 공무원은 자신만의 오피셜한 아우라를 감출 수 없는 법이었다. 높고 뾰족한 코에 동그란 안경을 걸친 모습은 어쩐지 공무원을 떠나서 낯이 익었는데, 생각해보니 포르투 공항 입국장에서부터 곳곳에 그려져 있던 페르난두 페소아의 얼굴과 굉장히 닮아 있었다. 페소아가 포르투에서도 얼마간 살았던 걸까? 그는 리스본에서 태어나 리스본에서 죽은 찐 리스본 러버가 아니었던가. 페소아는 포르투풍 내장 요리가 뜨끈하지 않아서 짜증을 내는 시를 쓰기도 했으니 적어도 몇 번쯤은 포르투에 방문했거나 리스본에 위치한 포르투 향토 음식점에 종종 들렀을 것이다. 주제 사라마구는 마르바오 요새 꼭대기에서 알렌테의 평야를 바라보며 느낀 소회를 《포르투갈 여행》이라는 정직한 제목의 책에 적은 바 있는데, '무량수전 배흘림기둥에 기대서' 있는 것과 비슷한 정조가 아닐까 싶었다. 다만 배흘림기둥에 기대선 사람이 당연히 유홍준이었을 것이라는 나의 기억과 다르게, 해당 제목의 책을 쓴 사람은 미술사학자 고(故) 최순우 선생이라는 것이 급히 찾아본 검색 결과였다. 그러니 페소아가 그의 여러 이명(異名)중 하나로 길지 않았던 인생의 어느 시점에 마르바오의 공무원으로 일하지 않았으리라는 법도 없었다. 나를 발견한 남자의 표정이 묘하게 굳더니 턱에 걸치고 있던 마스크를 코까지 올려붙이며 물었다.

"리스본 기획 어디 계세요?"

"저, 여기요."

"아 라라 씨. 좋은 아침이에요. 코스타 씨는 어디?"

"아래쪽에 큰 텐트 치러 갔어요. 이쪽은 저랑 이 친구가 맡을 거고요."

"누구?"

"저희 알바예요."

"안녕하세요."

"안녕 못한데…… 어디 사람이에요? 중국?"

"저 한국……."

"아, 주무관님. 그냥 알바가 아니고 제 친척이에요. 프랑스 유학 중인데 얼굴 보러 잠깐 온 거예요."

돌아가는 분위기를 보아하니 비자 문제 때문인 듯했다. 비록 수능에서 6등급을 받았지만 제2외국어를 불어로 선택한 것에 안도하며 최대한 자연스럽게 인사를 건넸다.

"꼬망 싸바?"

"친척은 무슨 친척이야. 거짓말하지 마시고."

"그러니까 라라는…… 저희 할아버지의 고모의 이종조카가 누나네 어머니예요. 그쵸 누나."

"응, 그렇지."

페소아를 닮은 주무관은 어이없다는 듯 한숨을 쉬더니 마스크를 슬쩍 내렸다. 그는 주머니에서 말보로 라이트를 꺼내 입에 물었다.

"지금 위에서 리스본 기획 말 많은 거 알죠?"

"아유, 주무관님. 저희 열심히 하잖아요."

"열심히? 열심히만 하면 뭐 해? 할 거면 잘해야지. 저번에도 텐트 쳐놓은 거 전부 가네가 온통 다 틀어져가지고. 내가 민원 처리하느라 얼마나 골이 아팠는지 알기는 하나? 이래갖고 리스본 기획이랑 일 끝나고 편하게 술이라도 한잔 먹을 수 있겠냐고."

"일이야 눈 두 번 깜빡이면 끝나는 거죠. 끝나고 찐하게 한잔하실 거죠?"

"하여튼 사고 치지 말고 바라시까지 확실하게 해달라는 거야."

"여부가 있겠습니까요."

미스터 페소아는 고개를 쳐든 채 실눈을 뜨고 내게 물었다.

"공은 좀 차나?"

"아, 저는 주로 수비수……."

그는 내 대답을 다 듣지도 않고 담배를 털어 화단 속으로 던졌다. 묘하게 비웃음을 산 느낌이었다. 수비를 본다고 사람을 그렇게 우습게 보고…… 돌아가면 집에 있는 페소아의 책을 전부 알라딘 중고 서점에 팔아버리겠다고 다짐했다. 야구였다면 수비에 대한 저런 식의 은근한 무시는 상상조차 할 수 없는 일이었다. 모든 공격수는 세 개의 아웃 카운트가 지나면 야수가 됐고, 어느 위치든 공이 날아오면 최선을 다해 잡아 주자의 진루를 막아내야 했다. 물론 투수는 특권적인 위치를 차지할 수밖에 없지만, 마운드 위의 고독에 대한 존중일 뿐 다른 선수들을 비참하게 만들지는 않았다.

야구에 대해서라면 밤을 새워 이야기할 수도 있다. 하지만 나는 야구 선수가 아니라 일용직 노동자로 마르바오에 간 것이기 때문에, 야구에 대한 생각은 잠시 미뤄두고 몽골 텐트 치는 일에 집중하기로 했다. 라라가 몰고 온 트럭에 자재가 한가득 쌓여 있었다. 축준위 사람들과 함께 짐을 내리기 시작했다. 감시자처럼 주변을 맴돌던 페소아 주무관은 다른 현장에 참견하러 자리를 떠났다. 나는 문득 분한 감정에 휩싸였다. 왜 '몽골' 텐트인가? 게르는 이렇게 생기지 않았다. 비슷한 점이라면 그저 높고 뾰족한 천장의 형성 방식이, 그 방식에 있어서만 유사할 뿐 게르와는 다르다. 따지고 보면 방식도 전혀 다르고 외관이 조금 유사할 뿐이다. 이것은 몽골 텐트가 아니다. 몽골과는 아무 관련이 없다. 중국에서 만들었고, 고려해운 KMTC의 로고가 찍힌 컨테이너에 실려 리스본에 도착했다. 벤츠 트레일러에 실려 옮겨진 뒤 코스타 씨의 볼보트럭으로 옮겨져 마르바오까지 왔다.(확실하진 않지만 대체로 그럴 것이다.) 이것의 어느 부분이 대체 몽골이란 말인가. 어쩌면 이것은 포르투갈이 아니다. 마르바오가 아니다. 축제가 아니다. 아, 그래도 이건 아니다. 열심히 해야지.

큰 바람이 불어 천막이 펄럭거렸다. 해발 천 미터 가까이 되는 지대이다 보니 날씨가 지랄 맞게 변덕스러웠다. 바람이 갑자기 강해지자 모자를 쓴 사람들의 모자가 돌풍에 날아갔다. 대형 선풍기가 고꾸라지며 바위에 드릴 부딪히는 소리를 냈다. 이래 갖고 일이 되겠나 싶었는데, 정말 일이 안 될 만큼 바람이 심해졌다. 라라와 나는 설치하던 텐트를 끈으로 단단히 고정하고 자재가 날아가지 않도록 한곳에 모아두었다. 라라는 나를 근처에 있는 작은 가게에 데리고 갔다. 카운터에 서서 에스프레소를 마시던 사람들이 라라를 알은척했다. 우리는 가게 안쪽 테이블에 자리를 잡았다.

"한국어로 빵을 뭐라고 해?"

"빵이요."

"와. 포르투갈 말로도 빵인데."

나는 라라의 발랄한 어조에 기분이 조금 누그러져서 앞으로 라라를 선배라고 불러야겠다고 생각했다. 딱딱해 보이는

빵과 버터, 대구 스프레드와 함께 올리브가 접시에 담겨 나왔다.

"그거 없어요? 빵에 찍어 먹는 거."

"있잖아. 네 앞에."

"아니 이거 말고, 올리브유에 섞어서 찍어 먹는 거요."

"크림? 마요네즈?"

"아니. 약간 시큼한 거. 식초 있잖아요. 베린저? 빈지노?"

"아, 그거 뭐지. 알 거 같은데 네가 그렇게 말하니까 헷갈려."

"빈지노는 가순데. 아 뭐였더라. 갑자기 생각이 안 나네."

"발사믹?"

"아, 맞아. 발사믹 식초."

"빵을 발사믹에 찍어 먹어?"

"한국에선 그랬는데."

맞은편 테이블에 여행자로 보이는 남자 넷이서 맥주를 마시고 있었다. 자꾸만 내쪽을 힐끔거리는 게 신경 쓰였다. 알아들을 수는 없지만 포어는 아니었고, 약탈적으로 풍부한 발음으로 봐서는 프랑스인들이 아닌가 싶었다.

"자꾸 쳐다보지 마. 싸움 나."

"쟤들이 먼저 봤어요."

"맞아? 그냥 가게 구경한 거 아니야?"

라라의 말이 맞을지도 모른다는 생각이 들었다. 앞에 놓인 빵을 다듬어 보리수 나무 아래 참선하는 석가모니를 조각했다. 후, 바람을 불자 바닥에 있던 빵가루가 손바닥만 한 회오리 바람이 되어 나뭇가지를 흔들었다. 네 남자 중 한 명이 깜짝 놀란 표정으로 일행의 옆구리를 찔렀다. 눈이 동그래지더니 자세를 고치고 나를 향해 합장을 했다. 적절한 대응이 떠오르지 않아 가운데 손가락을 날렸다. 그것은 정말이지 만국의 공통 제스처였다. 일순간 분위기가 험악해지더니 저쪽에서 Sagres 맥주 병을 강하게 움켜쥐는 게 보였다. 나는 초등학교 시절까지 기억을 거슬러 올라가 태권도 품새 고려의 동작을 역순으로 떠올리기 시작했다. 그때 코스타 씨가 가게 안으로 들어오지 않았다면 병인양요가 재발했을 것이다. 코스타 씨의 덩치를 본 남자들은 베르사유 궁정에서 파견한 문화 사절처럼 우아한 태도로 와인 한 병을 추가 주문했다. 코스타 씨가 다급한 목소리로 말했다.

"신참. 너 큰일 났다."

"왜요? 무슨 일 있어요?"

"너희 회사 망했어. 파이브 파워."

"아."

"좀 전에 김오력 씨하고 통화했는데 어음 못 막아서 부도 닐 거래. 너는 어떻게 하냐니까 딱히 대답을 안 하던데."

"잘됐네. 그냥 눌러앉아."

"선배. 무슨 말을 그렇게 해요. 돌아가는 항공권도 못 받았는데."

"그럼 뭘 어쩌겠어."

"그래. 일단 여기 축제 일 마치면 마르바오에서 주급은 줄
테니까, 그걸로 어떻게 해보자."

나는 절망적인 기분으로 머리를 흔들었다. 이럴 줄 알았으
면 증평 인삼골 축제에 가서 품바나 따라다닐걸. 괜히 유럽
구경해보겠다고 여기까지 왔다가 이도 저도 못하게 됐다. 옆
테이블의 프랑스인이 우리 테이블 쪽으로 왔다. 자신이 마시
던 잔의 입 부분을 손바닥으로 훔쳐내더니 내게 그 잔을 건
네며 술을 권했다. 잔이 찰랑거릴 만큼 후하게 따라줬는데 속
이 답답해서 원샷해버렸다. 손님들은 물론 가게 주인까지 박
수를 치며 엄지를 연신 치켜올렸다. 빌어먹을 구라파 새끼들.
남의 속도 모르고. 평생 그렇게 살았겠지. 남의 땅에 가서 불
지르고. 총질하고. 교회 세우고. 약탈하고. 수탈하고. 침탈하
고. 박탈하고. 그런데 무탈하고. 포르투 시내 곳곳에서 본 동
상들이 떠올랐다. 그 동상은 하나같이 남을 잘 괴롭힌 사람을
오래 기억하기 위해 만들어놓은 것이었다. 이 나라는 다른 나
라에 비해 상대적으로 남을 괴롭힌 기간이 짧고 능력이 떨어
지는 편이었다고 항변할 수도 있겠지만, 그 짓거리를 처음 시
작한 게 이놈들이었다. '대항해시대' 해봤으면 다 안다. 김오
력이 개새끼 처음부터 마음에 안 들었어.

"그런데 너 말야. 해피포인트 좀 있냐?"

코스타 씨의 뜬금없는 질문에 정신이 돌아왔다. 그의 눈이 소년처럼 빛나고 있었다.

"파리바게뜨 가면 주는 거요?"

"그래. 배스킨라빈스 가서도 쓰고 하는 거 있잖아."

"음…… 있어요. 저 꽤 많이 모았는데."

생일날 케이크 사려고 착실히 모으고 있었다. 만 점 정도가 있었던 걸로 기억했다. 핸드폰을 꺼내 해피포인트 어플을 열었는데, 남아 있는 건 오십이 점뿐이었다. 인천 공항에서 던킨도너츠에 갔던 것이 그제야 기억났다. 언제 이만 점을 모아서 케이크를 사려나 싶어 도너츠와 에이드를 사 먹은 기억이 났다. 나는 적립금 화면을 코스타 씨에게 보여줬다. 잔뜩 기대하고 있던 코스타 씨의 표정이 일그러지며 콧수염을 씰룩거렸다.

"이게 다야?"

"네. 비행기 타기 직전에 써버려서."

"왜?"

"배고파서……."

"참내."

"아저씨 왜 그래요. 불쌍한 애한테."

"불쌍하긴 개뿔이 불쌍해. 애가 딱 봐도 생각이 없잖아."

"제가 뭘요."

코스타 씨가 험악하게 돌변하자 억울한 마음에 눈물이 왈

칵 쏟아졌다. 본 지 얼마나 됐다고 그렇게 서운함을 느꼈던
걸까. 그의 콧수염을, 큰 덩치를, 살갑게 건넨 인사를 나도 모
르게 제국주의적으로 흠모하고 있었던 것 같다. 훌쩍이는 내
게 라라 선배가 냅킨을 건넸다. 눈물 콧물을 닦아내도 서러움
이 가시지 않았다. 코스타 씨는 자리를 박차고 가게를 나가버
렸다. 프랑스인이 곁으로 와 술 한잔을 더 주려고 해서 손사
래를 쳤다.

"니가 이해해. 저 아저씨 가끔 이상한 거에 집착해."

"해피포인트가 뭐라고요? 여기서는 쓰지도 못하는데?"

"모르지 나야."

"차라리 그냥 돈을 달라면 주죠."

"니가 돈을 왜 줘. 돈 벌러 와서."

"근데 왜 저렇게 사람을 못 살게 구는 건데요."

라라 누나가 어느새 내 옆자리로 와서 손을 꼭 잡았다. 나
도 모르게 손을 떨고 있었나보다. 마음이 조금 진정되는 것
같았다.

"그래서 말인데, 혹시 연락할 친구나 가족 없어? 해피포인
트 많이 갖고 있는 사람 말이야. 로밍 안 했으면 누나가 폰 빌
려줄게."

나는 고개를 들어 부은 눈으로 라라의 얼굴을 쳐다봤다. 문
득 라라의 얼굴이 낯선 듯 낯익어 보이고, 정말 급한 일이 있
다며 삼십만 원을 빌려간 뒤 연락이 끊긴 중학교 동창이 생

각나고, 갑자기 전세보증금을 천 만원 올릴 테니 돈이 없으면 짐 싸서 나가라던 주인집 아저씨의 얼굴이 겹쳐 보였다. 뒷덜미부터 꼬리뼈까지 소름이 오소소 돋았다. 나는 속마음을 들키지 않기 위해 숨을 고르며 라라에게 최대한 차분한 인상을 주려고 노력했다. 라라의 손등을 가볍게 두드렸다. 심지어 미소까지 띠어 보였다.

"그러게요. 거기까지는 생각 못했네요. 숙소 가서 생각 좀 해볼게요."

나는 도망치듯 가게를 나왔다. 발소리가 날까봐 신발을 벗고 숙소 문을 열었다. 일 분 정도 가만히 귀를 기울였는데 아무 소리도 들리지 않았다. 코스타 씨는 없는 것 같았다. 짐을 풀었던 방에 도착하자 후들거리던 다리의 힘이 풀리며 침대 위로 무너져버렸다. 앞으로 어떻게 해야 할지 생각해봤지만 그 어떤 뾰족한 수도 생각나지 않았다. 내게 필요하고 저들이 원하는 건 HP인데 그게 나한테 없었다. Happy Point도 Hit Point도 치명적으로 부족한 상황이었다. 잠에 들면 안 된다고 생각했는데 잠이 쏟아졌다. 바람을 너무 많이 맞았고, 시차도 적응되지 않았고, 비행기에서 짐짝처럼 앉아 있느라 굳은 몸이 은박지처럼 구겨져 있는 것 같았다. 침 흘리면서 잠들었다는 걸 자는 도중에 설핏 깨달았다. 소맷자락으로 침을 닦고 다시 잠들었다. 깨어나면 모든 게 꿈이었기를 잠결에 바랐다. 교회 종 치는 소리를 듣고서도 몸을 일으킬 수 없었다.

눈을 뜨니 아침이었다. 전날 창문 밖에 자욱했던 안개는 지우개로 지운 듯했다. 풍경화처럼 맑고 깨끗한 하늘이었다. 다소 우울하게 보였던 성곽도 엽서처럼 아름다웠다. 조심스럽게 문을 열고 나가자 빵 굽는 냄새가 났다. 부엌에는 대구 살을 넣어 끓인 수프가 알싸한 향신료 냄새를 풍기며 끓고 있었다. 모든 게 평화로워 보였다. 인기척을 느껴 뒤돌아보니 코스타 씨가 소파에 앉아 신문을 읽고 있었다. 나를 보며 환하게 웃었다.

"Ela era láda Barra, ele de Ipanema."

"네?"

"Se eu pudesse parar o tempo agora e sermos sónós a falar por horas."

라라가 문을 열고 들어왔다. 양손에는 여섯 병들이 Sagres 맥주가 들려 있었다.

"Eu pegava na tua mão."

"Mas só deu problema, só deu problema."

"E se eu disser."

나는 벙찐 표정으로 두 사람을 번갈아 쳐다봤다.

"지금 뭐라고 하시는지 모르겠지만…… 제가 알아들을 수가 없거든요. 불편하시면 그냥 제가 가도 되는데 당장 공항 갈 돈도 없어요. 이왕 일하러 온 거 마저 다 하고 급여 받고 그 돈으로 어떻게든 해결해볼게요. 말씀하신 해피포인트도 어떻게든 알아보겠습니다."

"E então?"

"Somos dois a querer, sim ou não?"

코스타 씨와 라라 역시 진심으로 당황한 표정이었다. 해
피포인트에 대한 것이 아니었다. 그들은 나를 걱정하듯 쳐
다봤다.

"Quando bazaste deixaste pa trás algo que é teu."

"E se você quiser pensar no futuro trocar a distância
por um lugar seguro."

"Horas passam, dias passam, anos passam, tudo muda."

"Fica apenas a lembrança, a vida continua."

여태껏 내 입에서 나온 게 한국어였는지, 영어였는지, 에
스페란토어였는지, 포르투갈어였는지, 이도 저도 아닌 제3의
언어였는지…… . 떠올려보았지만 기억이 나지 않았다. 밤을
새워 하던 게임의 한글 패치가 갑자기 삭제돼버리면…… 게
임 안에 남은 사람은 어떻게 되는가? 코스타 씨와 라라는 내
곁으로 와서 손짓 발짓을 열심히 해가며 말을 이어갔다. 어이
없기는 그들도 마찬가지인 것처럼 보였다.

"E se eu disser todas as músicas que eu fiz falam sobre
ti."

내게 계속 말을 거는 두 사람을 뒤로하고 집에서 나왔다.
축준위 사람들이 어제 내가 설치하다가 만 몽골 텐트를 세우

고 있었다. 페소아를 닮은 공무원이 나를 알아보고 손을 흔들었다.

"Bom dia!"

입에서 쇠 맛이 올라왔다. 침을 뱉어보았지만 가시지 않았다. 내가 침 뱉는 모습을 본 매점 주인이 혀를 차며 경멸하는 표정으로 고개를 가로저었다. 나는 경사진 길을 따라 내려갔다. 기억이 맞다면 마르바오 바깥으로 나가는 문을 찾을 수 있을 것이었다. 작은 마을이었는데 생각보다 오래 걸어도 출구가 나오지 않았다. 마주치는 사람들은 예외 없이 나를 지나치게 반가워하거나 말도 못하게 경멸했다. 어느 쪽에도 납득할 만한 이유는 없었다. 성벽 끝에 다다르자 낡은 교회가 보였다. 그 앞에 서 있는 건 포르투의 터미널에서 나를 이곳으로 보낸 최민아 씨였다. 멱살을 잡거나 부둥켜안거나 둘 중에 하나는 해야 할 것 같았다. 하지만 아무것도 할 수 없었다. 그냥 눈물이 흘렀다.

"생각해봐요. 뭔가 이상하지 않아요?"

최민아 씨가 입을 열었다.

"해피포인트는 어차피 주고받기를 할 수 없어요."

"안 돼요?"

"네. 안 돼요."

"그럼 왜 나한테 그런 걸 달라고 했던 거죠?"

최민아 씨는 터미널에서처럼 담배 한 대를 꺼내 물었다. 나는 그가 뿜어낸 연기를 갤리선 모양으로 만들어 하늘로 띄워 보냈다.

"집에 돌아가고 싶어요."

"그건 힘들어요."

"왜죠?"

"파이브 파워가 망했으니까요."

나는 멍한 눈으로 최민아 씨를 바라봤다. 나를 놀리는 거라면 제발 여기까지 해줘. 거짓말이라면 이제 사실대로 말해줘. 마음속으로 몇 번이나 되뇌었지만 최민아 씨는 내가 원하는 답을 해주지 않았다.

"나를 여기 보낸 건 해원인력이었어요."

"망했어요?"

"네."

마스크를 쓴 한 무리의 관광객들이 깃발을 따라 줄을 맞춰 걸어갔다. Olá! 경쾌하게 인사를 건네왔다. 훈제한 돼지 앞다리를 어깨에 멘 여자가 씩씩하게 길을 따라 올라갔다. 내 앞을 지날 때 삭힌 치즈의 냄새가 났다. 특산물 부스를 채울 인근 지역 농민들이 한 해 동안 정성 들여 기른 수확물을 들고 마르바오로 들어오고 있었다.

"내가 뭘 어떻게 하면 되죠?"

"곧 축제가 시작해요."

"그런데요?"

"당신이 가장 잘할 수 있는 걸 해요."

최민아 씨가 내게 길쭉한 고무풍선을 건넸다. 나는 풍선을 불어 강아지를 만들었다. 땅에 내려놓자 꼬리를 흔들며 폴짝거렸다. 최민아가 풍선 하나를 더 건넸다. 나는 비행기를 불어 만들었고, 그것은 프로펠러 소리를 내며 관광객들 사이를 가로질러갔다. 박수가 터져나왔다. 꼬마들이 내 앞으로 뛰어왔다. 나는 또 풍선을 불어 똬리를 튼 뱀을 만들었다. 어디선가 나타난 마칭 밴드가 트럼펫을 불며 행진했다. 풍선 뱀이 노래에 맞춰 까딱까딱 머리를 흔들었다.

"그리고 그걸 계속해요."

나는 최민아가 건네준 죽마에 올랐다. 떨어지는 나뭇잎을 두 개 잡아 숨으로 붙여 나비를 만들었다. 하늘로 던지자 한 마리의 나비가 천 마리로 갈라지며 공중에 글씨를 만들었다.

Muito Obrigado!

나는 깨달았다. 이것이 진짜 포르투갈이다. 환호하는 관객들을 건너 성큼성큼 마르바오 중심가로 돌아갔다. 코스타 씨가 설치한 대형 텐트 안에 음향 장비가 설치되고 있었다. 노래자랑 순번표를 받은 사람들이 절대로 페소아가 아닌 공무원 앞에서 예심을 진행했다. 무대 위에서 댄스팀이 축하 공연 리허설 중이었다. 그들이 동작을 맞추는 라틴 템포의 음악은 진정한 라틴이 내가 밟고 선 땅 근처의 어느 반도에서 유래했음을 내게 일깨워줬다. 아, **포르투갈**. 마르바오 올리브 축제는 그 본질에 있어 증평 인삼골 축제와 다르지 않았다. 세계는 동일하다. 지구는 미국 아니면 유럽이다. 세계는 한때 유럽이었고 현행적으로 미국이었다. 어디에 서 있든 당신은 다르지 않다. 전신을 휩쓸고 지나가는 엄청난 깨달음이 죽마 위에 선 나를 한순간 휘청거리게 했다. 빵을 쌓던 축준위 사람이 넘어지지 않게 나를 붙들어줬다. 나는 큰 소리로 외쳤다.

Obrigado!

그렇게 나는 포르투갈의 피에로가 되었다.

* 본문에 등장한 포르투갈어 문장은 아래와 같은 음악에서 인용했다.
Fernando Danie - Se Eu(feat. Melim). ⓒ 2019 Universal Music Portugal, S.A.
Giulia Be - menina solta. ⓒ Warner Chappell Music, Inc
Bispo - Lembrei Me ⓒ 2020 Sony Music PT.

출처 없음, 출처 없음.

서이제

서이제

2018년 《문학과사회》 신인문학상을 수상하며 작품활동을 시작했다. 소설집 《0%를 향하여》가 있다. 2021, 2022 젊은작가상을 수상했다. km/s 동인으로 활동 중이다.

충격. 배우 신이정. 개인소유의 농장. 화석. 십 년 만에 발견.

    신이정이 개인소유의 농장에서 화석으로 발견되었다는 소식은 믿기 힘든 일이었다. 나는 기사 헤드라인을 보자마자, 그의 어린 시절을 떠올리게 되었는데 그건 나만의 일이 아니었을 것이다. 신이정은 15년 전, KBS 대하드라마 〈사도〉에서 어린 사도세자 역할로 대중들에게 처음 얼굴을 알리기 시작했다. 당시 드라마의 인기와 더불어 신이정은 큰 인기를 얻게 되었는데, 연기력 또한 인정받아 세간의 주목을 한몸에 받았다. 차기작들도 모두 성공적이었다. 그렇게 그는 배우로서의 커리어를 잘 쌓아가고 있었다. 그러나 이 모든 것들이 한순간 무너져내린 건 2차 성징이 오면서부터였다. 갑작스럽게 찾아온 신체의 변화는 그 어떤 노력으로도 막을 수 없는 일이었다. 결국 그는 마의 16세를 넘기지 못하고 역변하게 되면서 온갖 악성 댓글에 시달려야만 했다. 그 때문이었을까. 그는 17세가 되는 해, 돌연 모든 활동을 중단하고 캐나다로 유학을 떠나겠다고 발표했다. 그리고 그는 한순간 모든 미디어에서 자취를 감췄다.

역변의 아이콘 신이정 충격 근황.jpg

그가 세상에 다시 알려지게 된 건, 한 장의 사진 때문이었다. 클럽에서 반쯤 풀린 눈으로 담배를 피우는 모습이 촬영되어 온라인 커뮤니티에 유포된 것이었는데, 도대체 누가 어떤 이유로 사진을 유포한 것인지는 알 수 없었다. 어쨌거나 당시 이 사진은 큰 문제가 되었다. 그는 대중들에게 질타를 받게 되었고, 질타는 무분별한 비난으로 이어졌다. **저 새끼 100% 약 했다. 미성년자가 돌았네. 캐나다 유학 가서 약쟁이 됐구나. 신이정은 약 배우러 간 거야? 캐나다 마약 합법이잖아. 대마초 말하는 거다. 사실 대마초보다 담배가 더 중독성 강함. 신이정 좋아했는데. 신이정 왜 이 지경이 됨? 정신 차려라 진짜.** 곧이어 마약 의혹까지 불거지면서 그는 이미지에 큰 타격을 입게 되었다. 그가 정말로 유학생활 중 마약에 손을 댔던 것인지 아닌지는 끝내 알 수 없었다. 그 논란이 어떻게 종식되었는지조차도. 이후 또다시 그 어느 곳에서도 신이정의 소식을 들을 수 없었다. 어쨌든 그러한 일련의 사건들로 하여금, 내게 신이정은 그저 한때 잘나갔던 아역배우 정도로 기억되고 있었다. 그랬던 그가 개인 소유의 농장에서 화석으로 발견되었다니. 그런데 어쩌면 저건 하나의 은유일지도 몰라. 불현듯 그런 생각이 들었는데, 그건 아마 믿기 힘든 일을 믿기 위해 상상력을 동원했기 때문일지도 몰랐다. 은유적인 표현이 아니라면 그대로 받아들이기 힘든 문장이었으니까. 화석이 되었다는 건, 어린 나이에 이미 퇴물이 되어버린 배우, 또는 오랫동안 묻혀 있었던 배우에 대한 은유일 것이다. 그게 아니라면, 그것은 죽음에 대한 은유일 수도 있다. 그가 자신의 처지를 비관하고 극단적인 선택을 했더라도 이상할 게 하나 없었으니까. 그가 화석이 되었다는 말은 내게 이러나저러나 은유로 읽혔다. 그러나 사실은 잘못 읽힌 것이었다. **[배우 신이정, 개인 소유의 농장에서 화석 발견]** 다시 읽어보니, 신이정이 화석으로 발견되었다는 게 아니었다. 화석을 발견했다는 기사였다. 그런데 화석을 발견한 건 말이 되나?

● ● ● ● ● ●

2005년, 미국의 게임회사 '(주)오리지널 큐브'는 메타버스 플랫폼 회사인 '그라운드'와 합병하며 사업규모를 키워나갔다. 이후 '뉴 어스'와 '킹 오브 로드' 등이 다양한 게임을 출시해 성공을 거뒀지만, 그중에서도 가장 대중적인 인기를 얻은 건 '로맨틱 아일랜드'였다. 이 게임은 아름다운 가상의 섬에서 온라인 친구들을 만나, 함께 농사를 지으며 공동체를 형성해나갈 수 있도록 설계된 커뮤니케이션 게임이었다. 생동감 넘치는 그래픽 디자인으로 출시되자마자 큰 화제가 되었는데, 특히 계절에 따라 변하는 자연의 경관이 큰 볼거리였다. 유저들은 고해상도의 그래픽 경관에 완전히 매료되었다. 그건 현실에서는 볼 수 없는 아름다움이었다. 그들은 영원히 훼손되거나 파괴되지 않는 자연의 모습에서 위안을 얻었다. 하지만 이 게임이 인기를 끌 수 있었던 이유는 그뿐만이 아니었다. 게임에 가입하면, 누구든 자신의 땅을 가질 수 있었다. 유저들에게는 기본적으로 300제곱미터의 땅이 부여되었다. 개인의 능력에 따라 땅을 매입하는 일도 가능했지만, 그런 일은 거의 이뤄지지 않았다. 땅을 팔 수 있는 시스템이 구축되어 있지 않았기 때문이다. 애초에 투기가 불가능했던 것인데, 한 번 매입한 땅은 계정을 삭제하기 전까지는 처분할 수 없는데다가, 매달 고액의 세금까지 물어야 했기에 자칫 골칫거리가 될 수 있었다. 물론 더 많은 땅을 가지면 더 많은 작물을 생산할 수 있었고, 그렇게 유저들은 더 많은 작물을 팔아 더 많은 돈을 벌 수도 있었다. 그러나 결과적으로는 세금을 더 많이 부담하는 꼴이 되었기 때문에 추가로 땅을 매입하는 건 바보 같은 짓이었다. 그러니까 다시 말해, 더 많은 땅을 소유하는 것이 오히려 손해가 되는 세상이었다. 미친 듯이 폭등하는 집값에 내 집 하나 살 수 없는 현실에 진저리가 난 사람들은 로맨틱 아일랜드에서 새로운 희망을 찾으려고 했다.

나는 로맨틱 아일랜드가 출시되었던 해, 제1세대 유저가 되어 300제곱미터의 땅에 감자를 심었다. 감자를 좋아했던 건 아니었지만, 나의 취향과 별개로 게임 안에서 그것을 재배하는 일은 내게 큰 기쁨을 안겨주었다. 감자 재배의 가장 큰 묘미는 수확하기 전까지는 수확량을 정확히 파악할 수 없다는 데 있었다. 옥수수나 배추와 달리, 감자는 땅 속에 묻혀 있었으므로 뽑기 전까지는 줄기에 몇 알이나 붙어 있는지 알 수 없기 때문이었다. 나는 풍성하게 자란 잎사귀를 보며, 올해는 감자가 많이 달릴 것인지 아닌지를 헤아려보는 즐거움을 느끼곤 했다. 한편 과일을 키우는 유저들은 나무를 올려다보며 그것들의 개수를 따지곤 했는데, 그들은 감자를 키우기의 묘미를 절대로 이해하지 못할 것이다.

보통 유저들은 처음에 한 가지 작물을 키우다가, 시간이 지나면 구획을 나눠 다양한 것들—무, 배추, 고추, 고구마, 키위, 바나나, 청경채, 미나리 등등—을 키우기 시작했다. 그러나 나는 정말로 지독하게 감자만을 키웠다. 오직 감자만을.

오랫동안 한 가지 일에 종사한 사람들이 으레 그렇듯, 나는 자부심을 가지고 있었다.

이런 나와 마찬가지로, 오랫동안 한 가지 작물만을 집요하게 키워온 유저가 있었다. louis_xvi라는 아이디를 사용하는 유저였는데, 그는 내 땅으로부터 2킬로미터 떨어진 곳에서 매년 황금 튤립을 키우고 있었다. 적어도 내가 아는 한, 그보다 황금 튤립을 잘 키울 수 있는 사람은 없었다.

사실 황금 튤립은 모두가 키우기를 기피하는 작물이었다. 키우는 데 손이 많이 가기 때문이었다. 황금 튤립을 키우기 위해서는 일 년 내내 적절한 온도와 습도를 유지해주고, 매일 영양분을 채워줘야만 했다. 그건 현실에서의 삶을 어느 정도 포기해야만 가능한 일이었다. 매일 일정시간 이상, 게임에 접속해 있어야 했으니까. 그뿐만이 아니었다. 황금 튤립 한 송이를 키우기 위해서는 적어도 50제곱미터의 땅이 필요했다. 유저 한 명에게 주어진 땅의 면적은 300제곱미터, 그러니까 유저 한 명이 개인 소유의 땅에서 키울 수 있는 황금 튤립의 개수는 고작 여섯 송이에 불과했던 것이다. 여섯 송이 모두 살아남을 가능성도 매우 희박했고, 자칫 단 한 송이도 살아남지 못하게 될 수도 있었다.

그럼에도 불구하고, 유저들이 황금 튤립을 키우는 이유는 돈이 되기 때문이었다. 황금 튤립 한 송이의 가격은 300제곱미터에서 재배되는 감자를 판 가격과 맞먹었다. 그러나 게임에서 돈을 아무리 많이 번다고 해도 그게 다 무슨 소용이란 말인가. 물론, 돈을 벌면 작물을 재배할 때 필요한 농기구를 구매할 수도 있고 아바타를 꾸밀 옷과 신발을 살 수도 있었다. 돈을 더 많이 벌면 다른 유저를 고용하여 농장을 유지할 수도 있었다. 다른 유저가 농장 일을 하는 동안, 산책을 즐기거나 여행을 가는 것도 가능했다. 더 넓은 세상을 볼 수 있었다. 더 이상 노동에 묶이지 않아도 된다는 말이다. 그러나 louis_xvi는 다른 유저를 고용할 수 있을 만큼 돈을 모았음에도 불구하고 매년 손수 황금 튤립을 키웠다. 그는 수확의 기쁨을 아는 사람이었다.

● ● ● ● ● ●

올해만 벌써 일곱 번째였다. 이번에도 역시나 허탕을 칠 것이 분명했으나, 그럼에도 불구하고 혹시나 하는 마음으로 소개팅 후기를 검색하고 있는 내 꼴이 처량했다. 벌써 연말이 되었으니, 올해는 이번이 마지막이겠지. 한숨이 절로 나왔다. [이것만 알면(?) 소개팅 무조건 성공] [소개팅 100% 성공하는 법] [소개팅 백전백승] [소개팅 실패 원인 분석해드림] [절대로 실패하지 않는 소개팅] [소개팅 승률 100%] [소개팅 실패, 원인을 알아야 답이 보인다] [소개팅의 정석] [소개팅 완전 정복] [애프터 120% 성공하는 스타일] [소개팅 반드시 성공하는/실패하는 유형] 등등. 유튜브 콘텐츠의 섬네일을 보고 있으면, 마치 내가 소개팅이 나가는 게 아니라 전쟁터에 나가는 것만 같았다. 성공과 실패. 승리와 패배. 어디 싸우러 가나. 현호는 그런 나를 보고, 그런 건 연애 못하는 애들이나 들여다보고 있는 거라고 말했다. 약간 화가 났지만, 사실 틀린 말도 아니었다. 그래, 맞아. 그런데 나 같은 사람도 있어야 유튜버들이 조회수도 올리고 돈도 벌고 하는 거 아니겠어? 한편, 현호는 정오가 넘도록 침대에 위에 누워 게임을 하고 있었다. 그런데 너 또 그거 하냐? 폐인 새끼. 현호는 휴대폰을 손에 든 채, 히죽거리며 웃었다. 폐인 새끼라니. 나 영 앤 리치야. 슈퍼 감자 리치라고. 현호는 농장을 가지고 있었다. 적어도 게임 상에서는. 현호는 거의 미친 새끼처럼 몇 년간 감자만을 키웠는데, 정작 현실에서는 자신의 인성도 키우지 못하는 새끼였다. 나는 현호가 왜 이렇게 감자에만 집착하는 것인지 알 수 없었다. 아, 저 감자같이 생긴 게 무슨 연애를 하지. 억울해 죽겠네. 나를 더 억울하게 만들었던 것은 현호에게 애인이 둘이나 있다는 거였다. 한 명은 현실에, 한명은 게임 속에. 게임 속에서 사귀는 걸 사귄다고 말할 수 있을지 모르겠지만, 그의 말에 따르면 그는 게임 속에서 꽤 진지한 연애를 하고 있었다. 나로서는 별로 인정하고 싶지 않았지만 말이다.

게임 속 현호의 애인은 황금 튤립 농장을 운영하고 있었다. 나이도 성별도 국적도 모르지만 서로 통하는 점이 많다고 했다. 오직 한 가지 작물에만 애정을 다 쏟아본 사람들은 알아. 서로 느낌이 오지. 나는 그런 그에게 그건 네가 할 소리가 못 된다고 말했다. 너는 한 가지 작물에만 애정을 쏟으면서 정작 연애에 있어서는 그러지 못하잖아. 존나 모순적인 새끼야, 말이 앞뒤가 맞아야지. 그러나 그가 하는 게임 속 세상은 온통 말이 안 되는 것들뿐이었다. 계정만 만들면, 누구에게든 땅이 부여되었으니까. 원한다면 언제든 성별과 인종을 바꿀 수도 있었다. 그 누구도 나이 들지 않는 세계였으니 병마와 싸우지 않아도 되었고, 죽음을 두려워할 필요도 없었다. 그래서인지 이미 죽은 사람들도 그 세계에서 계속 목숨을 이어나가고 있는 것 같았다. 현호의 애인만 봐도 그랬다. 무슨 닉네임이 루이 16세야. 그럼 너 지금 루이 16세를 사귀고 있는 거야? 그것도 무려 황금 튤립 농장을 운영하는? 현호는 으스대는 표정을, 그러니까 뭔가 밥맛 떨어지는 표정을 지어 보이며 그렇다고 답했다. 그렇지, 내가 마리 앙투아네트인 셈이지. 나는 마리 앙투아네트가 어떻게 죽었는지 알고나 그러는 거냐고 물었고, 현호는 그건 자기가 알 바 아니라고 했다. 어차피 여기선 죽을 일 없어. **[소개팅 완전 정복]** 섬네일을 누르자, 유튜브 광고가 시작되었다. **[15초 후 Skip]**

• • • • • •

　아, 그런데 우리가 이렇게까지 열심히 해야 하나? 정말 기획이 중요해? 어떤 광고를 기획하는지는 하나도 중요하지 않아. 우리가 무엇을 기대하든, 어차피 광고주는 늘 최악을 고르니까. 야근에 지친 아름님은 고카페인 음료를 마시다 말고 말했다. 오우, 아름님. 방금 전에 되게 광고 같았어요. 그 말을 그대로 카피로 옮길 수는 없나. 아, 진짜 너무 공감이 되고 내 마음을 울리네. 가끔 이렇게 새벽까지 회사에 처박혀 아이디어 회의를 할 때면 마음이 헛헛해지고는 했다. 아름님 말이 다 맞았다. 우리가 아무리 열심히 머리를 쥐어짜내도, 광고주 마음에 들지 않으면 끝장인 것이다. 우리의 모든 노력은 수포로 돌아갔다. 우리는 수포로 돌아갈 일들을 위해 자주 밤을 샜다. 계속 밤을 새우기 위해, 고카페인 음료를 마셨는데 너무 많은 카페인을 마셔서 이제는 그만 마셔도 될 것 같았지만, 어쩐 일인지 그걸 알면서도 계속 마시게 되었다. 중독. 그래, 우리는 아마 중독된 것 같았다. 밤을 새우는 일과 거절당하는 일에. 우리는 모두 알고 있었다. 가장 좋은 광고는 광고주 마음에 들지 않는 광고, 즉 영원히 만들어질 수 없는 광고라는 사실을 말이다.

・・・・・・・

　나는 내 얼굴이 또다시 세상에 알려지게 되는 것을 원치 않았지만, 상황이 이렇게 된 이상 어쩔 수가 없었다. 더군다나 이런 식이라니. 내가 로맨틱 아일랜드의 유저라는 사실이 알려진 것은 얼떨결에 벌어진 일이었다. 이 게임이 출시되었을 당시, 나는 인생에서 가장 끔찍한 시기를 보내고 있었다. 그랬기 때문에 이 게임에 더욱 각별한 감정을 가질 수밖에 없었을 것이다. 연기활동을 그만둔 후, 나는 거의 방 안에 처박혀 게임만 했다. 공식적으로는 캐나다 유학생활 중이었지만 실제로는 캐나다에 가지 못했다.

　캐나다 유학을 가려고 했던 건 사실이었다. 더 이상 연기활동을 할 수 없을 거라고 판단한 후, 나는 그대로 한국을 떠날 계획이었다. 이미 얼굴이 알려진 이상, 평범하게 학교생활을 하는 것이 불가능했다. 다행히 부모님도 나와 같은 생각이었기에 내게 조금 더 버텨야 한다는 식의 따분한 조언은 하지 않았다.

　수많은 나라 중에 캐나다를 선택한 건, 삼촌이 캐나다에 살고 있었기 때문이다. 삼촌은 유학에 대해 내게 실질적인 조언을 해줄 수 있는 유일한 사람이었다. 나는 대학교를 졸업할 때까지 삼촌과 함께 살 예정이었는데, 유학을 가기 직전 삼촌이 운영하던 회사가 재정적 문제로 문을 닫게 되어 모든 계획이 무산되어버렸다. 그때는 이미 내가 캐나다로 유학을 가게 되었다고 기사가 보도된 이후라서, 유학을 가지 못하게 되었다고 번복하기에는 이미 늦어버린 상황이었다. 더군다나 나는 그런 식으로 또다시 세간의 주목받게 되는 것을 원하지 않았다. 그래, 캐나다에 있다고 하자. 차라리 그게 나을지도 몰라. 나는 그렇게라도 사람들의 기억 속에서 사라지고 싶었다. 그러나 주목받는 일과 마찬가지로, 잊히는 일 또한 내 마음대로 되는 게 아니었다. 나는 오보를 통해 다시 세상에 알려지게 되었다. 그것도 마약 투여 의혹을 받으며. 그때 내 나이는 19살에 불과했다. 논란이 된 사진은 내가 활동 중단 선언을 하기 전, 마지막으로 참여했던 영화의 촬영장에서 찍힌 것이었다. 정확히 언제 누가 찍었는지까지는 알 수 없었지만, 사진 속 술도 담배도 모두 그날의 촬영을 위해 준비된 것들이었다. 나는 그날의 일에 대해 상세히 기억해낼 수 있었다. 그날 나는 촬영을 위해 이른 아침 매니저와 함께 이태원 클럽에 갔었다. 대사는 두 마디 정도가 다였다. 나는 몰라. 지랄하지 마, 개새끼야. 그리고 어른들에게 구타를 당하다가 끌려나가는 장면이었다. 촬영장 분위기는 좋았다. 열연을 했지만, 그 신은 편집과정에서 모두 삭제되었다. 청소년이 어른들 무리에게 구타를 당하는 장면이 너무 사실적으로 묘사되어 자칫 관객들에게 불쾌감을 줄 수 있다는 이유였다. 동의하기 어려웠으나, 감독은 다음에 좋은 작품을 함께하자는 말로 나를 위로했다. 어찌되었건 나는 그렇게 영화 속에서 사라지게 되었지만, 그날 누군가에 의해 찍힌 사진은 세상 사람들에게 널리 퍼지게 되었다. 어쩌면 그날 나는 영화를 찍은 것이 아니라, 오보에 실릴 사진을 찍으러 갔던 걸지도. 참 기이한 방식으로 인생이 흘러간다고 생각했다.

그런 일련의 사건들로 인해, 나는 더욱더 게임에 열중하게 될 수밖에 없었다. 얼굴과 성별과 인종을 바꿀 수 있는 곳은 그곳뿐이었으니까. 그곳은 그 어떤 논란도 생성되지 않는 곳이었다. 그저 정직하게 해가 뜨고 지는 곳. 그렇게 하루가 지나고, 하루가 지나면서 계절이 바뀌는 곳. 계절의 흐름에 따라 변하는 풍경을 질릴 때까지 지켜볼 수 있는 곳이었다. 나는 그곳에서 키우기 가장 어렵다는 황금 튤립을 키웠다. 새롭게 친구도 사귈 수 있었고 연애도 할 수 있었다. 이따금 나는 로맨틱 아일랜드에서의 삶이 나의 진짜 삶일지도 모른다는 생각을 하기도 했다. 적어도 그 열매를 발견하기 전까지만 해도.

● ● ● ● ● ●

저 새끼 게임에서도 연애해요. 양다리야, 양다리. 또라이 새끼. 너의 룸메이트는 나를 볼 때마다 네가 튤립 농장주와 바람을 피우고 있으니 조심하라며 놀리듯 말했다. 나는 그 말에 몇 번 웃다가 말았다. 처음에는 농담으로 들렸던 그 말이 점점 불쾌하게 느껴졌기 때문이다. 그래서 나는 싫은 내색을 비췄으나, 그럼에도 불구하고 너의 룸메는 계속해서 내게 농담을 던졌다. 왜 자꾸 내게 그런 농담을 하는지 이해할 수 없었는데, 그 때문인지는 몰라도 나는 자꾸만 현실에 존재하지 않는 그 튤립 농장을 상상하게 되었다. 나도 한 번쯤 그 농장을 보고 싶었다. 그곳에 가보고 싶었다. 어쩌면 나는 그 농장에서 튤립을 키우고 있는 너의 또 다른 애인이 보고 싶었는지도 모르겠다. 헛웃음이 나왔다. 이런 생각을 하고 있는 게 바보 같다고 생각하면서도, 어쩔 수가 없었다. 나도 로맨틱 아일랜드의 유저가 되어보기로 했다.

유저가 되기 위해서는 땅에 무엇을 키울지 먼저 결정해야 했다. 신규 가입자는 35종의 작물 중 하나를 선택할 수 있었다. 나는 마늘과 튤립을 동시에 키우고 싶었지만, 처음에는 무조건 하나의 작물만을 취급할 수 있었다. 가이드에 따르면, 작물을 열심히 재배하면 나중에는 더 다양한 작물을 키울 수 있다고 했다. 게임 안에는 총 380종의 작물이 존재한다고 했는데, 나도 언젠가 이 모든 작물을 한 번씩 다 키워보고 싶었다.

[중복 선택할 수 없습니다.] 그러나 아직은 하나밖에 고를 수 없는 처지였다. 결국 나는 튤립을 키우기로 마음먹었다. 너의 또 다른 애인이 황금 튤립을 키우고 있었기 때문이었다. **[튤립 품종을 선택하시오.]** 튤립의 종류는 총 3가지였다. 분홍 튤립, 검은 튤립, 황금 튤립. 그중 실제로 존재하는 튤립은 분홍 튤립뿐이었다. 내가 오래도록 아무것도 선택하지 못하자, 하단에 새로운 창이 떴다.

[도움이 필요하시나요?]

창을 클릭하면, 게임을 이용하는 데 필요한 정보들을 더 많이 얻을 수 있었다. 원한다면 튤립에 대한 정보도 더 상세히 얻을 수 있었다. 개화시기와 수확시기, 모종을 심는 방법부터 키우는 방법까지. 나는 땅의 위치와 기후 조건에 따라 토양을 관리하는 방법도 달라진다는 것을 알게 되었다.

모든 조건을 따져본 후, 나는 검은 튤립을 선택하기로 마음먹었다. 검은 튤립은 가장 손이 덜 가는 품종이었지만 단가가 낮다는 단점이 있었다. 더군다나 황금 튤립과 마찬가지로 여섯 송이밖에 키울 수 없었다. 단가도 낮은데다가 많이 키울 수도 없으니, 검은 튤립을 키우는 것은 무모한 일이었다. 검은 튤립을 키우기 위해서는 채굴이나 사냥을 해서 따로 돈을 더 벌어야만 했다. 그럼에도 불구하고 검은 튤립이 매혹적이었던 까닭은 변이된다는 점이었다. 검은 튤립을 가꾸다 보면 변이된 품종을 얻을 수 있다고 했다. 변이된 품종은 시장뿐만 아니라, 연구소나 미술관에 판매할 수도 있었다. 그것도 아주 높은 가격으로. 그러니까 다시 말해 한방을 노릴 수 있었다. 자칫 파산을 하게 될 수도 있었지만, 어차피 호기심으로 시작한 게임이었으니 파산을 해도 상관없는 일이었다. 아이디는 언제든 다시 만들 수 있었으니까.

[로맨틱 아일랜드에서 새로운 삶이 시작되었습니다.] 검은 튤립을 선택하자, 경쾌한 음악과 함께 게임이 시작되었다. 검은 튤립은 구근의 형태로 배당되었다. 나는 내 땅에 구덩이를 파고, 그것을 땅에 심었다.

● ● ● ● ● ●

원래 튤립은 터키의 척박한 고산 초원지대에서 번성했던 꽃이었다. 날씨가 춥고 건조한 지대에서 자랐던 꽃인 만큼, 튤립은 오랜 시간 동안 열악한 환경 속에서도 살아남을 수 있는 방식으로 진화해왔다. 특히 어떻게 꽃가루를 옮겨 번식을 할 것인지가 가장 중요한 문제였다. 튤립은 강한 바람에 꺾이지 않도록 자신의 뿌리와 줄기를 더 두껍고 튼튼하게 만들어야 했다. 또 벌의 눈에 잘 띄도록 강렬한 색을 가져야만 했다. 그리고 튤립은 벌이 꽃가루를 옮기는 동안 바람에 날아가거나 얼어 죽지 않도록 꽃봉오리를 동그랗게 오므려 온도를 높이기도 했다. 벌을 유혹해야만 꽃가루를 옮겨 번식할 수 있었기 때문이다.

16세기 후반, 튤립은 터키의 고산 초원지대에서 유럽 전역으로 옮겨졌다. 유럽인들은 튤립이 가진 부드러운 곡선의 형태와 화려한 색감에 매료되었다. 귀족과 부유층들은 그 아름다움을 즐기기 위해 집 앞 정원에 튤립을 심었다. 당시 튤립은 알뿌리 상태로 거래되었으므로 어떤 색깔의 꽃이 피게 될지를 알기 위해서는 인내가 필요했다. 그러나 그들은 그 시간을 사랑했다. 그들은 자신들이 곧 마주하게 될 아름다움, 그 미지수의 기쁨을 위해 돈을 아끼지 않았다.

17세기에는 흰색과 붉은 색의 독특한 무늬를 가진 튤립이 등장했는데, 사실 이 튤립은 변이된 품종이었다. 그러니까 다시 말해, 이 아름다운 무늬는 어느 날 갑자기 튤립 모종에 바이러스가 침투하게 되면서 만들어진 것이었다. 바이러스가 색소 형성을 억제하면서 하얀 줄무늬가 생긴 것이었는데, 그 모습은 얼핏 찢긴 종이와 비슷한 모양이었다. 그 꽃은 아름다웠지만, 안타깝게도 바이러스에 감염되면서 생식기능이 떨어졌기에 번식에 어려움을 겪을 수밖에 없었다. 번식률이 떨어

Semper Augustus (Unknown Artist)*

졌고, 이에 따라 희소가치가 높아지면서 가격이 폭등하게 되었다. 그러자 튤립은 투기의 대상이 되었다.

모순적이게도, 그때부터는 더 이상 튤립이 필요하지 않았다. 아름다움을 느끼기기 위해 그것을 사고파는 게 아니었으

---

* https://www.facebook.com/TulipTimeFestival/photos/semper-augustus-is-said-to-have-been-the-most-valuable-tulip-of-all-time-made-fa/10155818133292667/

므로, 계약서 몇 장으로도 거래가 성사될 수 있었다. 거래를 위해 직접 튤립 모종을 가져갈 필요가 없다는 말이다. 어느 순간부터 사람들은 자신들이 사고파는 것이 무엇인지 알지 못했다. 사실 그들이 사고파는 것은 꽃도 아름다움도 아니었다. 그들은 욕망만을 사고팔며 시간을 허비할 뿐이었다. 그들이 사고파는 것에는 실체가 없었다.

● ● ● ● ● ●

'(주)오리지널 큐브'는 게임을 처음 설계할 때부터, 로맨틱 아일랜드 땅속에 '열매' 1000개를 심어두었다. 알려진 바에 의하면, 열매 1개당 2개에서 8개의 종자가 담겨 있으니, 섬 안에 대략 최소 2000개 이상의 씨앗이 뿌려진 셈이었다. 그러나 로맨틱 아일랜드의 전 세계 유저가 1억 5000만 명이었으니, 그리 많은 양도 아니었다. 더군다나 열매는 디지털 화석 상태로 땅속에 묻힌 채, 십여 년간 발견되지 않고 있었다. 그래서 사실상 유저들은 그 열매의 존재를 전설로만 받아들이고 있었다. 게임의 세계관을 구축하기 위해 만들어진 전설이라고. 마치 에덴동산의 선악과처럼. 아니, 쉽게 말게 만화 《원피스》에서의 원피스 같은 거라고. 모든 국가에는 건국신

화가 있듯, 모든 세계에는 오래된 이야기가 있었다. 이야기는 세계를 가능하게 만들어주는 하나의 체계였다.

그런데 전설로만 존재하는 줄 알았던 그 열매, 그러니까 디지털 화석 상태로 남은 그 열매가 정말로 존재했던 것이다. 그것은 황금 튤립 농장을 운영하던 한 유저에 의해 최초로 발견되었는데, 그보다 놀라운 것은 그 유저가 한국인이었다는 사실이었다. 온라인 게임 커뮤니티에서는 이 일을 두고 말이 많았다. 열매 화석을 발견한 유저에게는 상금이 지급된다는 소문이 돌기 시작했는데, 그 소문이 어디서부터 시작되었는지는 정확히 알 수가 없었다. 달러로 받는 거야? 상금 얼마임? 게임회사니까 돈 엄청 많겠지? 와, 부럽다. 갑자기 부자되면 망한다. 누군지 알고 싶다. 그걸 왜 알고 싶어. 구걸하려고? 돈 받으면 기부해라. 게임해서 번 돈인데. 게임하다가 팔자가 폈네. '㈜오리지널 큐브'는 신변보호를 위해 최초 발견자의 신상정보를 공개할 수 없다고 발표했으나, 누리꾼들은 기어코 그가 누구인지를 찾아내고야 말았다.

●●●●●●

내가 모 언론사의 자회사에 취직했을 때 부모님은 나를 무척 자랑스러워하셨다. 부모님의 기억 속에 기자는 자랑할 만한 직업이었으나, 실상 내가 하는 일은 그렇지 못했다. 직접 취재를 하고 기사를 쓰는 기자들은 따로 있었다. 나는 주로 그들이 쓴 기사를 베끼거나 인용하여 온라인 기사를 새롭게 다시 쓰는 일을 했다. 내가 나태했기 때문이 아니다. 현장 취재나 사실 검증은 애초에 내게 주어진 일이 아니었다. 다시 말해, 나는 기사를 쓰는 게 아니라 기사의 조회수를 올리는 일을 하고 있는 셈이었는데, 이렇게까지 하는 이유는 결국 다 돈 때문이었다. 내가 일하는 언론사는 대기업에서 지불하는 광고료 없이는 회사를 유지하기 어려운 상황에 봉착해 있었다. 그러니 광고수익을 위해 조회수에 목숨을 걸 수밖에 없었다. 그 압박은 기자들에게 고스란히 전해졌다. 특히, 나와 같이 입사한 지 얼마 안 된 사람들에게는 더욱더. 아래로 내려올수록 압박은 가중되었다. 실적 또한 조회수로 평가받아야 했기 때문이다.

내가 하루에 써야 하는 기사의 수는 이미 정해져 있었다. 그래서 이따금 정말로 옮기고 싶지 않은 기사를 옮겨 적어야 할 때도 있었다. 나는 매일 끊임없이 충격적인 사건을 찾기 위해 온갖 온라인 커뮤니티를 들락거렸다. 트위터, 인스타그램, 디시갤러리, 보배드림, 네이트판 등등. 누군가 써놓은 자극적인 기사를 찾아나서기도 했다. 아찔, 섹시, 노출, 미친, 충격과 같은 단어들을 들어간 기사들을. 이슈가 될 만한 사건이 없다면, 이슈가 될 만한 문장을 써야 했다. 별것도 아닌 일을 별것처럼 포장해서.

어차피 평생 할 일도 아니잖아. 그렇게 생각하면 마음이 조금 나아졌다. 위로가 되었다. 이 일을 하기 전에는 온 세상이 매일 충격적인 사건 사고로 가득하다고 생각했다. 그러나 막상 컴퓨터 앞에 앉아 기사를 쓰는 입장이 되니 생각보다 세상은 평온하게 유지되고 있는 것만 같았다. 사는 게 지루해질 만큼. 그러나 그건 내 착각일 것이다. 그건 내가 하루 종일 충격적인 사건과 사고, 자극적인 이야기들만 쫓고 있었기 때문일 것이다. 나는 얼른 이 모든 일을 끝내고 퇴근을 하고 싶었다. 퇴근 이후에는 친구들과의 약속이 잡혀 있었다. 친구들과 술이나 한잔하면서 시시한 이야기들을 하고 싶었다.

● ● ● ● ● ●

우리가 저녁 식사를 끝내고 술집으로 자리를 옮겼을 때까지도 수영은 퇴근을 하지 못한 상태였다. 수영이 오늘 못 오겠는데. 아니야, 올 거야. 걔 술자리 절대 안 빠져. 나는 수영에게 카톡으로 술집 위치를 찍어 보낸 후, 너와 둘이 시간을 보냈다. 늘 그렇듯, 우리가 하는 나누는 대화들은 죄다 쓸데

없는 것들이었다. 그러나 오늘 너는 내게 중요한 이야기를 하려는 듯 진지한 태도를 보였는데, 막상 들어보니 역시나 별것도 아닌 이야기였다.

　너는 최근에 소개팅을 했는데 일이 아주 귀찮게 되었다고 했다. 나도 마음에 들었어. 아니, 나쁘지 않았어. 이후에도 몇 번 더 만났어. 너는 거기까지만 말하고 더 이상 말을 하지 않았다. 뭐야, 너 지금 나한테 자랑하는 거냐? 아니, 그게 아니라. 너는 또다시 말끝을 흐리며 고개를 저었다. 그럼 도대체 뭐가 문제야. 소개팅을 했다? 이후에 몇 번 더 만났다? 그런데 뭐가 문제냐고. 너는 맥주로 목을 축인 뒤 다시 입을 뗐다. 나도 잘 모르겠다는 말이지. 만나면 만날수록 내 취향은 아닌 것 같아. 그 말을 듣고도 나는 네가 이렇게 궁상을 떠는 이유를 이해할 수 없었다. 그래, 그럴 수 있지. 네 취향이 아닐 수 있지. 그런데 아마 너도 그분 취향은 아닐 거야. 그러니까 꼴값을 떨지 말라고. 너도 이제 나이가 있는데, 이런 너를 지켜보는 친구의 마음도 헤아려야 되지 않겠니? 응? 나는 그렇게 말하고는 맥주를 더 시켰다. 새로 시킨 맥주를 다 마신 후에는 소주를 시켰다. 소주를 또 시켰다. 여기 안주가 괜찮네. 저기 메뉴판 옆에 봐봐. 소주 3병 이상 주문하면 깐풍기가 공짜라는데? 시켜, 시키자. 왠지 모르게 상술에 걸려든 것 같았지만 상관없었다. 상술이 아닌 게 없었으니까. 그냥 속고, 즐거우면 그만이었다. 그러나 그렇다고 늘 즐거웠던 것도 아니었다.

깐풍기는 테이블 위에서 차갑게 식어가고 있었다. 우리는 소주를 더 마시며 쓸데없는 말들을 이어갔다. 직장에 대한 푸념, 말해봤자 해결되지 않을 일들에 대한 것들. 그것도 아니라면, 나와 아무런 관계없는 연예인 사생활 이야기. 언제 어디서 봤는지도 기억나지 않는 가십들을 훑으며 시간을 보냈다. 시간이 얼마나 흘렀을까. 우리는 점점 술에 취해갔고, 할 말도 잃어가고 있었다. 더 이상의 가십이 떠오르지 않았다. 야, 11시까지 수영이 안 오면 그냥 가자. 우리 오늘 많이 마셨어. 내가 말하자, 너는 갑자기 묻지도 않은 소개팅 이야기를 다시 꺼냈다. 아씨, 그 얘기를 왜 또 꺼내는 거야. 내가 짜증을 내자, 너는 제발 부탁이니 자기가 하는 말을 한 번만이라도 진지하게 들어달라고 했다. 진짜야. 나 지금 완전 곤란하다고. 그 사람 나한테 관심이 있는 것 같다니까. 근데 진짜 내 취향이 아니거든? 나는 그럼 연락을 끊으라고 했다. 어차피 사귈 거 아니면 빨리 관계를 정리하라고 했다. 진심 어린 조언이었다. 하, 그런데 말이야. 너는 말끝을 흐린 뒤, 이어 말했다. 상처 주기가 싫어. 그 말을 들었을 때, 나는 한숨이 절로 나왔다. 당장 집에 가고 싶었다. 이 꼴을 보고 있느니, 얼른 집에 가서 잠이나 자는 게 나을 것 같았다. 내가 보기에 너는 그저 변명을 하고 있을 뿐이었다. 술에 취했어도 그 정도는 알 수 있었다. 야, 네가 그 사람한테 관심이 있네. 그러니까 아까부터 계속 그 얘기만 하지. 그거 네가 관심이 있다는 거야. 상

64

처 주기 싫은 게 아니라 상처받기 싫어서 그런 거라고.

• • • • • •

오늘은 그로부터 연락이 없었다. 그렇다고 내가 먼저 연락을 할 생각은 없었지만, 이상하게도 자꾸만 휴대폰을 들여다보게 되었다. 술을 마시는 사이, 진눈깨비라도 내렸던 건지 아스팔트 바닥이 축축하게 젖어 있었다. 바닥이 미끄러워 몇 번이고 넘어질 뻔했는데, 어쩌면 술에 취한 탓일지도 몰랐다. 그런데 나는 길을 잃은 걸까. 분명 지하철역으로 향하고 있었는데, 나는 지금 어디에 있는 걸까. 고개를 돌려 주위를 살펴보았지만, 여기가 어디인지 도통 알 수가 없었다. 그저 눈앞에는 번쩍거리는 간판들만 보이고. 여기저기에서 들려오는 음악 소리에 귀가 따가웠다. 머리통이 울릴 정도였다. 아, 아. 나는 숨을 내쉬었다. 아, 시발. 괜히 욕이 나왔고. 나도 모르게 주머니에 손이 갔다. 주머니에서 담배를 꺼냈다. 그것을 입에 물었다. 그런데 정말로 친구가 했던 말이 맞는 걸까. 아까 술자리에서 들었던 말이 떠올랐다. 정말로 내가 그 사람에게 관심이 있는 걸까. 아무리 생각해도 그건 아닌 것 같았지만, 아닌 것 같았지만, 아닌 것 같았지만, 자꾸만 그 사람이 생각나는 건 부정할 수 없는 사실이었다. 왜 이러지. 그 사람이 나한테 호감을 표현해서 그런가? 그러다가 갑자기 내게 연락을 하지 않아서? 정말 그런가? 아니다. 나는 누가 나에게 호감을 표현한다고 해서 바로 호감을 느끼는 부류의 인간이 아니었다. 나는 지금껏 내게 호감을 표했지만 끝내 호감이 생기지 않았던, 그렇게 나를 스쳐지나갔던 몇몇의 인연들을 떠올려보았다.

소개팅 이후, 이렇게까지 마음이 복잡해진 적은 처음이었다. 보통은 소개팅 당일에 바로 더 만나볼 것인지 말 것인지를 결정할 수 있었다. 물론 더 만나보고 싶었지만, 나를 원하지 않았던 상대들도 있었다. 마음이 아프진 않았다. 어차피 이 나이에 하는 소개팅은 다 그런 거였으니까. 아니다 싶으면 차라리 빠르게 끝내는 게 나았다. 조건에 맞는 사람을 만나기를, 마음에 드는 사람을 만나기를 빌어주면 그만이었다. 그만이었다. 이제 그만, 정신을 차리고 역으로 가야겠다고 생각했다. 아직 불을 붙이지 않은 담배가 내 입에 물려 있었다. 나는 라이터를 찾으려고 바지 주머니를 뒤적거렸다. 그때 누군가 내게 말을 걸었다. 호객꾼인 것 같았다. 아마 그랬을 것이다. 음악 소리가 너무 커 그가 내게 뭐라고 말했는지는 잘 모르겠다. 그가 하는 말이 하나도 귀에 들어오지 않았는데, 그건 어쩌면 술에 취한 탓일지도 몰랐다. 나는 이곳을 빠져나가고 싶어져 그의 손길을 뿌리치고 빠르게 걸었다. 종종걸음으로. 미끄러운 아스팔트 거리를 종종걸음으로. 그러다가 전선에 걸려 넘어졌는데, 넘어졌는데, 넘어졌는데. 비명 소리가 들렸다. 잠시 눈앞이 흐려졌고. 사람들이 웅성거리기 시작했다. 아이, 시발. 통증은 느껴지지 않았지만 몸이 움직이지 않았다. 이상한 일이었다. 아, 아. 나도 모르게 신음이 터져나왔는데, 누군가 내게 다가와 몸을 바로 뉠 수 있도록 도와주었다.

아, 아. 시간이 지나자, 잠시 흐릿했던 시야에 초점이 맞춰지기 시작했다. 컴컴한 밤하늘, 그 아래 형형색색으로 빛나는 간판들. 그리고 인형 모형의 에어간판이 내 시야 안으로 들어왔다가 나갔다. 다시, 들어왔다가 나갔다. 반복되었다. 저걸 스카이댄스라고 불렀던가. 어쨌든 그것은 밝게 웃는 얼굴로 계속해서 팔을 휘젓고 있었다. 여기 좀 보라는 듯이. 제발 좀 보라는 듯이. 나는 그것을 별로 보고 싶지 않았으나 보고 있을 수밖에 없었다. 몸이 움직이지 않았으므로, 보고 싶지 않아도 계속 보게 되었다.

● ● ● ● ● ●

[마약 의혹, 신이정 이번에는 수확의 기쁨……] [대마초 의혹 있었던 신이정, 이번에는 씨앗?] [신이정, 마약중독 NO…… 게

임중독?] [신이정, 힘들었던 시간 게임으로 이겨내] [신이정, 마약 파문은 지우고 싶은 기억] [아역배우 신이정, 농장주 되다?] [신이정, 개인 소유 농장에서 발견한 이것 알고 보니?] [배우 신이정, 개인 소유의 농장에서 화석 발견] 나는 로맨틱 아일랜드가 그리울 때마다, 지난 기사들을 훑어보곤 했다.

신이정이 세계 최초로 열매 화석을 발견했을 때, 그 열매에 대해 자세히 알고 있는 사람은 거의 없었다. 그렇기 때문에 뜬소문들이 퍼졌던 것이다. 열매 화석을 발견한 유저에게는 엄청난 액수의 돈이 지불된다는 이야기, 어쩌면 그건 사람들의 바람이었는지도 모른다. 게임을 하다가 하루아침에 팔자를 고칠 수 있다면 얼마나 좋겠는가. 그보다 꿈같은 이야기가 어디 있겠는가. 신이정의 소식이 알려진 후, 사람들은 너도나도 로맨틱 아일랜드의 땅을 파헤치기 시작했다. 그들 중에는 무분별하게 땅을 사는 사람들도 있었다. 더 많은 땅을 사면 열매 화석을 찾을 가능성이 높아진다고 생각했던 것이다. 그것도 모자라, 사람들은 로맨틱 아일랜드의 땅을 현실에서도 사고팔기 시작했다. 중고거래 사이트에는 로맨틱 아일랜드의 땅과 아이디를 판매한다는 글이 자주 올라오곤 했다. 실제로 현금 거래가 이뤄졌던 것인데 이는 큰 문제가 되었다. 그렇게 로맨틱 아일랜드는 단 일주일 만에 초토화상태가 되어버렸고, 이는 그곳을 순수하게 사랑했던 유저들에게 큰 상처를 안겨주었다. 수시로 서버가 다운되었으므로 그들은 그곳을 떠날 수밖에 없었다. 그곳을 떠나며, 그들이 마지막으로 봐야 했던 것은 아름다운 경관이 아니라 훼손되고 파괴된 섬의 모습이었다. 고해상도의 그래픽은 그 모습을 더욱 적나라하게 묘사해주고 있었다.

이후, ㈜오리지널 큐브는 게임 서버를 일시적으로 중단하겠다고 발표했다. 게임의 문제들을 보완한 후, 로맨틱 아일랜드를 새롭게 오픈하겠다고 약속했다. 더불어, 로맨틱 아일랜드는 사행성 게임이 아니며, 게임 상의 그 어떤 요소도 투기성 재화로 환원될 수 없다고 재차 밝혔다. 대표를 비롯한 직원 모두가 이번 사태를 매우 안타깝게 생각하고 있다며, 이 상황에 빠르게 대응하지 못하여 죄송하다는 말도 전했다.

[접속 불가능. 더 좋은 서비스를 위해 개편 중입니다.]

서비스 개선을 위해 서버가 중단된 지 어느덧 1년이 지나고 있었다. 나는 아직도 로맨틱 아일랜드의 오픈을 간절히 기다리고 있었다. 서버가 중단되기 전, 나는 그곳에서 오랫동안 여러 작물들을 키우며 재미를 보고 있었다. 쌀과 밀. 콩과 옥수수. 양배추와 고구마 등등. 처음에는 작물이 자라는 모습을 지켜보는 것만으로도 큰 기쁨을 얻을 수 있었다. 그러다가 게임을 시작한 지 5년이 되던 해, 검은 튤립을 키워 떼돈을 벌었다는 사람을 만났다. 그는 운 좋게도 자신의 땅에서 변이된 품종이 나왔다고 했다. 그것도 무려 여섯 개나. 이후, 그 돈으로 사람을 고용해 농장을 운영했기 때문에 결과적으로는 시간을 벌 수 있게 되었다고 했다. 그래서 이렇게 여행을 즐기며 더 넓은 세상을 볼 수 있게 되었다고. 사실 나는 검은 튤립에서 변종을 얻어 돈을 버는 건 무모한 일이라고 생각해왔다. 그런데 막상 그 말을 들으니, 그리 무모한 일도 아니라는 생각이 들었다. 더군다나 그의 농장은 꽤나 가까운 곳에 위치해 있었다.

결국 나는 밭을 모두 밀어버리고 그곳에 검은 튤립을 심었다. 그것을 키울 돈을 벌기 위해, 나는 다른 농장에서 감자와 고구마를 키우는 일을 해야 했지만 괜찮았다. 내 땅에서 변종을 얻을 수만 있다면, 지금의 노고는 아무것도 아니라고 생각했다. 이후, 나는 줄곧 다른 농장에서 일을 했으므로 내 땅을 들여다볼 여유가 없었다. 물론, 내가 심어놓은 검은 튤립들이 자라는 모습도 지켜볼 수 없었다. 그런데 변이된 품종은 어떤 모습일까. 이따금 내 땅으로 돌아가, 검은 튤립을 볼 때면 그런 생각을 했다. 마치 검은 튤립의 봉우리 안에서 어떻게 해서든 다른 색을 찾아내려는 듯이, 시신경을 곤두세우고. 그래봤자 튤립은 언제나 검을 뿐이었다. 가끔 나는 내가 무엇을 키우고 있는 건지 알 수 없다는 생각을 했다. 그러던 어느 날, 나는 검은 튤립 표피에 흰 줄이 그어진 것을 발견했다. 처음에는 색상 값에 오류가 생긴 것이라고 생각했다. 아니면 픽셀

이 깨졌거나. 그런데 조금 더 자세히 들여다보니, 변이가 시작된 것이었다. 그러나 그 순간, 서버가 다운되었다.

[이 페이지를 표시할 수 없습니다.]

(주)오리지널 큐브에 의해 뒤늦게 알려진 바에 따르면, 열매 화석은 무엇이든 될 수 있었다. 열매 화석을 발견한 후 그것을 땅에 심으면, 유저가 오랫동안 바라던 것들이 자라난다고 했다. 열매 화석이 품고 있는 종자에서 무엇이 자라나게 될지는 알 수 없었다. 그것을 어렴풋이 알 수 있는 사람은 발견자뿐이었다. 왜냐면 종자의 데이터는 인공지능이 오랫동안 유저의 정보와 생활패턴을 분석한 결과로 만들어진 것이었으니까. 자기 자신에 대해 잘 알고 있다면, 종자에서 무엇이 자라나게 될지도 가늠할 수 있었다.

신이정이 우연히 발견한 것은 종자 6개짜리 열매였다. 만약 그가 땅에 그 열매를 심었다면 어땠을까. 그러니까 애초에 설계된 게임 매뉴얼대로 말이다. 서버가 중단되었으니, 그는 애초에 그 열매를 땅에 심을 수조차 없었을 것이다. 그것은 불운이었다. 그는 세계에서 최초로 열매 화석을 발견했지만, 그로 인해 그가 얻게 된 건 소문과 오해들뿐이었다. 그는 이와 관련된 모든 인터뷰를 거절했다. 자신이 열매 화석을 발견한 것에 대해 아무런 말도 남기지 않았다. 그는 침묵했으나,

그랬기 때문에 세상에는 너무 많은 말들이 남게 되었다. [화석 열매 최초 발견자 신이정…… 하와이에서 발견?] [신이정, 이번에는 하와이에서 또 마약?] 그는 또다시 자취를 감췄고 여전히 침묵을 지키고 있었다.

" ' ' "

모자이크

손원평

손원평

장편소설 《아몬드》로 창비청소년문학상을 수상하며 작품활동을 시작했다. 장편소설 《서른의 반격》 《프리즘》, 소설집 《타인의 집》, 어린이책 《위풍당당 여우 꼬리》가 있다. 다수의 단편영화 및 장편영화 〈침입자〉의 각본을 쓰고 연출했으며 《씨네21》 영화평론상, 제주 4·3평화문학상, 《아몬드》 《서른의 반격》으로 일본 서점대상을 수상했다.

손 한번 보여달라고요? 여기요. 지금의 제가 있기까지 모든 것의 시작은 손이었으니 당연히 보여드려야죠. 죄송하지만 손바닥은 곤란해요. 딴 이유는 아니고, 지문 때문에요. 전 지문이야말로 사람이 가진 가장 중요한 개인정보라고 생각하거든요. 손끝의 작은 소용돌이가 제각각이라는 게 신기하지 않아요? 70억인가 75억인가 하는 전 세계 사람들의 지문이 하나하나 다 다르다면서요. 그렇게 보면 우린 모두 특별한 존재인 거네요. 근데 참 이상해요. 자기가 특별하다고 느끼며 사는 사람은 아주 적으니까요.

언젠가 책방에 갔는데 《가슴을 울리는 명사의 한마디》라는 책이 눈에 띄더라고요. 주르륵 넘기는데 안에 쓰여 있는 말들이 하나같이 그저 그런 거예요. 누구나 할 수 있는, 그냥 밥 먹다가 튀어나온 말 같은 게 빼곡했어요. 세상에 영원한 것은 없다. 찰리 채플린. 이런 거요. 누군 모르나? 나도 할 수 있는 말인데, 소리가 절로 나오는 것들요. 그런 한마디 한마디가 막 고급스런 무늬의 네모 칸 안에 예쁘게 박제돼서 페이지 한 장을 떡하니 차지하고 있는 거예요. 그때 새삼 깨달았어요. 중요한 건 말의 내용이 아니더라고요. 누가 말했는지가 중요한 거지. 입에서 개똥을 뱉어도 중요한 사람이 말하면 개똥이 인삼이 되는 거더라고요.

그래서 제 보잘것없는 얘기를 들려주는 게 망설여지기도 해요. 보통 사람들 눈에 저 같은 사람이 특별해 보이진 않을 테니까요. 사람들은 들을 만한 가치가 있는 얘기를 궁금해하잖아요. 아니, 그보단 듣고 싶은 말만 듣고 싶어 한달까, 음, 그것도 아닌데……. 뭐든 흥미만 자극하면 된다고요? 뭐, 그것도 말이 되겠네요.

그래도 제 얘기가 그렇게 기분 좋은 얘긴 아닐 거예요. 바닥에서 시작해서 하늘 높이 치솟은 얘기면 누군가에게 희망이라도 돼줄 텐데 이건 뭐, 바닥에서 시작해서 끝까지 바닥인 얘기니까요. 게다가 제가 겪은 바닥이란 것도요, 어디 가서 자랑할 만큼 그렇게 드라마틱하고 특별한 바닥이 아니거든요. 나는 너무 지옥 같은데 남한테 들려주긴 또 평범하고 식상한, 그저 그런 바닥 있잖아요. 그러니까 어린 시절 다 건너뛰고 성인 된 이후부터 시작할게요.

스무 살의 저는요, 할 줄 아는 것도 없고 미래도 안 보이고 몸은 빵빵한 풍선처럼 부풀어오른데다 정신은 으깬 두부마냥 흐물흐물했어요. 그렇게 멍한 상태로 몇 년을 보냈죠. 집안이랑 가족의 도움요? 그건 또 다른 지옥 스토리니까 아예 말도 마시고요. 이런저런 알바도 해보고 시험 준비도 해봤는데 잘 안 되더라고요. 정신 차려보니 저는 손바닥만 한 고시원에 처박힌 히키코모리가 돼 있었어요. 가끔 알바로 아파트 계단 청소를 나가긴 했는데 내가 쓸고 닦는 먼지보다 못한 존재였죠. 계단 위의 먼지는 돈이 되는데, 나는 아무것도 아니고 여길 봐도 노답 저길 봐도 노답이었으니까.

고개까지 끄덕이실 필욘 없어요. 동정하고 안타까워하는 눈빛, 그거 아주 딱 질색이에요. 막상 진짜 그 삶을 살잖아요? 그 삶이 자기 거고 자기가 그 안에 들어가 있잖아요? 그럼 사실 그렇게까지 매 순간 절망하지 않아요. 절망해봤자 노답이고 노답 상태가 일상이 되니까 절망하는 법도 잊어버려요. 그냥 하루하루 근근이 살게 되는 거예요. 웃긴 건, 생각이 사라져버리니까 그 좁아터진 공간에 웅크리고 사는 것도 괜찮더라고요. 괜찮다기보다 익숙해진달까, 그냥 또 매일이 살아진달까. 어떻게 보면 가장 생명의 본연에 가까운 상태가 되는 거죠. 먹고 자고 싸고를 반복하면서요. 사실 인간이랍시고 잘난 척하느라 힘든 거지, 기본으로 돌아가면 먹고 자고 싸는 것보다 더한 생명의 목표가 있을까요. 아, 결혼하고 애 낳고, 가족 꾸리고 그런 거요? 거기까진 감히 제 영역이라고 생각한 적도 없어서……. 그건 요즘 아무나 범접 못하는 영역이잖아요. 그러니까 자꾸 그런 어나더 레벨 얘기하지 마시고 그냥 제 얘기 좀 가만히 들어주실래요?

네, 아무튼 그렇게 단조로운 사이클에서 저를 끌어올린 건, 그러니까 더는 그렇게 살지 말아라, 다시 인간으로 돌아가라, 하는 망치랄까 도끼랄까, 그런 게 돼준 건 친구도 부모도 아닌 회전초밥이었어요.

어느 날 고시원 공용 거실에서 언제나처럼 식은 밥이랑 김치, 통조림에 든 참치를 먹는데 TV에 회전초밥이 나오더라고요. 접시 위에 놓인 예쁘장한 음식들이 레일 위에서 춤추듯 돌아가며 손님들의 손길을 기다리는데, 바로 그 순간이었어요. 어릴 때 딱 한 번 먹어본 초밥이라는 게 그 순간 정말이지 너무 먹고 싶은 거예요. 그러곤 밤새 그 초밥들의 이미지가 머릿속을 뱅뱅 도는데, 도저히 참을 수가 없었어요.

다음날 저는 용감하게 밖으로 나갔어요. 땅을 밟아본 게 얼마 만인지도 모르겠더라고요. 온갖 소음과 인파, 정신없는 풍경에 어지럽고 식은땀이 났어요. 그래도 꾹 참고 헤매고 헤맨 끝에 명동에 있는 그 초밥집 앞까지 용케 찾아갔죠. 평소엔 줄이 길다고 하던데, 밥때가 지나서인지 문 앞은 한산했어요. 저는 성냥팔이 소녀마냥 밖에서 가게 안을 들여다봤답니다. 그 안엔 나와 신분이 다른 사람들이 내가 손댈 수 없는 음식을 하나씩 집어 입으로 가져가고 있었어요. 그 사람들이 절봤다면 기겁했을 거예요. 산발 머리의 더러운 여자가 유리창 너머로 초밥을 물끄러미 바라보고 있는 풍경. 창에 비친 제 모습이 그랬거든요. 하지만 남들이 날 어떻게 보건 제 시선은 초밥 접시에만 향해 있었어요. 예쁜 접시 위에 놓인 화려한 초밥들이 질서정연하고도 명랑하게 레일 위를 도는 모습을 보니까 서글퍼지더라고요. 그때, 그 유리벽 바깥에서 저는 결연하게 다짐한 거예요. 저기 있는 초밥 같은 사람이 되어야겠다, 낭랑하게 내 갈 길 가면서도 누군가에게 선택받는 사람이 되자, 그러려면 생산적인 인간으로 거듭나야 한다, 하고 말예요. 아, 근데 오해는 마세요. 제가 비참한 사람들, 불행과 가난을 짊어진 사람들을 대변하는 거라고 생각하지 마시라고요. 누군가를 대변하고 대표하고 그런 거 촌스럽잖아요. 이건 어디까지나 그냥 제 얘기일 뿐이랍니다.

그 전까지 저는 스스로가 게으르다고만 생각했었거든요. 근데 한번 비장하게 결심하니까 바로 뭔가를 실행하게 되더라고요. 한동안 머리를 굴렸지만 무에서 유를 창조할 만한 건 역시 단 하나뿐이었어요. 내 얘기를 하자. 내가 주인공이 되자. 지금은 그게 가능한 시대니까 어디 한번 해보자! 하지만 아무리 쥐어짜도 이렇다 할 아이디어가 제겐 없었어요. 그래도 전 고민에 고민을 거듭했어요. 이 생각을 왜 이제야 했지, 후회가 밀려올 정도였다니까요. 핸드폰과 괜찮은 아이템. 그거면 되잖아요. 저는 목표를 다졌어요. 기필코 인생을 바꾸겠다고 말이에요.

근데 몸뚱이에 정신이라는 게 되돌아오니 새삼 괴롭더라고요. 한마디로 제가 가진 모든 게 콘텐츠로서 보잘것없었으니까요. 아무리 좋게 쳐줘도 그저 그런 수준이었어요. 인생썰을 풀기엔 살아온 삶이 대단할 것도 특별할 것도 없었고, 그렇다고 얼굴이 예쁜 것도 아니고, 언젠가 메이크업 기술을 배운 적이 있지만 어디 가서 자랑할 실력도 아니었죠. 이 드넓은 공간에서 왜 승리는 소수가 독차지하는지 여실히 알겠더라고요. 역시 여기 내 자리는 없나보다, 하고 그만둘까 말까 하던 와중에 우연히 어떤 영상을 클릭했어요. 네덜란드에 사는 유명한 교수 할아버지의 영상이었는데 어떻게 된 알고리즘인지 그걸 보게 된 거예요. 그 교수 할아버지가 말하길, 그냥 뭐, 자신감이 엄청 중요하다는 거예요. 우린 모두 특별한 점을 한 가지씩은 갖고 있다는, 이제 와 생각하면 찰리 채플린의 격언만큼이나 흔해빠진 말이었는데, 어쨌든 그 할아버지는 그 말로 유명해졌는지 그 영상 조회수가 엄청나게 높았어요. 전달력도 좋고 부릅뜬 눈으로 확신을 주면서 거의 명령하듯이 최면을 걸더라고요. 너도 특별한 데가 한 군데는 있다고.

눈 씻고 찾아봐도 나한테 그런 건 없다고 생각하던 찰나, 제 시선은 문득 손으로 향했어요. 모양만 보면 하얗고 길쭉하고 그냥저냥 봐줄 만한 손이에요. 손 예쁘단 소리도 꽤 들었죠. 그런데도 전 늘 손을 감추고 살았어요. 왼손엔 손등 한가운데에, 오른손엔 약지 아래쪽으로 난 화상자국 때문에요. 어렸을 때, 한 다섯 살 때였나, 아빠가 엄마랑 부부싸움 하다가 갑자기 눈이 돌아가더니 제 목을 조른 적이 있거든요. 바닥에서 발이 들린 채 버둥거리던 저는 이리저리 몸부림치다 끓고 있던 라면이 든 냄비를 손으로 차버렸죠. 냄비가 떨어지던 순간 아빠도 날 바닥으로 내동댕이쳤고 그 바람에 애꿎은 손에 뜨거운 면발이 휘감기며 생긴, 아주 사연도 지저분한 상처예요. 그것만 아니었으면 나도 손 모델을 할 수 있었을지 모르는데.

죽었는지도 살았는지도 모르는 아빠를 원망하면서 저는 핸드폰으로 손을 찍었어요. 정말이지 화상자국이 야속하도록 밉더라고요. 근데 그 순간 퍼뜩 떠오르는 생각이 있었어요. 보정하면 되잖아!라는 생각이요. 그래서 무료 편집 앱을 다운받아서 깨작거리기 시작했어요. 실력이 미천해서인지 처음엔 이상했는데 며칠 동안 씨름하고 검색하면서 툴도 익히고 이렇게 저렇게 해보니까 어떻게 됐는 줄 아세요? 어느새 화면 속의 제 손이 말끔하게 반짝거리고 있는 거예요.

그래서 계정을 만들고 손도 찍고 발도 찍어서 올렸어요. 발도 예쁜 편인데 발엔 상처가 없어서 발 작업은 손이 별로 안 갔죠. 제가 몸에 비해 발목이 아주 가는 편이거든요. 그래서 발부터 발목까지 찍어놓으니까 저 자신부터도 그 위에 달린 몸뚱이가 가냘플 것 같다고 상상하게 되더라고요. 근데 솔직히 그런 영상을, 뜬금없이 손이랑 발만 찍어 올린 영상을 누가 보겠어요. 그래도 전 포기하지 않았어요. 이것마저 그만두면 헤어날 길은 없다, 레일 위 초밥 같은 인간이 될 수 없다 생각했으니까요. 궁하니까 절실해지는 거, 제가 딱 그 상태였던 거예요. 밤낮으로 인터넷 뒤지면서 편집 공부하고 어떻게 하면 조금이라도 때깔 나는 영상을 만들 수 있는지 하나하나 삽질하며 익히고……. 내 생애 그때만큼 치열했던 적도 없는 것 같아요.

그렇게 해서 얻은 결론은 단순했어요. 편집기술이나 자막 내용도 중요한데, 더 중요한 건 결국 치장이더라고요. 그래서 콘셉트를 바꿨어요. 그 비좁은 방에서 그나마 때가 덜 탄 하얀 벽을 배경으로 손을 찍고 경쾌한 음악을 깔았죠. 방울토마토 하나 잡고 손목 요리조리 돌려가며 찍고, 발등 위에 종이학 몇 마리 올려두고 찍고. 그렇게 핸드폰으로 손을 찍으면서 얘기를 하는 거예요, 내 얘기를. 근데 제 목소리가 그렇게 예쁜 편은 아니거든요. 톤도 낮고 허스키해서 그런 영상에 들어가긴 부담스럽죠. 그래서 음성 대신 얌전한 폰트의 자막으로 글자를 넣었어요. 처음엔 당연히 반응이 없었죠. 하루 종일 조회 수는 저 혼자 올리고 있더라고요. 예상은 했지만 씁쓸한 건 사실이었어요.

근데 쥐구멍에도 볕들 날 있다고, 어느 날 누군가가 저한테 댓글을 단 거예요. 그 첫 댓글이 아직도 눈에 선해요. 손이 참 예뻐요. 그 여섯 글자에 눈물이 흐르는데, 아, 잠깐 눈물 좀 닦을게요. 그때만 생각하면 지금도 울컥해서⋯⋯. 예쁘다는 말을 평생 들어본 적이 없거든요. 응원한다거나 힘내라는 말보다 저한텐 훨씬 힘이 되는 말이었어요. 네, 아무튼 모든 건 그렇게 시작됐어요.

그리고 그거 아세요? 운이라는 놈이 한 번 찾아오잖아요. 그럼 그때부턴 삶이 제 의지랑 상관없이 직진해요. 운이 스스로 다할 때까지 멈춰지지가 않는 거예요. 한 일주일인가 뒤에 갑자기 구독자 수가 늘었어요. 지금 생각해도 이유를 전혀 모르겠어요. 그냥 한 번 팍 오르더니 그 뒤부터 차근차근 늘더라고요. 운이란 게 오려면 방문 꽉 닫아도 비집고 들어오는 거더라고요. 어쨌든 전 계속 손이랑 발을 깔짝거리면서 손으로 그림자놀이도 하고 발톱엔 다이소에서 파는 500원짜리 페디큐어를 칠하며 영상을 업로드했죠. 대체 이런 걸 보는 사람들은 어떤 사람들일까, 의문에 사로잡힌 채 말이에요. 근데 알고 보니 손이랑 발에 관심 있는 사람이 꽤 되는 것 같더라고요. 페티시인가, 그걸 부르는 말까지 따로 있다는 것도 그때 처음 알았어요. 조금씩 구독자가 늘면서 댓글도 달리기 시작했죠. 미국, 일본, 심지어 아랍에미리트에서 달린 댓글까지 있었다니까요? 내가 월드스타도 아니고, 아랍어 댓글을 구글 번역기로 돌려서 칭찬인 걸 확인하고 있자니 정말 비현실적이었죠. 하나같이 제가 예쁠 것 같다고 하더라고요. 그렇게 얼굴도 보고 싶고 목소리도 듣고 싶다는 사람들이 조금씩 늘어갔어요. 그래서 어느 날 용기를 내보기로 했죠. 용기란 게 별게 아니더라고요. 눈 질끈 감고 그냥 한 발 내딛으면 되는 거였어요. 그런 심정으로 목소리를 공개했어요. 별말도 아니었어요. 안녕하세요. 오늘은 처음으로 용기 내 목소리를 공개합니다. 모두 즐거운 하루 되세요. 손을 찍은 영상에 얹어 그렇게 말했을 뿐이에요. 목소리는 툴을 써서 조금 바꿨어요. 살짝 톤만 조정한 건데 제가 듣기에도 꽤 괜찮은, 매력이 넘치면서 더 알고 싶어지는 여자가 머릿속에 그려지더라고요.

그걸 기점으로 구독자가 또 확 늘었어요. 저라는 사람과, 저의 구체적인 삶을 궁금해하는 사람들의 목소리가 댓글창을 채우기 시작했지요. 물론 전 현실에서도 조금씩 노력하고 있었어요. 편의점 아르바이트도 하고 모인 돈으로 고시원을 탈출해 원룸으로 들어간 것도 그때쯤이었으니까요. 제 삶은 분명 음지에서 양지로 향하고 있었어요. 아직 뿌리는 어둠 속에 잠겨 있지만 맨 끝에 달린 꽃봉오리, 아직 피지 못한 연약한 봉오리 하나는 간신히 햇빛 안에 담긴 상태가 된 거예요. 저는 제 삶이 다시 그 어두운 뿌리 쪽으로 돌아서지 않도록 정말 신경썼어요. 그런 것도 안 하는 사람이 얼마나 많은데요. 제가 정말 애쓰고 노력했다는 것, 그것만큼은 자신 있게 말할 수 있답니다.

그런데 작은 문제가 하나 있기는 했어요. 제 진짜 삶을 얘기하는 건 아무래도 꺼려졌다는 거예요. 제 삶이 부끄러워서가 아니에요. 이제 와 진짜 제 모습을 드러내는 건 사람들의 상상을 깨고 기대를 배신하는 것처럼 느껴졌어요. 상상을 깬다는 게 얼마나 잔인한 건 줄 아세요? 그건 희망을 밟아버리는 거예요. 어린아이한테 산타가 없다고 말하는 거랑 비슷하다고요. 하얀 거짓말이라는 말이 괜히 있는 게 아니잖아요. 그래서 저는 제가 생각하는 가장 현명하고도 간단한 방법을 선택했어요. 삶을 약간 가공하기로 말이에요.

제가 처음으로 한 하얀 거짓말은 마트에서 떨이로 주워 담은 방울토마토를 프리미엄 푸드 코트에서 샀다고 말한 거였어요. 그때부터 시작된 제 삶에 대한 증언들은 말이죠, 적어도 중구난방식 거짓말은 아니었어요. 전 제가 꿈꾸는 삶에 대한 희망을 말했을 뿐이에요. 아직은 현실이 아니지만 내가 머잖아 맞이할 미래의 풍경을 조금 당겨와 현재인 것처럼 말하는 거, 왜, 자기계발서에 숱하게 나오는 성공의 방정식도 비슷하던걸요. 이미 성공한 자신의 모습을 생생하게 그리면서 실제로 경험하고 있는 것처럼 살라는 조언들 말이에요.

그래서 전 아침 햇살이 비쳐 들어오는 창문 앞에서 요가를 한 직후 일을 시작하고, 고급 스파에 들러 격한 업무로 지친 몸을 힐링하며 스스로에게 선물을 주는 사람이 됐어요. 언젠간 정말 그렇게 될 거니까요. 사실 전 누굴 속이며 산 적은 없어요. 제 체질 자체가 거짓말을 일삼고, 누굴 속이고 등쳐먹고, 그런 거랑 거리가 멀거든요. 근데 좋은 말들, 따뜻한 마음을 굳이 걷어찰 필요는 없잖아요. 이상한 댓글도 가끔 보였지만 대체로 칭찬이 더 많았어요. 얼굴도 예쁠 듯, 목소리가 신비해요, 어떤 분이신지 더 알고 싶어요……. 과자봉지에 예쁜 마크를 찍었는데 그 마크가 귀여워서 과자가 잘 팔린다면 굳이 그 마크를 없앨 이유가 있을까요? 맞는 비유인지는 모르겠지만 제가 처한 상황이 딱 그랬어요. 그때부터였던 것 같아요. 제 삶에 한 단계 높은 목표가 생긴 게 말이에요. 조금 더 사람들이 좋아하는 모습이 되자, 더 노력하자, 그렇게 결심하게 된 때가 바로 그때였어요. 한번 그런 생각을 품으니까 모든 게 분명하고 간단해지더라고요. 그러니까 저는, 사랑받고 싶었어요. 그뿐이에요.

그때부터 전 본격적으로 제가 살아보고 싶은 삶을 얘기하기 시작했죠. 말하는 대로 생각하게 된다더니, 제가 만든 캐릭터 안에 한번 푹 빠지니까 정말 다른 사람이 된 것 같더라고요. 그렇게 저는 전직 스튜어디스가 되어 전 세계 여행지에서 있었던 일들을 하나씩 들려주기 시작했어요. 제가 상상력이 풍부하다고 생각한 적은 없었거든요? 근데 그동안 꾹 닫고 산 입이 한이라도 풀려는 것처럼 한번 터진 입에선 별별 얘기가 다 나오더라고요. 직장생활의 애환, 각 도시에서 있었던 황당하고 재미난 일들, 심지어 절 괴롭혔던 사악하기 짝이 없던 상사 얘기까지 나왔어요. 종류별로 복용한 우울증 약 얘기는 덤이었고요. 어찌나 실감나게 얘기했는지 저조차 그 존재하지도 않는 상사가 꿈에 나와 실컷 괴롭힘을 당하고 아침에 잠에서 깨면 몸이 땀으로 흠뻑 젖어 있기 일쑤였죠. 어느새 저는 부당한 조직사회를 견디지 못해 용감하게 회사를 박차고 나와서 아직 구독자에게 공개할 수 없는 나만의 비밀 아이템으로 스타트업을 준비하는 사람이 돼 있었어요. 백수라는 말도, 적당히 갖다붙이면 그렇게 되더라고요.

내 얘기에 귀 기울이는 사람들은 차츰차츰 늘어갔어요. 내가 새로 영상을 올리면 알림을 받는 사람들 말이에요. 세상에, 이런 게 가능한 시대라니, 정말 꿈만 같지 않아요? 사람들은 날 흥미로워하고 내 말에 공감하고 내 꿈을 응원했어요. 전 사람들의 마음을, 그러니까 날 위해 알뜰하게 모인 돈을 허투루 쓰지 않았어요. 얼굴도 고치고 살도 뺐죠. 말한 대로 되려면 그렇게 해야 했으니까요. 목표와 이상향이 있으니 어렵지 않았어요. 이쯤에서 아까 말씀드린 팁을 다시 강조하자면 독한 마음을 품는 덴 강한 목표 하나면 되거든요. 전 과거의 저로 돌아가지 않겠다는 굳은 결심과 안간힘으로 저를 발전시켜나간 거예요. 유튜브로 본 해외 여행기, 찾기 힘든 사진들, 그리고 찬란한 효과를 주는 앱. 말이야 간단해도 엄청나게 공부하고 부지런을 떨고 치밀해야 하는 일이에요.

물론 가끔 찔리기는 했어요. 나 제정신인가. 너무 막 나가는 거 아닌가. 하지만 세상은 넓고 이상한 사람은 나 말고도 많더라고요. 상상하는 그 어떤 키워드를 쳐봐도 인터넷엔 그들이 모두 존재했어요. 근접하기조차 힘든 최상위의 삶부터 가장 소외된 사람들이 까발리는 나락의 삶까지. 그런 사실을 확인할 때면 묘하게 위안이 되더라고요.

비슷할 거라곤 하나도 없어 보이는 그 사람들 사이에 유일한 공통점이 뭔 줄 아세요? 모두들 자기를 보여주고 싶어서 난리라는 거예요. 가능하다면 모두들 몸속의 내장까지도 꺼내 보여줄 것 같았어요. 네, 그 네덜란드의 교수 할아버지도 분명 그런 마음이었을 거예요. 어쨌든 가끔씩 드는 불안을 애써 잠재우며 저는 하루하루 앞으로 나아갔고, 어느새 스스로 생각해도 꽤 만족할 만한 생활에 조금씩 진입하고 있었죠.

근데 제가 겪어보니까요, 삐딱선이라는 거 말이에요, 그것도 아무나 겪는 게 아니더라고요. 뭔가 정점을 찍어야만 타게 되는 게 삐딱선이더라고요. 더할 나위 없이 너무 좋다, 나 자신이 자랑스럽다, 딱 지금처럼만 앞으로도 쭉 이랬으면 좋겠다, 생각이 드는 때가 신호예요. 잘나가던 날들의 행운은 알고 보면 인생이 파놓은 함정이었던 거죠. 그렇게 룰루랄라 앞만 보고 신나게 달리고 있을 때, 갑자기 삶이 기다렸다는 듯 급브레이크를 거는 거예요. 멍청아, 이게 진짜인 줄 알았니? 맛 좀 봐라, 하면서 말이에요. 지나고 보면 웃긴 게 뭔지 아세요? 당시엔 제일 괜찮은 선택이었다고 생각했던 게 나중에 지나고 보면 삐딱선의 출발이라는 거예요. 저한텐 그 남자가 그랬어요.

저한테 호감을 보이거나 팬이라며 만나자는 사람들은 전부터 있었어요. 개중엔 음란한 메시지를 보내거나 대놓고 돈 얘기를 하며 만남을 요구하는 사람도 꽤 됐고요. 물론 다 무시하거나 거절했죠. 하지만 그 남자는 달랐어요. 그 사람이 남기는 댓글은 아주 점잖고 진중했어요. 조용하고 지긋한 느낌이었죠. 그래서였을까요? 그가 만나고 싶다는 메시지를 남겼을 때 전 무게감 있는 진심을 느꼈다고 착각했던 거예요. 그래도 한동안은 만날 생각이 없었어요. 만나면 나 자신을 드러내야 하는데 뭐 하러 그래요. 근데 문제는요, 하필 그때 제가 정체성에 조금씩 혼란을 느끼고 있었다는 거예요. 사람들이 생각하는 나랑, 내가 알고 있는 내가 너무 다르다는 게 약간 고민스럽다고나 할까, 괴롭다고나 할까, 그런 기분이 들기 시작한 거예요. 포장지가 번드르르하면 안에 든 것도 따라서 훌륭하게 발효할 거라고 생각했거든. 근데 아니었어요. 꼭 여며진 봉지 안에 든 과자는 악취를 풍기며 썩어가고 있었어요. 악취가 빚어낸 유독가스 때문에 곧 봉지가 터질지도 모르겠다는 느낌이 들었죠. 무슨 말이냐 하면요. 어느 순간 껍데기랑 내용물의 격차가 너무 벌어져 있었다는 거예요. 아, 그러니까 제 겉과 속이 너무 달랐다고요. 그때까지만 해도 마음속 깊은 곳에 부질없는 바람을 품고 있었다는 게 더 큰 문제였어요. 진짜 나, 꾸며지지 않은 그대로의 나를 이해하고 받아줄 사람이 어딘가 한 명쯤은 있을 거라 기대했던 거예요. 그 남자는 그런 제 기대를 희망으로 바꿔놓은 사람이었어요.

몇 차례 메시지를 주고받다가 통화를 했어요. 제 목소리가 영상 속의 변조된 목소리랑 달라서 놀랄 줄 알았는데 오히려 더 매력적이라고 하더라고요. 자기만 듣고 싶다면서. 그 사람은 급하게 서두르지 않았어요. 그래서 전 마음의 문을 열 수밖에 없었죠. 제가 손의 화상자국을 사진 찍어 보냈을 때 그는 저의 어린 시절에 대해 가슴 아파해줬어요. 그 시간을 거쳐 여기까지 온 게 참 대단하다고, 용기 있는 사람이라고. 그러면서 직접 만나고 싶다고 했죠. 전 솔직히 털어놨어요. 난 당신이 아는 것과 많이 다를 거다. 그 사람은 그랬어요. 괜찮다고요. 괜찮다, 괜찮다, 괜찮다……. 너무나 따뜻했던 그 말이 밤새 귓가를 부드럽게 맴돌았답니다.

그렇게 전, 내서는 안 될 용기를 품은 채 비극의 장소로 나섰던 거예요. 만남 자체에 대해선 크게 할 말이 없어요. 마주 앉은 시간은 짧았고 별로 말도 오가지 않았으니까요. 남자는 평범했어요. 돌이켜보면 야비하기 짝이 없는 생김새였지만 첫인상은 지극히 평범했죠. 좋았어요. 내가 원한 것도 평범한 거였으니까요. 그런데 나와 눈이 마주치자마자 그의 눈엔 당황스러운 빛이 노골적으로 스치고 지나갔어요. 많이 다르긴 하네요……. 그게 첫마디였어요. 그러더니 헤 벌린 입으로 고개를 갸웃거리면서 이해가 가지 않는다는 듯 혀를 찼어요. 왜 그러고 살아요. 어떻게 이렇게까지 다 거짓말이에요? 긴 침묵이 흘렀어요. 아주 긴 침묵요. 모든 말을 필요 없게 만드는 침묵 말이에요. 눈물이 흐르려는 걸 억지로 참았어요. 알아요. 제가 너무 순진했던 거죠. 마침내 정신을 차린 전 허둥대며 말했어요. 그냥 모른 척해달라고. 내 삶이 달린 문제니까 상관 마시라고요. 그러곤 달아나듯 가버렸어요. 할 수만 있다면 영영 사라지고 싶었어요. 그와의 만남은 그게 처음이자 끝이었답니다.

그게 진짜 끝이면 얼마나 좋았을까요. 하지만 제가 말씀드렸잖아요. 인생이 한번 삐딱선을 타면 그 뒤엔 삐뚤어진 각도가 점점 커지는 일만 남은 거예요. 삶이 엇나간 방향으로 질주해버리니까요. 얼마 뒤부터 제 영상 밑에 기분 나쁜 댓글이 달리기 시작했어요. 하나부터 열까지 다 가짜라는 둥, 거짓말이라는 둥, 제대로 된 인증 한번 없다는 둥, 검증과 증명이 필요하다는 둥, 온갖 외설스럽고 더럽고 추잡한 인신공격과 더불어서 말이에요. 처음 보는 아이디였지만 딱 봐도 그 남자라는 걸 알 수 있었죠. 다른 사람들까지 그 댓글에 동조하기 시작했어요. 처음엔 당황했지만 곧 화가 나기 시작하더라고요. 네가 뭔데. 네깟 게 뭔데 겨우 멀쩡해지던 내 인생에 지저분한 낙서를 해. 그런 마음이 피어나기 시작했어요.

일단 무시하고 여유 있게 악플을 소리내 읽는 걸로 정면승

부했어요. 그걸 읽는 내 마음은 비참한데 영상에 담긴 목소리는 당당하고 태연했죠. 한 번 봤던 남자의 표정이 자꾸 떠올랐어요. 놀란 표정이었을 뿐이었는데, 이렇게까지 조롱하고 깔아뭉갤 것 같은 표정은 아니었는데, 적어도 내가 느낀 건 그랬는데, 앞뒤가 맞지 않는 행동에 너무 배신감이 느껴졌어요. 아니라고 외치고 싶었어요. 결백을 주장하고 난 떳떳하다고 증명해 보이고 싶었어요. 그런 쓸데없는 마음을 품지 말았어야 했는데, 그런 바보같은 생각 때문에 결정적인 실수를 한 거예요. 제 얼굴을 공개하기로 말이에요.

결단코 내 삶에 거짓 같은 건 없다고, 전 처음으로 얼굴을 드러내고 말했어요. 실시간으로 자동 보정되는 화면 속에 만화에서 튀어나온 것 같은 벨 것 같은 턱선과 왕방울만 한 눈을 가진 여자가 뜨더군요. 스튜어디스였다는 걸 증명할 자료 같은 것도 만들어서 보여줬죠. 음……. 그러고 나서 어떻게 됐냐고요. 슬픈 얘기는 짧게 하고 넘어가기로 해요. 유쾌한 결과는 아니었어요. 화려하게 쌓은 모래성이 천천히 무너져 가고 있었답니다. 그리고 곧 계정을 닫게 되었지요.

전 이런 감정을 선사한 그 남자를 용서할 수가 없었어요. 자려고 누워도 이불을 박차고 일어나 앉는 시간이 반복됐어요. 억울함은 차차 복수심으로 변해갔죠. 어떻게 해서 여기까지 끌고 온 인생인데 이렇게 한 방에 무너뜨릴 수가 있나, 원통했죠. 내가 원통하다면 날 원통하게 만든 사람도 원통함을 느껴야 되는 거 아닌가요? 그때부터 삶의 목표가 바뀌었어요. 내 인생에 집중하지 않고 그 사람의 인생에 집중하기 시작한 거예요. 어떻게 하면 그 사람을 완전히 짓밟고 몰락시킬 수 있을까 궁리하느라 밤잠을 설쳤죠.

전 그 사람이 남겼던 댓글, 나에게 보낸 메시지들, 주고받은 문자들을 뒤졌어요. 놀랍게도 그 안에서 얻을 만한 정보가 꽤 되더라고요. 흘린 말들이나 뉘앙스에서 눈치챌 만한 것들도 많았고요. 네티즌 수사대라는 것도 별거 아니던데요? 사람은 흔적을 남길 수밖에 없어요. 그걸 이렇게 저렇게 추리해보고 조합해보고 열심히 매달리다 보면 어느 정도까지는 그 사람의 삶에 근접할 수 있게 되더라고요. 그렇게 며칠 공부하듯 파고 나니까 여기저기 조각난 정보들이 조금씩 모이기 시작했어요. 그 사람은 캐나다에 어학연수도 가고 몇 년도엔 누굴 사귀었다가 헤어지고 작은 횟집에서 일하다 지금은 제가 사는 곳과 멀지 않은 경기도 외곽 신도시에서 초밥집을 하고 있더라고요. 전 그렇게 알게 된 힌트들을 어떻게 이어붙일까 고민했어요. 그러다가 그냥 이 사람을 돈에 눈이 먼 못돼먹은 인간쓰레기로 만들어보자 결심한 거예요. 요리랑 비슷했어요. 불로 지지고 볶고 소금 뿌려서 짜잔, 하고 완성하는 점에서 말이에요. 하필이면 초밥이라니 세상에 이런 우연이 다 있나요.

남자가 운영하는 식당은 주로 배달을 하는 곳이었어요. 인생 초치기에 딱 좋은 조건이었죠. 전 몇 번 배달을 시키면서 단골이 됐어요. 그런 데다가 돈을 쓰자니 속이 탔지만 목표를 위해선 투자해야지 어쩔 수 있나요. 메시지도 달고 별점도 남기고 직접 전화해서 이런저런 문의도 많이 했죠. 전화는 항상 그 사람의 부인이 받더라고요. 하, 부인까지 놔두고 할 짓이 없어서 나 같은 사람한테 뻴짓이나 하고 있었나, 헛웃음이 절로 나오더라고요. 일단 단골이 된 뒤엔 리뷰나 문자로 좀 귀찮게 굴었죠. 신선도가 전 같지 않다, 트리오 냄새가 너무 심하다, 서비스가 주문과 다르다, 그런 거요. 대단한 질문도 아니었는데 한마디 한마디에 감정적으로 받아치면서 쏙쏙 걸려들더라고요. 이 과정을 몇 번 반복하면서 계속 초밥을 주문했죠. 그러고는 매번 별점의 평균을 조금씩 낮췄답니다. 일부러 그런 것도 아니고 진짜 그 집은 그 정도 별점이 딱이었어요. 지역 카페에도 가입해서 활동했죠. 그 가게, 저만 불편한가요,라는 아주 적절한 제목에다가 적당히 하소연하는 듯한 말투로 글과 사진, 제 컴플레인에 그들이 단 댓글을 캡처해 올렸어요. 댓글이 우수수 달리더라고요. 그걸 보니까 그 남자나 그 남자 부인이나 어떤 인생을 살았는지 안 봐도 뻔했어요. 제가 아니더라도 어차피 잘되긴 그른 팔자였다니까요. 그 다음부터 제가 한 건 별로 없어요. 사람들이 알아서 달려들어서 그 사람들을 가죽까지 벗겨냈죠. 생각보다 너무 쉽고 빨라서 깜짝 놀랐어요. 진짜 괜찮은 데였으면 그런 일은 일어나지 않았을 거예요. 이제 와 말하지만 그 집 초밥의 맛은, 정말이지 형편없었답니다.

그 사달이 나는 동안 저는 뭘 했느냐고요? 그냥 방에서 며칠 쉬었어요. 빵을 먹으면서 고요한 음악을 틀어놓고 아주 평온하게 쉬었답니다. 얼마 후에 결국 가게 문을 닫더라고요. 솔직히 좀 놀랍긴 했어요. 그 정도까지 예상한 건 아니었는데, 이게 진짜 되네, 싶으면서 아, 뭐라고 해야 되지……. 죄송해요, 그냥 솔직히 말할게요. 그 남자 가게 망한 걸 알게 된 순간 말이에요, 미칠 듯이 짜릿하더라고요. 사지에 피가 팡팡 돌면서 머리꼭지가 화해지는데, 도박했을 때 연거푸 지다가 마지막 순간에 잭팟을 터뜨리면 이런 심정일까 싶더라고요. 사실 한 번밖에 안 봐서 얼굴도 가물가물한 게, 그 사람이 진짜 있는 사람이란 생각도 안 들고, 재미있고 짜릿한 영화 한 편 보는 것 같았어요. 빌런 캐릭터를 죽이는 게임을 한 판 한 것 같았다는 게 더 정확하려나. 아무튼 그랬어요. 잠깐 동안 내가 악마인가 하는 생각도 하긴 했어요. 근데 내가 먼저 그런 거 아니잖아요. 나만 하는 뭐, 대단히 엽기적인 짓도 아니잖아요. 가게가 망하는 일 같은 건 늘 일어나는 아주 흔한 일이잖아요. 내 돈 주고 식당 밥 사먹었는데 별로라서 별로라고 말한 게 뭐 어쨌다고요. 민주사회니까 내 의견 말할 수 있는 거 아니에요? 이런 일로 제가 악마면 이 세상은 벌써 지옥이게요? 지극히 현실적이고 평범한 일을, 남들 다 하는 대로 처리했을 뿐이라고 생각해주세요. 악마 짓을 먼저 한 건 그 사람이었으니까 전 떳떳하답니다. 물론 그 사람은 자기 가게가 망한 게 저 때문이라곤 상상하지 못했을 거예요. 아이디며 번호며 목소리며 전혀 예상할 수 없게 접근했거든요. 자기가 벌받는 이유도 모를 테니 꽤 고통스러웠겠죠. 부인이랑도 내 탓이네 네 탓이네 하면서 던지고 깨고 싸웠을걸요? 그래도 양심이 있다면 자기 인생의 어느 부분에서 반성해야 할지 한 번쯤은 돌아봤을 거예요. 적어도 고통이라는 게 뭔지 조금쯤 알았을 테니까, 후회가 뭔지 조금쯤은 깨달았을지도 모르니까, 잘난 척하면서 남의 진심 어린 애원을 듣지 않은 결과가 어떤 파장을 낳았는지 간접적으로나마 느낄 테니까, 얻는 게 없다곤 할 수 없을 거예요.

그렇게 그 남자는 제 인생에서 사라졌답니다. 인과응보가 명확한, 아주 적절한 퇴장이었죠. 그 일이 있고 나서 한동안 전 구름 위를 걷는 것 같았어요. 진정한 의미로 한 사람의 인생에 영향을 끼칠 수 있는 존재가 된 것 같더라고요. 인플루언서가 그런 뜻이라면서요. 영향을 끼치는 사람. 전 그냥 영향을 미치는 정도가 아니라 신이 된 것 같은 느낌까지 받았다니까요.

근데 있잖아요. 그 뒤부터 약간 이상한 증상이 생기기 시작했어요. 내가 저지른 짓들을 내 안에 가두기엔 내 몸뚱이가 너무 좁아서였을까요. 어느 날인가부터 정신이 머리 안팎으로 왔다 갔다 하는 느낌이 들더라고요. 가끔은 몸 밖으로 정신이 터져나오기도 하고 또다시 멀쩡하게 안으로 들어가고. 맞추지 않은 퍼즐 조각을 커다란 자루 안에 털어넣은 것처럼, 저라는 사람이 조금씩 고장나기 시작한 거예요.

여러 가지 방법을 써봤지만 별로 소용은 없었어요. 더 이상 누군가의 인생을 좌지우지하는 신 노릇을 할 에너지도 없었고요, 이게 아닌데, 내가 원하던 건 이게 아닌데, 대체 어떻게 된 거지 싶기만 했어요. 내가 향하던 곳은 저쪽이었는데 이상한 물결에 휩쓸려서 완전히 엉뚱한 좌표로 떠내려온 것 같았어요. 전 다시 산뜻하고 쾌적한 삶을 살고 싶었어요. 그 모든 일이 있기 전으로 말이에요.

그래서 한동안 닫았던 계정을 새로 열었어요. 완전히 새롭고 다른 모습으로요. 채널 수도 늘렸죠. 어떤 채널에선 손만 나오고 어떤 채널에선 발만 나와요. 또 어딘가에선 머리끝부터 발끝까지 보정된 상태로 시를 읽고요, 다른 채널에선 검은 화면 위에 조잡한 목소리로 더러운 인생 이야기를 풀죠. 근데 웃긴 건요, 그 어디에도 진짜 내가 없는 것 같다는 거예요. 분명 내 흔적들을 여기저기 남겼는데, 밭에 씨 뿌리는 것처럼 성실하고 부지런하게 나라는 사람을 심어놨는데 그것들을 다 모아도 내 전체 모습이 되지 않아요. 이럴 때 부캐라는 말을 쓰면 되는구나, 깨닫고 나니까 마음이 좀 놓이긴 하더라고요. 위태위태한 정신 상태를 그냥 부캐라고 말해버리면 그럴싸하고 힙해지기까지 하니까. 나한테는 능력 따라, 기분 따라 이렇게 저렇게 둔갑하는 여러 개의 분신이 있다, 생각하면 그만이니까요. 요즘 그런 새로운 단어들이 생겨서 참 다행이에요.

근데요, 그래도 가끔은 그냥 한 덩이, 하나인 나에 대해 생각해보기는 해요. 진짜 나는 어디에 있는 걸까. 내가 뿌려놓은 모습 중에서 나랑 제일 가까운 건 어느 걸까, 어디까지가 나인 걸까……. 답이 없는 고민을 계속 하다 보면 머리가 지끈지끈 아파온답니다. 지긋지긋하단 생각도 들고 끔찍하다는 생각도 얼핏 스치죠. 어느 날은 밖에 나온 기억도 없는데 정신을 차려보니 제가 어떤 건물 앞에 서서 괴성을 지르고 있더라고요. 사람들이 저를 쳐다봤지만 그렇게 부끄럽지는 않았어요. 아무도 날 모를 테니까요. 그 사실이 조금 낯설긴 했죠. 날 안다는 사람이 분명 많았던 것도 같은데, 뒤돌아서면 여전히 날 아는 사람은 없고, 나조차 날 모르겠고, 그러다 보니 사지가 나뉘어 창고 안에 처박힌 마네킹 같기도 하고, 아무렇게나 이어서 꿰맨 헝겊 인형 같기도 하고, 아, 막 외롭고 슬프고 이것 참 복잡하네, 그런 기분이랄까요?

그런 생각이 어지럽게 머릿속을 오가는 동안에도 거리의 그 이상한 여자는 계속 비명을 지르고 있었어요. 왜, 처음에 말한 그 초밥집 있죠? 그 가게 유리창에 비친 괴물 한 마리가 이게 너야,라고 소리치고 있더라고요. 사람들이 다 쳐다봤죠. 저 말고 그 괴물을요. 걱정 마세요. 그다음은 다행히 블랙아

웃이 돼서 기억에 없으니까요.

요즘도 가끔씩 어디선가 찬바람 새어들어오듯 불안한 생각들이 가슴을 옥죄요. 하지만 그럴 땐 약을 한 움큼 입안에 털어놓곤 날 향한 응원의 댓글들을 확인한답니다. 그리고 기분 나쁜 생각들에서 최대한 빨리 빠져나오려고 노력하지요. 부정적인 기운에 사로잡혀 살기엔 인생이 너무 짧잖아요. 아참, 그러고 보니 그 초밥집엔 아직도 못 가봤네요. 언젠가 제가 정말 그 집의 초밥을 먹을 만한 존재라는 생각이 들면, 스스로에게 너 잘했다, 칭찬한다, 진정한 의미의 선물을 받을 자격이 있다, 그런 생각으로 꼭 가보려고요.

그런데 피디님은 이런 얘길 왜 듣고 계시는 거예요? 이게 녹음하고 메모할 만큼 괜찮은 얘기 같아요? 그렇게 생각하시니까 이렇게 직접 취재까지 하시는 거죠? 제가 한 얘기 중에 어디서부터 어디까지 나오는 거예요? 제가 한 말들이 제대로 전달이 될까요? 근데 설마 이 얘길 다 믿으시는 건 아니죠? 이 쓰레기 같은 얘기가 전부 사실일 리가, 제가 그런 한심한 인간일 리가 없잖아요. 재미있으면 된다고 해서 적당히 꾸며본 거라는 거 아시죠? 뭐, 생각해보니까 상관없겠네요. 어차피 피디님이 블러 처리하고 음성 변조하고 원하는 방향대로 편집할 거잖아요. 원래 얘기가 어떤 거였는지, 어디서부터 시작해서 어디에서 끝났는지 알 수 없을 만큼 새로운 이야기가 탄생할 거잖아요. 그러니까 괜찮아요. 이 세상 누가 인정해주지 않더라도 나만은 나를 아니까, 내 마음만은 내가 알고 있으니까, 조각조각 갈라졌어도 내가 나라는 건 내 마음만이 증명해주니까, 괜찮아요. 그냥 이것만 기억해주세요. 전 남들과 비슷했던 것뿐이에요. 좋은 소리 듣고 싶고 칭찬받고 싶고, 그리고 사랑받고 싶었다고요. 피디님도 마찬가지니까 제 앞에 앉아 계시는 거잖아요. 이런 미친한 얘기라도 성공시키면 유능한 피디님이 되실지도 모르니까, 그럼 혹시라도 어딘가에서 주목받고 인정받고 유명해질지도 모르니까, 그러면 또 하루하루가 그럴듯하게 살아질 테니까, 그쵸? 사람이 다 거기서 거기잖아요. 그러니까 저도 아주 평범한, 보통의 사람일 뿐이랍니다. 피디님도 그렇게 생각하시죠? 네, 그럼요, 아무도 감히 그렇지 않다고 말하지 못할 거예요. 절대로, 절대로요.

젊은 근희의 행진

이서수

이서수

2014년 동아일보 신춘문예에 당선되며 작품활동을 시작했다. 장편소설 《당신의 4분 33초》 《헬프 미 시스터》가 있다. 황산벌청년문학상, 이효석문학상을 수상했다.

가슴이 답답하다며 동네 의원에 갔던 엄마는 영양 주사를 맞고 돌아왔다. 벌써 세 번째였다. 나는 엄마에게 비싼 주사를 왜 자꾸 맞는 거냐고 물었다. 엄마는 토라진 표정으로, 너와 같이 사는 게 불편하고 눈치가 보여서 자주 아픈 거라고 말했다. 우리는 함께 분갈이를 하다 말고 말다툼을 했다. 엄마가 방으로 들어간 뒤에 나는 강하에게 말했다.

우리 엄마, 뮌하우젠 증후군인지도 몰라.

그게 뭔데?

실제론 아픈 곳이 없는데 병에 걸렸다고 믿어서 계속 병원에 가는 거야.

……왜 그러시지?

왜겠어. 관심 끌려고 그런 거지.

그 말을 하며 나는 내 입이 얄미워 한 대 때리고 싶었다. 엄마에 대해 그런 식으로 말하는 딸은 나밖에 없을 것이다. 하지만 엄마가 30년 가까이 뮌하우젠 증후군 환자처럼 살아가고 있는 건 사실이었다. 엄마는 툭하면 아프다고 했다. 심장이 너무 빨리 뛴다고, 변비가 심하다고, 반대로 설사를 자주한다고, 자다가 가슴이 갑갑해 여러 번 깬다고 했다. 나는 그런 증상들은 며칠 지나면 사라질 것임을 알기에 건성으로 대꾸했다. 잘 먹고, 잘 쉬고, 잘 자면 낫는다고. 엄마는 맞아, 그럴 거야, 하면서도 다음날이면 병원으로 달려갔다.

강하는 분갈이한 화초에 물을 듬뿍 주며 말했다. 화초도 눈길과 손길이 필요한데, 사람은 더하지 않겠어? 좀 더 잘해드리자.

나랑 같이 사는 게 눈치 보이고 불편하대잖아. 나는 뭐 편한 줄 알아?

그래도 나랑 사는 게 불편하다고 하시진 않잖아.

나는 아무런 대꾸도 하지 못했다. 사실이었으니까. 엄마는 강하에겐 잘해주었다. 원생들에게 편지 쓰는 걸 좋아하는 강하를 위해 가끔 편지지를 사다줄 정도였다. 엄마는 오로지 나에게만 심통을 부렸다.

강하와 나는 홍대 근처에 15평짜리 빌라를 매수해 함께 살고 있었다. 집이 좀 낡고, 유흥가 소음이 크게 들리긴 해도 우리는 우리의 보금자리에 만족했다. 엄마와 함께 살기 전엔 방하나는 침실, 다른 방은 서재 겸 영화감상실로 쓰면서 말다툼

한번 없이 지냈다. 그런데 엄마가 오고 나선 내 신경이 종일 곤두섰다. 엄마가 옆방에 있으니 말도 가려 하게 되었고, 혀 짤배기소리도 못 냈다. 우리는 애교가 휘발된 커플이 되었다. 스킨십도 밖에서만 했을 정도였다. 그럼에도 강하는 불편한 기색을 조금도 내비치지 않았다.

너는 엄마랑 일주일도 같이 못 살잖아.

맞아. 그건 그래. 강하는 선뜻 인정하더니 내게 반년만 참으라고 말했다.

엄마가 매수한 집은 반지층이긴 해도 젊은이들이 많이 몰리는 연남동이었다. 엄마는 생애 첫 집을 사면서 그다지 망설이지 않았다. 예산에 맞는 집은 그곳밖에 없으니 그 집을 사라는 계시인가보다고 말하더니 서슴없이 계약서에 도장을 찍었다. 지은 지 30년이 넘은 빌라였고, 집 안의 모든 창이 땅바닥 밑에 깊숙이 파묻힌 구조였다.

두더지도 아닌데 저런 곳에서 어떻게 살 수가 있나. 그 집을 보자마자 그런 생각부터 들었지만 엄마에게 말하진 않았다. 나 역시 이십대 시절의 절반을 반지하방에서 살았다. 바닥 습기와 누수 때문에 마음고생이 심했다. 그때를 떠올리며 엄마에게 성능 좋은 제습기를 선물해야겠다는 생각만 했다. 전셋집 계약 만료일에 맞춰 이사를 준비하던 엄마는 다 쓰러져가는 집이어도 자가가 아니면 절대로 살지 않겠다고 선언했다. 그리고 반드시 홍대에서 죽겠다고 말했다. 이제 환갑인데 더 이상 셋집에 살고 싶지 않고, 큰딸과 가까운 곳에 살다가 죽는 게 자신의 유일한 목표라면서. 나는 그런 엄마가 무서웠다.

나는 엄마가 혼자인 걸 알면서도 마음의 준비를 해놓지 않은 나 자신을 탓하는 대신, 동생 오근희를 매우 탓했다. 엄마가 매수한 연남동 집은 세입자의 계약 기간이 남아 있었기에 엄마는 1년 뒤에나 그 집에 입주할 수 있었다. 엄마는 당연하다는 듯 오근희의 집이 아닌 강하와 나의 집으로 짐을 싸들고 왔다. 나는 강하에게 미안했고, 오근희가 한없이 얄미웠다.

내가 왜 이 모든 짐을 짊어져야 하나. 오근희는 왜 엄마 딸이 아니라 이웃집 딸처럼 행동하는가. 어떻게 죄책감이 1그램도 없을 수가 있나. (비결이 뭔가.) 혹시 오근희는 다리 밑에서 주워온 딸인데 나만 모르고 있는 것인가.

엄마는 내 속을 아는지 모르는지 내게 걱정하지 말라고 당부했다.

너한테 짐 되기 싫어서 내가 공부를 철저히 했어.

무슨 공부를 했는데?

부동산.

돈도 없으면서 웬 부동산?

문희야, 서울에 있는 부동산은 똥이 없어. 어떤 걸 사든지 간에 언젠가 땅값이 오르고 마니까 똥은 아니야.

평생 부동산 투자라는 걸 해본 적이 없는 엄마는 부동산 하락기가 올 것이라는 기사가 쏟아져나오는 시기에 반지층 빌라를 덜컥 샀다. 이건 똥이 아니라는 확신이 든다며.

강하는 엄마가 '똥'이라고 말할 때마다 웃음을 터뜨렸다. 강하는 엄마의 직설적인 표현을 재미있어 했다. 그러나 나는 아니었다. 엄마가 똥이라고 말할 때마다 엄마의 품위와 나의 근본이 시궁창 밑바닥으로 떨어지는 기분이었다. 강하에게 숨기고 싶은 것들이 자꾸만 드러나는 것 같았다.

강하는 나와 달리 부모의 그늘에서 일찍부터 벗어났다. 학교 선배와 태권도 학원을 운영하며 자기 삶을 오롯이 책임지고 있는 강하가 내 눈엔 참 멋져 보였다. 원생들에게 손편지를 써주는 자상함도 마음에 들었다. 그래서 강하와 계속 잘살고 싶었는데, 오근희 때문에 어쩔 수 없이 엄마를 우리 집으로 데려와야만 했다.

오근희는 현재 북튜버이며, 방화동 투룸 빌라에서 내가 빌려준 보증금으로 살고 있다. 오근희는 상당히 이기적이고 생각이 깊지가 않다. 엄마와 함께 사느니 차라리 머리 깎고 절에 들어가겠다고 해서 나를 매우 열받게 했다. 내가 뭘 기대한 걸까 싶었지만 막상 저항에 부딪히니 견딜 수 없이 화가났다.

저녁을 굶고 방 안에만 틀어박혀 있던 엄마는 이른 새벽 화장실을 몇 번이나 들락거렸다. 나는 문을 여닫는 소리가 날 때마다 뒤척이다 결국 잠이 완전히 달아나 거실로 나갔다. 안 그래도 화해를 못하고 자서 심란해하던 차였다.

안 자고 뭐 해?

나를 돌아보는 엄마의 얼굴엔 근심이 가득했다.

문희야, 근희가 전화를 안 받는다.

지금 새벽 4시야. 자느라 못 받을 수도 있지.

어제 저녁부터 계속 안 받아. 근희한테 무슨 일이 생긴 건 아니겠지?

나는 걱정하지 말라며 엄마를 방으로 들여보낸 뒤 곧바로 핸드폰을 가져와 근희에게 전화를 걸었다. 엄마의 말대로 근희는 전화를 받지 않았다. 마지막으로 통화한 때가 언제인지 기록을 살펴보았다. 세 달 전이었다. 이렇게 시간이 많이 지났나……. 나는 다시 근희에게 전화를 걸었고, 계속되는 신호음을 초조하게 듣고 있다가 결국 택시를 호출했다.

*

세 달 전, 우리가 나눈 마지막 대화는 오근희의 유튜브 방송에 대한 것이었다.

그때 나는 오근희에게 화가 많이 나 있었다. 서른 가까운 나이에 실용적인 생각이라곤 할 줄 모르는 그애가 머잖아 나의 짐이 될 것이라는 확신에 그랬던 것 같다. 나는 강하와 사이가 너무 좋아 우리의 미래가 장밋빛으로 가득하다고 예감했고, 그럴수록 인기 유튜버가 되겠다는 동생의 미래가 암울해 보였으며 때론 우스꽝스러워 보이기까지 했다.

내가 왜 그랬을까.

왜 그랬긴. 근거가 다 있다.

오근희는 어릴 때부터 사방에 강한 자신감을 드러내고 다녔다. 예쁜 옷이나 구두, 가방을 발견하면 며칠 동안 드러눕고 떼를 쓴 끝에 결국 얻어냈고, 그렇게 쟁취한 걸 온몸에 두르고 다녔다. 오근희와 함께 등교할 때마다 나는 그애의 고집 때문에 늘 질렸고, 지쳤다. 오근희는 반장 선거에 매번 나갔고, 부반장으로도 뽑히지 못했으며, 그런 날이면 집으로 돌아와 엉엉 울며 우리 집이 가난하다는 걸 반 아이들이 다 알아서 뽑아주지 않은 거라고 주장했다. 아파트 천지인 이 동네에서 왜 우리만 아파트에 안 사느냐고 소리를 내지르면서. 그때마다 엄마는 같은 말을 했다.

근희야, 사람은 땅에서 떨어져 살면 몸이 아픈 거야. 엄마가 말했잖아. 엄마는 땅이랑 떨어져 있으면 몸이 아프다고. 엄마가 시골에서 뛰어다닐 땐 아픈 데가 하나도 없었어. 그런데 서울 오니까 계속 아파서 왜 아픈가 봤더니, 높은 데 살아서 그랬던 거야. 엄마도 옛날에 아파트 살아봤어. 높은 허공에서 살아봤어.

근희는 거짓말하지 말라며 화를 냈지만, 나는 엄마의 말을 묵묵히 믿었다. 엄마는 땅에서 멀어지면 아프고, 땅을 가질 수 없어 아프며, 땅을 가지게 되더라도 더 좋은 땅을 원하는 욕심 때문에 결국 또 아플 거라고 말했다. 할아버지가 땅을 무척 좋아했지만 평생 한 평의 땅도 갖지 못했던 사람이라고 안쓰러워하는 얼굴로 말하기도 했다.

자연스레 엄마의 목표는 땅을 사는 것이 되었다. 그런 일념으로 평생 일한 엄마가 환갑이 될 때까지 모은 돈은 1억 4천만 원 남짓. 크다면 아주 크다고 할 수 있는 그 돈으로 서울에서 살 수 있는 집은 두더지가 사는 집인가 싶을 정도로 땅 밑으로 깊게 파고 들어간 공간에 지어진 청수빌라 B101호였다. 망설임 없이 계약서에 도장을 찍는 엄마를 보며, 땅에서 멀어지면 아프다던 엄마의 말이 진심인가 싶었다.

엄마는 공인 중개사에게 웃으며 말했다. 서울에 반지하가 많은 게 북한 때문이라죠? 공습이 있을 때 그 안으로 대피해서 숨으라고요. 그러니 반지하가 어떻게 보면 참 안전한 집인 거죠. 중개인은 처음 들어보는 말이라는 듯 두 눈을 크게 뜨다가 아 예…… 하면서 말끝을 흐렸다. 그는 계약서 조항에 자꾸만 오타를 냈고, 심지어 엄마 이름까지 틀려서 내가 성질을 내며 지적하자 긴장한 얼굴로 키보드를 두드리다가 한참 뒤에 입을 열었다. 아주머니, 반지하 집은 공습 때문에 만든 게 아니라 국군의 참호로 만든 겁니다. 그 안에 숨어서 적군에게 총을 쏘라고요. 엄마는 어머나 세상에, 하며 혀를 차더니 전쟁이

이 나라 주택의 형태도 바뀠다면서 한숨을 내쉬었다.

평생 동안 쉬지 않고 일한 엄마와 달리 오근희는 어떤 일이든지 진득하게 붙잡고 있지 못했다. 회사에 들어가도 반년을 버티지 못했고, 단기 아르바이트생으로 보낸 기간이 더 길었다. 그렇게 자신의 인생을 불성실하게 대하던 오근희는 직장에서 만난 김호균 때문에 바람이 들었고, 급기야 모든 일을 접고 유튜버가 되었다.

오근희가 그 사람과 사귀었는지는 모르겠다. 아마도 아닐 것이다. 오근희의 말에 의하면 김호균은 음침한 성격이고, 회식 자리에서 아무도 자기 잔에 술을 따라주지 않는다고 불같이 화를 낸 적이 있으며, 그런 분위기가 어색해 밖으로 나와 담배를 피우고 있는 오근희에게 이렇게 말했다고 한다.

근희 씨, 제가 곧 유튜브 방송을 시작할 건데 언제 한번 출연하실래요?

무슨 방송인데요?

그냥 수다 떠는 방송이에요.

아, 별론데.

오근희는 김호균이 자신에게 작업을 건다고 생각해 완곡하게 거절하지 않고 딱 잘라 말했다. 김호균은 그 뒤에도 오근희와 단둘이 있을 때마다 방송 이야기를 했다. 먹방도 하고 술방도 하다가 아무 일에나 도전해보는 방송을 하고 있다고. 언젠가 김오리와 함께 방송을 해보고 싶다고도 했다.

김오리가 누군데요?

김오리는 만날 수 없는 존재죠.

김호균은 그렇게만 말했고, 오근희는 곧바로 김오리가 누군지 검색해보았다. 포털 사이트엔 정보가 거의 없었고, 인스타그램에 계정이 있었다. 김오리는 특별한 직업이 없는 인플루언서인 것 같았다. 캠핑 가서 사진 찍고, 전시회 가서 사진 찍고, 양양에서 서핑하면서 사진 찍고…… 죄다 그런 사진들뿐이었다. 직업은 오리무중이었다. 그래서 김오리인가? 자세히 보니 팔뚝에 귀여운 오리 타투가 있었다. 아, 이래서 김오리인가보네.

나중에 탕비실에서 마주친 그에게 김오리에 대해 말하던 오근희는 내가 이 사람과 왜 이렇게 길게 얘기하는 걸까, 어차피 때려치울 직장 이제부터 아무하고도 말하지 않더라도 손해볼 것 하나 없는데, 말하면 말할수록 별로인 사람으로 느껴지는 김호균과 왜 자꾸 수다를 떨고 있나, 그런 생각들을 하면서도 입으론 계속 김오리에 대해 말했다.

김오리를 만나는 게 왜 불가능해요? 팬클럽이라도 만들어보세요.

그럴까요?

김호균은 어쩐지 빙글거리는 표정으로 오근희를 쳐다보았고, 오근희는 정말 싫다, 느끼한 눈빛이다, 그렇게 생각하면서도 자기도 모르게 김오리를 만나러 같이 가자고 말했다. 김오리가 어떤 행사에 참가할지 알고 있다면서.

디저트 뷔페 콜라보 행사 말이죠?

김호균은 김오리의 스케줄을 모두 꿰고 있는 것 같았다. 그런데 거기 가도 김오리는 못 만나요. 그렇게 말하고 돌아서는 김호균은 어쩐지 오근희를 놀려먹는 태도였고, 오근희는 집으로 돌아와서도 그게 무척 마음에 걸리더라고 했다.

언니, 설마 내가 그 사람을 좋아하나?

나는 오근희가 회사를 그만두지 못하게 하려는 속셈으로 어머, 너 정말 그런 거 아니니? 좋아하는 거 아니야? 하고 맞장구를 쳐주었다. 내가 그렇게 반응하면 오근희는 언제나 반박자 늦게 들떴다. 언니도 그렇게 생각해? 내가 어쩌다가 김호균을 좋아하게 됐을까. 말도 안 돼. 그 사람 실제로 보면 얼마나 나이 들어 보이는데. 나는 김호균의 나이를 물었고, 돌아오는 답변을 듣고 나선 좋은 궁합이라 생각했으며, 오근희가 그 사람과 결혼하는 것도 나쁘지 않겠다고 생각했다. 결혼한 뒤엔 유튜버나 인플루언서가 되겠다고 설치더라도 하등 걱정할 것이 없다고도 생각했다. 오근희의 미래에 대한 걱정은 결혼에 목매지 않고 독립적인 여성이 되어야 한다는 나의 신념까지 뒤흔들 정도였다.

오근희는 자신에 대한 김호균의 마음을 적극적으로 탐색해보기 시작했다. 김오리를 만나러 가자고 말하면서 김호균이 자신과 데이트할 마음이 있는지를 살폈다. 그러나 김호균은 좀처럼 시원스레 답하지 않았다. 같이 가자, 가기 싫다, 그 어느 쪽도 아니었다. 그저 빙그레 웃으며 오근희의 얼굴을 쳐다볼 뿐이었다. 그러던 어느 날, 회식 자리에서 갑자기 사라진 김호균을 찾아 술집 밖으로 나간 오근희는 건물 뒤편에서 뜻밖의 광경을 목격했다. 익숙한 실루엣의 두 사람이 입을 맞추고 있었던 것이다.

이튿날, 김호균은 무단결근했고, 김호균과 입 맞춘 동료는 팀장과 함께 전무실로 들어가서 오랫동안 나오지 않았다. 사내엔 흉흉한 소문이 돌았다. 오근희는 김호균을 기다리다가 톡을 보냈다. 김호균은 곧바로 톡을 읽긴 했으나 아무런 답장도 하지 않았다. 며칠 뒤, 김호균은 유튜브 방송에서 직장 동료가 자신을 성추행범으로 몰고 있다며 울음을 터뜨렸다. 오근희는 그 방송을 실시간으로 보았고, 너무나 깊은 피로감이 몰려와 회사에 출근할 수 없겠다고 생각했다. 그리고 얼마 후 사직서를 제출했다.

언니, 김호균은 관종한테 잘못 걸린 거야.

나는 내가 무슨 말을 들은 건가 싶어서 곧바로 물었다. 관종이라니 그게 무슨 말이야?

내가 다 봤어. 둘이 자연스럽게 그렇게 된 거야. 그 여자가 관심 끌고 싶어서 거짓말하는 거라고.

나는 그런 종류의 관심을 끌고 싶어 하는 인간이 어디 있느냐고 말하고 싶었지만, 하지 않았다. 오근희의 말에 공감해서

가 아니라 오근희의 태도가 익숙해서였다. 나 역시 아무한테나 관종이라는 말을 쉽게 내뱉었다. 관종이 뭔지 깊게 생각해보지도 않고 그랬다. 다들 관종이 되려는 목표로 살아가는 것처럼 보였다. 이 세상이 관종 천국처럼 보였다. 하지만 오근희의 말은 명백히 잘못되었다. 피해자한테 관종이라고 말하다니. 정신 차려, 오근희. 네가 좋아하는 김호균은 결국 그런 놈이었어. 그리고 너도 지금 단단히 미친 거 같아. 나는 그렇게 말해 오근희를 울렸다.

회사를 그만둔 뒤 방황하던 오근희는 먹방, 술방을 거쳐 북튜버로 정착했다. 동시에 점점 이해할 수 없는 방향으로 변하기 시작했다. 책을 읽어주고, 책에 대해 말하는 방송에서 왜 오프숄더 클리비지룩만 고수하는가. 어깨를 훤히 드러내고 가슴이 푹 파인 옷을 입은 오근희가 허리를 숙일 때마다, 당장 화면 속으로 들어가 터틀넥을 입히고 싶은 충동이 들었다. 강하에게 그런 고민을 털어놓았더니 뜻밖에도 진지한 물음이 돌아왔다.

근희가 만일 노브라로 방송했다면 그래도 반대했을까?

당연하지.

근희에게 사상이 있었다면?

나는 그런 문제가 아니라고 말했다. 강하는 자기도 안다면서, '프리 더 니플 운동', '토플리스 운동'에 대해 말해주었다. 하지만 강하도 근희의 행동이 그런 운동과 연결되어 있다고 생각하진 않았다. 근희의 행동은 해방운동과 거리가 멀었다. 산업과 연결되어 있는 해방운동은 없다. 있다고 하더라도 그것은 진정한 해방이 아닐 것이다. 강하가 말했다.

그래도 근희가 관종인 게 다행이야. 관종이 아니었으면 걔가 어떻게 돈을 벌었겠어.

나는 강하에게 화를 냈다. 내 동생이 다른 일로 돈을 벌 수 없을 거라고 단정 짓는 태도가 싫었다.

문희야, 나는 근희를 무시하는 게 아니야. 사실 나도 학원에서 유튜브 방송 하는 원생들한테 함부로 못하는 게 있어. 우리 학원에 대해 안 좋은 말을 할까봐.

네가 그런다고?

나뿐만이 아니야. 다들 이런 문제 때문에 고민해.

나는 강하의 말을 듣고 나서도 오근희에 대한 걱정을 멈출 수가 없었다. 강하의 말과 달리 오근희의 방송을 본 사람들은 다 그애에게 함부로 행동할 것 같았다. 가볍게 치근댈 것 같았다. 그러나 나의 걱정과는 별개로 구독자 수는 빠르게 늘어만 갔다.

어느 날 오근희는 방송에서 서점 데이트를 걸고 후원금을 받았고, 어느 열혈 구독자가 5백만 원을 선뜻 보냈다. 내게 빌려간 월세 보증금 절반을 갚을 수 있는 돈이었다. 나는 드디어 돈을 갚는 거냐고 기뻐하는 대신, 후원금 돌려주고 그 자리에 나가지 말라고 오근희를 길게 설득했다. 평범한 직장인으로 사는 게 제일이라고, 월급 꼬박꼬박 나오고 퇴직 연금도 받을 수 있는 직장에 쥐 죽은 듯 다니면서 네가 좋아하는 관종 콘텐츠나 잔뜩 소비하며 살라고 입이 닳도록 말했다. 잠자코 듣기만 하던 오근희가 말했다.

언니, 나는 타고난 관종인가봐. 사람들이 나를 봐주는 게 너무 짜릿해. 이제 인스타에도 진출하려고.

오근희, 정신 좀 차려. 너 연애도 하고, 결혼도 하고 그래야지. 도대체 그 방송에서 이상한 옷 입고 뭘 하고 있는 건데?

내가 벗방을 한 것도 아니고 왜 그래 언니는?

벗방 하기만 해봐. 내 손에 죽을 줄 알아.

벗방 해서 1억 벌면?

나는 오근희의 순진함을 비웃었다. 벗방씩이나 해놓고 고작 1억? 나는 그걸로 너의 인생은 조금도 바뀌지 않는다고 말하려다가 참았다. 그걸론 연남동 반지층 집도 못 사. 그걸론 네가 좋아하는 신축 풀옵션 빌라 전세금도 겨우 내. 물론 투룸은 아니야. 나는 그런 말들을 떠올리다가 결국 이렇게 말하고 말았다. 계속 그런 식으로 살 거면 나, 너랑 절연할 거야.

오근희는 충격을 받은 듯 말이 없더니 한참 뒤에 대꾸했다.

그럼 어쩔 수 없지, 뭐. 절연해.

그게 우리의 세 달 전 마지막 통화였다.

*

혹시 구독자가 다 떨어져나가서 자살이라도 한 건 아니겠지…… 나는 오만 가지 비관적인 생각을 물리치며 1층 공용 현관의 비번을 빠르게 눌렀다.

집을 구하자마자 핸드폰 메모장에 비번을 저장해놓았다. 이런 나의 태도 때문에 오근희가 대놓고 나에게 의지하는 게 분명했다. 언니는 우리 집 비번도 자기 집 비번처럼 생각하니까 나는 비번 같은 건 잊어도 되겠구나, 그렇게 생각하며 아메바처럼 사는 건지도 모른다. 4층까지 걸어올라가며, 앞으로 오근희가 어떤 집을 구하든지 간에 자력으로 구하게 하겠다고 결심했다.

친구들과 어울려 술을 마실 때, 어쩌다가 동생들에 대한 이야기가 나오면 우리는 너 나 할 것 없이 이렇게 말하며 눈물을 내비쳤다. 내가 걔를 너무 챙겨줬어. 걔가 그렇게 된 건 다 내 탓이야. 다들 첫째들이었기에 대놓고 막내들을 아메바로 취급했다. 그날 그 자리에 모인 첫째들의 동생 중 가장 상태가 심각한 동생은 오근희였다. 어머머, 근희 가슴이 왜 이렇게 커? 친구들은 오근희의 방송을 보고 나서 나의 상반신을 보더니 다들 고개를 갸웃거렸다. 나는 벌컥 소리를 내질렀다. 저급한 것들아, 내 동생 가슴 그만 봐! 나는 친구들을 향해 외쳤지만, 사실 세상을 향해 외친 것이나 다름없었다. 내 동생 가슴 그만 봐!

이것은 내가 그토록 싫어하는 유교걸의 현현일 것이다. 뒤늦게 나의 모순을 간파했지만 어쩔 수 없었다. 오근희를 천으로 꽁꽁 싸서 음험한 것들의 시선이 닿지 않는 곳에 놓아두고 싶으니까. 엄마는 오근희를 통제하지 못하니 나라도 그렇게 해야 할 것 같으니까.

오근희는 나를 좋아하지도 않으면서 현관문 비번을 내 생일로 설정해놓았다. 나는 오근희의 그런 행동에서 나를 애틋하게 생각하는 마음 같은 건 전혀 읽을 수 없었다. 오근희가 내 생일을 기억하고 챙겨준 적은 딱 한 번밖에 없다. 수능 시험을 망치고 방황하던 시기에 오근희는 갑자기 코엑스몰에 가자고 하더니, 나를 이리저리 한참 동안 끌고 다니다가 밋밋하고 멋없는 태도로 귀걸이를 사주었다. 자기가 곰곰이 생각해보니 내 생일을 챙겨준 적이 한 번도 없더란다. 나는 쥐똥만 한 큐빅 귀걸이를 내려다보며 이걸 고맙다고 해야 하나 고민하다가, 수능을 망쳐서 기분도 너무 안 좋고 바다에 빠져죽고 싶은 마음뿐이어서 결국 고맙다는 말은 하지 않았다.

거실로 들어서니 냉기가 발바닥을 찔렀다. 늘 보일러를 빵빵하게 틀어놓고 사는 애가 이런 냉기를 견디고 있을 리가 없었다. 나는 오근희가 없다는 것을 방과 욕실을 확인해보기도 전에 알았다. 새벽 4시 50분, 집에 없는 오근희라…….

낙관적인 성인이라면 친구 집에서 자고 오나 생각했겠지

만 나는 오근희에게 친구가 없다는 걸 잘 알고 있었다. 그애의 교우관계는 깊지 않았다. 그 때문에 나는 오근희에게 유일한 친구일지도 모른다는 압박감을 항상 느껴야만 했다. 문득 오근희와의 마지막 통화가 떠올라 몹시 불안해졌다. 혹시 또 서점 데이트를 걸고 후원금을 받았나? 오근희의 방송에 들어가보니 최근 방송 날짜가 3주 전이었다. 대이변이었다.

곧바로 집 안을 살펴보았다. 노트북과 촬영 장비 위엔 먼지가 쌓여 있었고, 욕실 비누와 싱크대 배수구는 바싹 말라 있었다. 집을 비운 지 한참 된 것 같았지만, 캐리어는 옷장 속에 얌전히 놓여 있었다. 나는 오근희에게 다시 전화를 걸었다. 어디선가 진동음이 울렸다. 잠시 후, 화장대 서랍 안에서 오근희의 핸드폰을 찾아냈다.

화면 잠금 암호는 쉽게 풀렸다. 오근희는 언제나 'ㄱ' 아니면 'ㄴ'이었으니까. 잠금화면을 해제한 뒤 통화내역부터 쭉 훑었다. 낯선 번호가 연속으로 보이길래 전화를 걸어보았더니, 뜻밖에도 지역구 경찰서로 연결되었다. 나는 심장이 철렁 내려앉아 전화를 끊어버렸다. 왜 경찰서로 연결되지? 마음을 굳게 먹고 다시 전화를 걸었다. 오근희의 신상에 무슨 일이 생긴 것 같다는 불안감은 기정사실로 변해갔다. 나는 엄마에게 이 비극적인 소식을 전하는 광경을 상상했다. 엄마, 근희가 관종으로 살다가 살해당했어.

경찰은 나의 신원을 자세히 묻고, 오근희를 왜 그렇게 찾아

다니는지도 묻고 하더니, 오근희가 인스타 사기 피해자라고 짧게 말해주었다. 자세한 것을 알고 싶으면 경찰서에 방문하라고 했지만, 나는 오근희가 구독자로 가장한 범죄자에게 살해당하지 않은 것만으로도 안심하며 전화를 끊었다. 그러고 나서야 뒤늦게 화가 뻗쳤다.

도대체 왜 사기를 당하나. 내가 그렇게 신신당부를 했건만 왜 사기를 당하고 다니느냔 말이야. 어쩌면 오근희는 나에게 맞아 죽을까봐 도망친 건지도 몰랐다.

짧은 고민 끝에 자동 로그인으로 설정되어 있는 오근희의 인스타그램에 접속했다. 여러 통의 디엠 가운데 수상한 장문의 디엠이 눈에 띄었다.

—저는 분당에 살면서 아이를 키우는 엄마예요. 부업으로 이걸 시작했다가 나만 너무 잘되는 거 같아서 괜히 사람들한테 미안해지더라고요. 이렇게 쉽게 돈을 벌 수 있는데 다들 너무 고생하고 있잖아요. 제 인스타를 보면 아시겠지만, 저는 교회도 열심히 다니거든요. 언제나 봉사하고 싶다, 기부해야 한다, 그런 마음을 갖고 살았어요. 그런데 이렇게 사람들을 돕는 게 봉사이고, 기부인 것 같다는 생각이 들어요. 수수료는 15프로예요. 수익금 3배는 최소 금액이고요. 저는 허황된 말은 못해요. 원래부터 그런 성격이 아니어서요. 4배 이상 수익이 나기도 하는데, 그랬다가 3배밖에 안 나면 실망하실까봐 냉정하게 말씀드리는 거예요. 1천만 원을

투자하시면 3천만 원은 보장해드려요. 과장 없이 드리는 말씀이에요. 작업 시간은 길어야 30분이에요. 머리 감고 말리시면 작업 다 끝나 있어요. 디엠 주시면 자세히 알려드릴게요.

오근희는 곧바로 답장을 보냈다.

— 언니, 정말이에요?

이 기집애야, 정말일 리가 없잖아!
이런 사기에 속는 사람은 아메바 오근희뿐일 것이다.

*

집으로 돌아오니, 강하가 소파에 앉아 누군가와 통화하고 있었다. 표정이 좋지 않았다. 나는 혹시 오근희가 나에게 맞아 죽지 않게 도와달라는 연락을 한 건가 싶어서 강하의 맞은편 자리에 앉았다. 그러나 강하의 통화 상대는 오근희가 아니었다. 강하는 상대에게 쩔쩔매는 태도로 말했다. 어머님, 제가 시우랑 유나를 잘 아는데, 원래 둘이 장난도 잘 치고 친한 사이예요. 절대로 그런 짓 할 애가 아니에요.

원생 부모가 아침부터 항의 전화를 한 모양이었다. 강하는 한참을 듣고만 있더니 자기가 시우를 잘 타일러보겠다며 전화를 끊었다.

무슨 일이야?

어제 학원에서 애들끼리 다툼이 있었거든. 근데 시우가 유
나를 협박했대. 저격 영상을 올리겠다고.

저격 영상? 그게 뭔데?

말 그대로, 사람 매장시키려고 올리는 영상.

……시우가 몇 살인데?

열한 살.

우리는 동시에 한숨을 내쉬었다. 강하는 시우라는 아이에
대해 자세히 말해주었다. 평소엔 친구들과 잘 어울리고 활달
한 아이인데, 한번 화가 나면 참지를 못한다고. 자기 의견이
무시당하면 늘 그런 반응을 보인다고. 작년부터 시작한 유튜
브 방송에서 구독자를 꽤 모은 것 같고, 올해부턴 그걸 자랑
하고 다녔다고. 그러더니 이젠 친구와 싸울 때 저격 영상을
올리겠다는 협박을 한다고. 그런 협박을 들은 아이는 심각한
패닉 상태에 빠져서 오늘처럼 등교해야 하는 아침에 침대에
서 빠져나오지도 못하고 울기만 한다고. 유나는 자신을 저격
하는 영상이 유튜브에 올라올까봐 밤새 울었고, 아침이 되자
반 친구들이 모두 그 영상을 본 게 틀림없다고 생각해 등교를
재촉하는 부모에게 퉁퉁 부은 눈으로 이렇게 말했다고. 엄마,
이제 내 인생은 끝났어.

말을 마친 강하의 시선이 거실 테이블 위에 있는 알록달록

한 편지지에 닿았다.

손편지를 써주면 뭐 하나. 아이들은 이미 이 시대의 충실한 구독자가 되어버렸는데. 어른들을 훨씬 앞질러가버렸는데. 구독자 수가 권력이 되어버린다는 걸 알고 있고, 그 권력을 어떻게 이용해야 하는지도 어른보다 잘 아는데.

강하는 편지지를 집어들더니 종이배를 접기 시작했다. 손편지 따윈 아무런 도움이 되지 못한다는 걸 깨달은 얼굴이었다. 이런 상황에서 오근희 이야기를 하려니 좀 미안했지만 그래도 강하의 조언이 필요했다. 강하는 종이접기를 멈추지 않고 내 말을 듣더니 이윽고 말했다.

핸드폰을 두고 간 걸 보니 자길 찾지 말라는 의미 같은데.

혹시 납치된 건 아니겠지? 오근희가 아메바라는 걸 알고서 유인한 걸 수도 있잖아.

강하는 나를 빤히 쳐다보더니 말했다. 너는 동생한테 아메바가 뭐니?

나는 머쓱해져서 화제를 돌렸다.

어떤 방식으로 투자금을 불려준다는 건지 알아봤거든. 불법 도박 사이트에 투자하는 거 같아. 피해자가 수익금을 출금하려고 하면, 사이트 오류로 출금이 안 된다고 돈을 더 넣으라고 권하는 수법이래.

곰곰이 생각하던 강하는 갑자기 크게 웃더니 말했다.

문희야, 근희가 누굴 닮아 그렇게 순진한지 알겠다.

누굴 닮았는데?

너.

그게 무슨 소리야?

처음부터 도박 사이트에 투자할 필요가 없지. 뭐 하러 그런 노동을 하겠어. 나라면, 짜장면 한 그릇 시켜먹고 놀다가 연락했을걸. 작업 끝났고, 투자금 3배로 불었다고. 그렇게 말만 해도 상대가 믿을 거 아니야.

⋯⋯맞네.

*

일이 손에 잡힐 리가 없었다. 회사에서도 나는 오근희 생각만 했다.

도대체 어쩌다가 그런 사기를 당했을까 싶어서 속에서 천불이 났다. 얼마나 날린 걸까. 그게 가장 궁금했지만 경찰은 내가 오근희의 친언니여도 자세한 것은 알려줄 수 없다고 잘라 말했다. 오근희 같은 피해자가 많다는 말만 했다. 주로 아이를 키우며 부업거리를 찾는 엄마들이 타깃이 된다고 했다. 오근희는 방송 만드느라 부업 할 겨를도 없는데 왜 그런 사기에 걸려들었나 싶었다. 인스타로 진출하겠다더니, 진출하자마자 사기만 당했다.

점심을 먹는 둥 마는 둥 하다가 회사로 돌아와 처음으로 오근희의 방송에 달린 댓글을 읽었다. 예상대로 악플이 있었다. 그중 하나가 눈에 들어왔다.

　—노출 관종이네. 가족들이 모르나? 알면 좀 말리지.

　나는 곧바로 핸드폰을 내려놓았다. 이럴 줄 알았다. 가족까지 욕먹게 할 줄 알았어!

　오후 업무를 어떻게 해냈는지도 모르겠다. 퇴근 시각이 되자마자 자리에서 벌떡 일어나 사무실을 빠져나왔다. 처음엔 악플에 휘둘려 오근희를 끝까지 말리지 않은 나를 탓했다. 그러나 시간이 흐를수록 지가 뭔데 남의 가정에 참견인가 싶은 마음이 절로 들었다. 속이 터질 듯 갑갑해서 회사에서 멀리 떨어져 있는 편의점으로 뛰어들어가 캔맥주를 사서 원샷했다. 식도를 훑고 내려가는 거칠고 시원한 느낌이 나를 다시 살게 했다.

　지들이 뭔데 내 동생을 욕해?

　아무리 생각해도 그럴 수 있는 권한은 나밖에 없었다.

*

　중국집에서 볶음밥 세 개를 시켰다. 엄마는 아무거나 상관없다고 말하더니 볶음밥을 보자마자 소화 안 되게 기름진 걸 왜 시켰느냐고, 역류성 식도염이 재발할 것 같다고 상세하게 불평했다. 나는 이런 상황에선 쌀죽을 먹어도 소화가 안 될 거라고 차갑게 말하며 묵묵히 볶음밥을 떠먹었다.

그릇을 비닐에 싸서 밖에 내놓고 돌아오니 강하가 거실 테이블 앞에 앉아 편지를 쓰고 있었다. 아직도 손편지의 힘을 굳게 믿는 걸까. 나는 곁에 앉아 강하가 쓰고 있는 편지를 들여다보았다. 문장 한 줄이 눈에 들어왔다.

— 시우야, 우리가 살아가고 있는 이 세상은 사실 잘못된 세상이야. 참 이상한 세상이야.

나는 강하의 얼굴을 쳐다보았다. 드디어 아이들에게 진실을 알려줄 생각인 걸까. 강하의 편지엔 늘 밝고 희망찬 이야기만 담겼는데 이제부턴 그러지 않기로 결심한 모양이었다. 그다음 문장을 읽으려는데, 강하가 나를 올려다보더니 대뜸 오근희에게 편지를 쓰라고 말했다.

내가 왜 걔한테 편지를 써?

편지 쓰면 화가 좀 가라앉아.

뜻밖에도 엄마가 테이블에 다가와 앉았다. 엄마는 허리 보호대를 꽉 조이더니 강하가 건넨 편지지를 받아들었다. 그리고 고심 끝에 첫 문장을 쓰기 시작했다. 나는 대놓고 엄마가 쓰는 편지를 들여다보았다.

작은 딸에게

근희야, 날도 추운데 옷은 따뜻하게 입고 나간 거니? 밥은 잘 먹고 다니는 거야? 엄마는 우리 막내를 믿어. 엄마가 이제까지 살아 있는 것도 너랑 언니 덕분이야. 너희 아니었으면 엄마는 살아갈 이유가 없었을 거야. 진작에 죽었을 거야.

근희야, 엄마는 너무 속상해. 돈은 아무것도 아니야. 벌기도 하고 잃기도 하는 게 돈이야. 그렇지만 가족 간의 신뢰는 달라. 신뢰는 얻기 힘들지만, 잃는 건 너무 쉬워. 지금 너는 문희한테 신뢰를 잃었어. 절대로 용서해주지 않을 기세야. 하지만 근희야, 너도 알겠지만 문희는 우리 중 가장 착하잖아. ("엄마, 나 안 착해.") 다행이지 않니? 문희가 착한 게. 착하지 않았으면 너랑 나는 어떻게 됐겠니. 개차반이 되지 않았겠니? 아주 똑같이 살지 않았겠니? 그러니까 근희야, 언니한테 연락해. 연락해서 용서를 빌어. 문희가 좋은 점이 뒤끝이 없다는 거잖아. 문희한테 용서를 빌면 문희가 다 해결해줄 거야. ("엄마, 이 문장 지워.")

문희는 네 방송도 얼마나 열심히 보는지 몰라. 사실 나도 자주 봐. 근희야, 사람들이 뭐라고 하든 너는 너대로 살아. 떳떳하게, 하고 싶은 거 다 하면서 살아. 인생은 짧지 않아. 인생은 길어. 엄마는 평생 일만 하며 살았는데 아직 환갑밖에 안 됐어. 얼마나 긴지 몰라. 그러니까 하고 싶은 거 다 해보고 살 수 있어.

사기당한 일은 지나고 보면 아주 작은 일이야. 웃으면서 말할 수 있는 일이야. 엄마도 사기당한 적 있어. 그래도 툭툭 털고 다시 돈

벌러 나갔어. ("엄마, 사기당한 적 있어? 언제?") 그러니까 너도 그렇게 해. 범인 잡겠다고 설치면 화병 걸려 죽어. 그냥 기도해. 대대손손 3대를 멸하게 해달라고 기도해. 엄마는 자기 전에 아직도 기도하고 자. 명성식당 집안 3대를 멸하게 해달라고. 너도 알다시피 그 여편네가 곗돈 들고 날랐잖니. ("계도 했었어?") 우리 나이에 그런 일은 너무 흔해. 내가 아는 언니는 그일 때문에 위암, 자궁암 세트로 걸려서 일찍 죽었어. 그러니까 근희야, 너도 엄마처럼 기도하며 평온하게 잊어. 그게 어떻게 되나 싶을 거야. 근데 해보면 돼. 추우니까 따뜻하게 입고, 밥 굶지 말고, 적당히 바람 쐬다가 언니한테 연락해. 문희가 네 연락 기다리느라 눈이 벌겋게 충혈됐어. 불쌍해서 못 보겠다.

엄마, 내 눈 멀쩡하거든?

엄마는 펜을 내려놓고 편지지를 두 번 접더니 그대로 테이블 위에 올려놓고 방으로 들어갔다.

편지 한 장으로 두 딸한테 하고 싶은 말 다 한 엄마. 나는 그런 엄마가 못내 얄미웠다.

*

오근희는 낡은 빗자루를 타고 나타났다. 검은색 원피스를 입고 커다란 빨간색 리본을 머리에 매단 오근희를 보며, 나는 이게 꿈이라는 것을 깨달았다.

이상하게도 아주 가끔 꿈이라는 것을 알고 나서도 깨어나지 않고 꿈속에 머무는 때가 있는데, 바로 그날 밤이 그랬다. 나는 오근희에게 도대체 어디서 무얼 하고 있는 거냐고 물었다. 오근희가 〈마녀 배달부 키키〉 속 키키의 복장을 하고 내 앞에 서 있음에도 그렇게 물었다. 오근희는 아무런 대답 없이 내 얼굴을 빗자루 끄트머리로 살살 쓸어내렸다. 나는 잠에서 깼고, 오근희를 걱정하느라 뒤척이다가 〈마녀 배달부 키키〉를 함께 보았던 날이 떠올랐다.

언니, 키키가 비 맞고 배달하다가 감기 걸려서 앓아눕는 장면 있잖아. 그때 키키가 빵집 아주머니한테 '나는 죽는 걸까요?'라고 말하는데, 나 그 장면에서 울 뻔했잖아. 타지에서 혼자 얼마나 외롭겠어. 그 마음이 뭔지 너무 잘 알지.

야, 너도 외롭니?

나는 왜 그딴 식으로 말했을까. 외롭냐니. 인간은 다 외로운 법인데, 오근희가 마치 인간이 아닌 것처럼 너도 외롭냐니. 나는 그날의 대화를 떠올리며 타지에서 혼자 외롭게 있을지도 모를 오근희를 떠올렸다.

언제쯤 돌아오려나. 언제쯤 이 사건을 수습해달라고 연락하려나……. 핸드폰을 손에 쥐고 까무룩 잠이 들 무렵, 오근희가 했던 말들이 두서없게, 아무런 맥락 없이 떠올랐다.

언니, 있는 집 자식들이 잘되는 건 왜 그렇게 뻔해 보일까.

언니, 언니는 무너지다를 무'노'지다로 발음하는 거 알아?

언니, 이 술집 선불이야.

언니, 어묵탕에 청양고추를 넣어야지 오이고추를 넣는 사람이 어디 있어?

언니, 나 오늘 돈이 없어서 고깃집 앞을 지나다가 울 뻔했어.

언니, 오늘 목사님의 설교 주제는, 우리는 왜 일하고 있는 가야.

언니, 맛동산을 물에 불리면 개똥처럼 보이는 거 알아?

……

그 밖에 그 아이가 했던 많은 말들이 밤새 내 머릿속을 맴돌았다.

*

식탁 앞에 앉아 산더미처럼 쌓여 있는 노지귤의 껍질을 하나씩 벗겼다. 엄마가 트럭에서 떨이로 사온 귤은 지나치게 신맛이 강해서 잼으로 만드는 게 나을 것 같았다. 강하가 곁으로 다가와 귤을 집어들더니 위로 던졌다 받기를 반복하며 내눈치를 살폈다.

나한테 할 말 있어?

바빠? 우편함에 뭐 온 거 같던데…….

강하는 귤을 까서 통째로 입에 넣더니 갑자기 운동을 하고 오겠다며 밖으로 나갔다. 나는 강하가 나를 위해 깜짝 선물이라도 준비했나 싶어서 손을 대충 닦은 뒤 우편함을 확인하러 1층 공용현관으로 내려갔다.

깜짝 선물일 거라는 생각은 절반쯤 맞았다. 우편함엔 오근희에게서 온 편지가 버젓이 들어 있었다. 손편지라니. 빼도 박도 못한다. 강하 짓이 분명했다. 나 몰래 서로 연락하고 있었던 것이다. 나는 절대로 마음 약해지지 않겠다고 다짐하며 방으로 들어와 편지 봉투를 뜯었다. 아메바가 편지를 쓰다니, 놀랍긴 했지만.

언니에게

언니, 지금쯤 나를 찾아 난리가 났을 우리 언니.

나는 잘 지내고 있어. 밥도 잘 먹고, 잠도 잘 자. 나도 내가 이럴 줄 몰랐어. 어쩌면 낙산사의 정기가 좋아서 그런 건지도 몰라. 나 지금 템플스테이 왔는데, 여기 공기 참 좋다.

언니는 나에 대해 잘 모르는 것 같아. 나 북튜버 하면서 약간 똑똑해졌어. 책을 소개하려면 읽어야 하잖아. 그러니까 지식이 늘지 않을 수가 없어. 하루는 책을 읽다가 매력자본이란 단어를 알게 됐어. 나에게 매력자본이 있다는 걸 그때 처음 깨달았어. 화폐자본은 없지만, 매력자본은 있는 거지. 하지만 언니, 나는 가끔 두려워. 언제까지 나의 매력자본이 유지될까? 나 이제 더 이상 이십대가 아니잖아. 내년부터 언니 말대로 진짜 어른이잖아.

원래 언니한테 빌린 돈부터 갚으려고 했어. 그런데 그 돈을 투자하면 언니한테 이자를 넉넉히 주고, 김호균한테 빌린 돈도 갚을 수 있을 것 같았어. 나 유튜브 시작할 때 장비 산 돈, 다 김호균이 빌려준 거야. 김호균은 요즘 방송 접었어. 내가 김호균을 협박했거든. 방송에서 진실을 폭로하겠다고 했어.

내가 관종이라고 말했던 직장 동료가 내 방송에 댓글을 남겼어. 내가 카메라발을 너무 잘 받고, 방송도 재미있고, 내가 추천한 책을 많이 읽었대. 그걸 보니 내가 잘못 생각한 거 같았어. 사실 그날 나는 질투심에 눈이 멀어서 김호균이 그 동료를 힘으로 끌어당겨 입을 맞췄다는 걸 부인했어. 내가 김호균에게 호감이 있으니 다들 김호균을 좋아할 거라고 착각했나봐. 언니, 사랑은 정신병이야.

김호균이 왜 김오리를 만날 수 없다고 했는지도 알았어. 언니, 김오리는 사람이 아니야. 김오리의 미소, 눈빛, 땀, 눈물은 모두 존재하지 않아. 그렇지만 김오리의 팔로워는 나보다 오백 배나 더 많아. 김오리는 그새 더 유명해져서 이젠 온갖 광고를 찍고 다녀. 김오리가 버추얼 인플루언서라는 게 알려진 뒤에도 팔로워 숫자는 줄지 않고 오히려 늘었어. 이게 무슨 의미일까?

언니, 김오리는 늙지 않잖아. 20년 뒤에도 그 얼굴이고, 30년 뒤에도 그 얼굴이잖아. 내가 환갑이 되어도 김오리는 지금 그 얼굴이야. 김오리의 매력자본은 사라지지 않는 거야. 김오리는 나와 다르게 늙지 않고 썩지 않는 거야. 하지만 그런 김오리도 언젠가 결국 잊히겠지. 그렇더라도 진짜가 아닌데 잊힌다는 게 무슨 의미가 있을까. 김오리는 상처받지도 않을 거야. 상처받을 줄 모르는 존재이니까. 그건 너무 부러워.

언니, 어쩌면 이 세계에선 진짜와 가짜의 구별이 의미 없는지도 몰라. 순간만 존재하고, 모두가 비트(bit) 위를 가볍게 흘러 다니는 건지도 몰라. 그게 좋은 걸까? 나는 내가 종이 신문을 보던 시절에 신문 한 면을 차지하는 유명인이 될 거란 생각은 처음부터 안 했어. 나는 누구나 유명해질 수 있는 시대에 나도 같이 유명해지고 싶었던 것뿐이야. 특별한 사람만 유명해질 수 있다고 하면 나는 진즉에 포기했을 거야. 그러니까 언니, 내 인생이 이렇게 된 것은 내 탓이 아니야. 누구나 유명해질 수 있는 시대 탓이야. 사소한 나를 구독해주는 구독자 탓이야.

언니, 관종이 되려면 관종으로 불리는 걸 참고 견뎌야 해. 그게 얼마나 힘든 일인지 언니는 모르지? 한 가지 더 언니가 모르는 게 있어. 관종도 직업이 될 수 있다는 걸 언니는 몰라. 그걸 왜 모를까. 왜겠어. 언니가 꼰대라서 그런 거지.

언니, 나는 언니가 그리 많지 않은 나이에 꼰대가 되어버린 게 슬퍼. 혹시 우리 가족이 언니를 그렇게 만든 걸까. 나는 맨날 부동산 얘기, 연금 얘기만 하는 언니가 차라리 대놓고 자긴 꼰대라고 말했으면 좋겠어. 정색하면서 안 그런 척해서 얼마나 꼴 보기 싫은지 몰라. 언니는 자기가 지성적인 인간이라고 생각하지? 다른 사람을 깎아내릴 때 쾌감을 느끼는 언니를 볼 때마다 참 속물적이라는 생각이 들어. 그런 걸 스노비즘이라고 한대. 책에서 봤어. 나 북튜버 하면서 많이 똑똑해지고 있어. 사기를 당한 이유도 똑똑해져서 그런 거 같아. 옛날 같았으면 사기꾼이 설명하는 수익 구조가 알아듣기 힘들고 귀찮아서 하지 않았을 거야. 그런데 지금은 진지하게 수익을 따져본다니까. 그래서 내가 사기를 당한 것 같아.

언니는 내가 참 모순되는 말만 한다고 생각할 거야. 하지만 나는 언니가 가장 모순적인 사람 같아. 특히 내게 결혼을 권할 때마다 뭐 이렇게 모순적인 사람이 다 있나 싶어. 언니도 결혼할 생각 없잖아. 커밍아웃을 하고도 가족들에게 변함없이 신뢰받는 언니를 보면 이게 첫째의 대단함인가 싶어. 혹시 그냥 언니가 대단한 사람인 걸까? 우리는 사람들이 말하는 정상 가족이 아니었지만 그걸로 싸우거나 누굴 원망한 적은 없잖아. 그래서인지 언니의 사랑도 우리에겐 싸우거나 뜯어말리고 할 만한 게 아니었어. 하지만 언니, 언니가 모르는 게 한 가지 있어. 우리는 언니가 남의 집으로 시집가는 일이 없을 거라는 게 좋은 것뿐이야. 우리는 언니가 필요하고, 언제나 우리 곁에 두고 싶으니까. 아마도 우리는 언니의 사랑을 제대로 이해하지 못하고 있는 건지도 몰라. 그 점은 미안하게 생각해.

언니, 언니는 어떤 존재일까. 나와 같은 유전자를 갖고 나보다 먼저 살아본 사람일까. 언니가 성공한 일을 나도 성공할 수 있을까.

내가 성공한 일을 언니는 아무리 해도 실패하지 않을까.

언니, 나를 좀 믿어주면 안 될까. 약속할게. 절대로 벗방 안 할게. 내 몸을 상업적으로 이용하지 않을게. 하지만 언니가 말했듯 '걸레들이나 입는 옷'을 입고 방송은 계속 할 거야. 나는 내 몸이 아름답다고 생각하니까.

책도 아름답지만 내 몸도 아름다워. 문장도 아름답지만 내 가슴도 아름다워. 적절하게 찍힌 마침표도 아름답지만 함몰유두인 내 젖꼭지도 아름다워. 이렇게 생각하는 게 잘못은 아니잖아. 오히려 감추라는 언니가 이상한 거야. 언니는 왜 우리의 몸을 핍박하는 거야? 언니의 몸은 언니의 식민지야? 언니는 왜 우리 몸을 강탈의 대상으로만 봐?

나는 언니가 좋고, 언니도 속으론 나를 좋아할 텐데 우리를 갈라놓는 것이 편견이라는 게 너무 슬퍼. 언니, 사람한테 걸레라고 하는 거 아니야. 나는 언니가 그런 말 할 때마다 누가 들을까봐 무서워. 언니가 사람들한테 미움받는 게 싫거든. 내 언니니까 나만 미워할 수 있어.

템플스테이 끝나면 돌아갈게. 사기당한 건 정말 미안해.

나는 오근희의 편지를 끝까지 다 읽었다. 그리고…… 이건 절대로 아메바가 쓸 수 없는 글이라는 결론을 내렸다.

어쩌면 가장 진화한 형태의 생물은 아메바인지도 모른다. 모든 거추장스러운 것들을 벗어던진 존재, 핍박과 식민지가 무언지 모르는 존재, 생을 가장 단순하고 솔직하게 설계한 존재, 그게 아메바인지도 모른다고. 하지만 그런 상태로 이 세계에서 균형 감각을 유지하며 살아가기는 쉽지 않을 것이다.

나는 침대에 모로 누워 근희의 방송에 달린 악플을 모조리 다 읽기 시작했다. 읽는 내내 손이 떨리고 심장이 내려앉았다. 근희는 이걸 다 봤겠지. 다 보고도 아무런 내색도 하지 않았겠지…… 악플을 하나도 빠짐없이 다 읽고 나니 심신이 너덜너덜해져 있었다. 근희의 얼굴이 계속 떠올랐고, 오래전 함께 코엑스몰에 갔던 날도 떠올랐다. 나에게 생일 선물로 귀걸이를 사준 뒤 근희는 나를 따라 말없이 걷기만 했다. 내가 집에 가지 않겠다고 우겨서 우리는 여덟 시간 동안 지하상가를 계속 걸었다. 그때 근희는 무슨 생각을 했을까. 언니의 실패가 자신의 실패는 아닐 거라는 생각? 언니의 실패는 자신의 실패이기도 하다는 생각? 한 가지는 알 것 같다. 근희의 행진은 나의 행진과 명백히 다를 것이란 걸.

나는 손가락을 움직여 댓글을 달았다. 처음엔 악플러 못지않게 지저분한 욕을 쓰다가, 너는 도대체 뭐 하는 놈이냐고 묻다가, 너를 낳고 너희 엄마도 미역국을 드셨냐고 모욕하다가 결국 다 지우고 한참을 고심했다. 이걸 근희가 볼 수도 있다. 나는 뺨으로 흘러내리는 눈물을 닦고, 콧물을 훌쩍이며 천천히 손가락을 움직였다. 어쩐지 졌다는 심정으로. 나의 동생 근희와 관종 오근희를 바라보는 이 세상을 향해.

— 나의 동생 많관부

나의 동생, 많은 관심 부탁드립니다.

빛이 나지 않아요

임선우

임선우

2019년 《문학사상》 신인문학상을 수상하며 작품활동을 시작했다. 소설집 《유령의 마음
으로》가 있다.

비가 내리자 물이 샜다. 처음에는 똑, 똑, 떨어지던 것이 나중에는 거실 천장에 구멍이라도 뚫을 기세로 엄청나게. 급하게 냄비를 받쳐보았지만 소용없었다. 종일 물을 퍼내고 바닥을 훔쳐내다가, 저녁이 되어 비가 그치자 구와 나는 거실 바닥에 쓰러지듯 드러누웠다. 누운 채로 텔레비전을 켜보니 세상이 망해가고 있었다.

뉴스에서는 온몸이 물집으로 뒤덮인 사람들이 구급차에 실려가는 모습이 나왔다. 그들은 이목구비가 물집에 파묻혀 얼굴을 알아볼 수 없었고, 거동도 불가능해 보였다. 기자는 사람들이 그렇게 된 원인이 해파리라고 했다. 인간을 해파리로 만들어버리는 변종 해파리가 나타났다는 것이었다.

밤이 되면 해안가에서 푸른빛을 내는 해파리들. 빛으로 상

대를 유인한 뒤 촉수로 휘감아 자신과 똑같은 모습의 해파리
로 만들어버립니다.

　기자의 말이 끝나자 화면에는 해파리와 광어를 한 마리씩
같이 넣은 수조가 나왔다. 빠르게 돌린 영상에서 바닥에 엎드
려 있던 광어를 해파리 촉수가 쓸고 지나가자, 광어의 형체가
일그러지더니 이내 해파리와 똑같은 모습으로 변했다. 멋진
데. 텔레비전에서 눈을 떼지 않은 채 구가 말했다. 멋지다. 내
가 말했다. 구와 내가 하던 밴드가 망한 이후로 우리는 틈만
나면 세상이 망해버리길 기도했다. 그 소원이 이렇게 빨리 이
뤄질 줄이야.
　해파리로 변해가는 사람들을 보자 천장에서 물이 새는 것
쯤은 아무것도 아닌 일처럼 느껴졌다. 그러니까 밴드가 망하
고, 서울에 있던 월세방 보증금을 까먹고, 쫓겨나듯 시골로
와서 지내게 된 구의 돌아가신 친할머니 댁 천장에서 물이 새
는 것쯤은 그다지 놀랄 일은 아닌 것이다. 구와 나는 들뜬 채
유튜브에 해파리를 검색했고, 그것들이 인터넷상에서는 좀비
해파리라고 불리고 있으며 한국은 물론 전 세계 바다를 점령
했다는 사실을 알아냈다. 한참 검색하고 난 뒤에는 배가 고파
져 라면을 끓여 먹었다.

*

변종 해파리가 출현한 지 보름이 지났다. 구와 나의 바람과는 달리 세상은 그리 쉽게 망하지 않았는데, 해파리들은 물 밖에서 전혀 이동할 수 없기 때문이었다. 전국의 모든 해수욕장이 폐쇄되자 대부분의 사람들은 해파리와 마주칠 일이 거의 없었다. 학생들은 변함없이 학교에 갔고, 회사원들은 회사에 갔다.

그런데도 변종 해파리는 모두의 관심사가 되었다. 뇌도 심장도 없이 바닷속을 떠돌며, 자신과 닿는 모든 동물을 해파리로 만들어버리는 좀비 해파리들. 한자리에서 가만히 빛을 내는 것만으로도 상대를 다가오게 만드는 그들의 모습은 우아해 보이기까지 했다. 인간 또한 해파리 빛에 노출되면 해파리에 다가가고자 하는 충동이 생길 수 있다고 과학자들이 발표하자, 선글라스 판매량이 전례 없이 급증했다.

사람들은 해파리를 저마다 다르게 받아들였다. 누군가는 해파리에게서 멸망을 보았다. 누군가는 신의 모습을 보았고, 누군가는 삶의 탈출구를 보았다. 그리고 구는, 해파리에게서 취업 기회를 보았다.

빠르게 번식한 변종 해파리들은 바다에 차고 넘치다 못해 해변까지 밀려나왔다. 해파리는 죽어서도 오랫동안 촉수 신경이 살아 있기에 위험했고, 부패하는 과정에서 지독한 악취가 났다. 해안가 주민들의 쏟아지는 민원을 감당하기 어려웠던 정부는 해변 미화원을 뽑기 시작했다. 해변 미화원은 아침마다 해변에서 썩어가는 해파리 사체들을 치웠다. 무거운 해파리를 들어 옮길 수 있는 젊은 남성들이 우대받았고, 구는 얼마 지나지 않아 해변 미화원이 되었다.

구가 출근하면 나는 집에 혼자 남았다. 일자리를 구하기 위해 사방에 지원서를 냈지만 아무데에서도 연락이 오지 않았다. 해안가 마을에 관광객이 들지 않자 모두가 어려워지고 있었다. 매일매일 시간이 남아돌았고, 나는 넘쳐 나는 시간을 해파리를 검색하며 보냈다. 인터넷에는 해파리에 관한 정보들이 난무했으나 그중 일부만이 진짜였는데, 좀비 해파리에 관한 진실 중 하나는 그들에게 기존 해파리에게는 없던 시각과 청각이 존재한다는 사실이었다. 그들은 자신들이 어떠한 변화를 일으키는지 눈으로 보고, 귀로 듣고 있었다. 그 사실을 알고 나자 나는 좀비 해파리가 조금 더 좋아졌다.

해파리들을 따라 웹 서핑을 하다 보면 구가 돌아왔다. 구, 그거 알아? 한 달이면 코끼리도 해파리로 변한대. 구는 내 말에 지친 얼굴로 고개를 끄덕였고, 나는 머쓱해진 채 구가 포장해온 쉬기 직전의 김밥을 집어 먹었다. 실은 조금 무서워. 조용히 김밥을 먹던 구가 말했다. 뭐가? 해파리들. 분명 어제 몇백 마리를 치웠는데도 다음날이면 그대로야. 다음날도, 다다음날도 그대로. 가끔은 이상한 악몽을 꾸고 있는 것 같아.

나는 말없이 구의 어깨를 감싸안았다. 지친 구에게서는 해파리 썩은 냄새가 났다. 일을 시작한 뒤로 구의 몸에 밴 냄새는 아무리 열심히 씻어도 지워지지 않았다.

얼마나 더 나빠져야 세상이 망할까? 자려고 누웠을 때 내가 물었다. 나도 궁금해. 어둠 속에서 구가 대답했다. 이곳에 온 뒤로 우리는 단 한 번도 음악에 대한 얘기를 꺼낸 적이 없었다. 구는 기타를 팔아버렸고 나는 노래는커녕 흥얼거리지조차 않았다. 매일같이 하던 일을 한순간에 멈춰버리다니, 이상하지.

나는 구의 마른 등을 바라보며 오래전에 우리가 같이 불렀던 노래를 머릿속으로 재생해보았다. 언제쯤이면 다시 그때로 돌아갈 수 있을까. 구가 어디선가 구해온 커다란 대야 안으로 또다시 빗물이 떨어지는 밤. 잠든 사이에 우리 집이 물에 잠기지는 않겠지, 그렇겠지, 걱정하면서 잠이 들었다.

*

해파리로 변신하는 인간을 신고하는 긴급 전화번호(082)가 생겨났다.

해파리들이 원자력발전소 취수구를 막아 곳곳에서 정전이 일어났다.

해파리로 변한 가족을 데리고 살겠다는 사람들과 안락사

시켜야 한다는 정부의 입장이 충돌했다.

해파리로 변한 개를 끌어안고 슬퍼하던 주인이 촉수에 쏘이는 영상이 조회수 백만을 찍었다.

신흥 해파리 종교가 생겨났다.

자살 단체에서 해파리 촉수가 높은 가격으로 거래되었다.

범죄 조직들은 해파리 촉수를 새로운 살상 무기로 적극 활용했다.

값싼 젤리가 해파리가 주원료라는 괴담이 떠돌았다.

중국집에서 해파리냉채를 더 이상 팔지 않았다.

해파리 같은 물광 피부를 만들어준다고 광고한 화장품 업체에서 이튿날 성의 없는 사과문을 올렸다.

*

해파리 종교가 생긴 것도 이해는 가. 늦은 밤 구의 허리에 파스를 붙여주며 나도 모르게 그런 말이 나왔다. 구가 왜냐고 묻자 그냥, 하고 얼버무렸지만 최근에 본 영상들 때문이었다. 유튜브에는 해파리 빛에 홀린 사람들을 찍은 영상이 간간이 올라왔다. 연기일지도 모르겠으나 그들은 주저 없이 해파리를 향해 다가갔으며, 자신을 막아서는 이들을 거칠게 뿌리쳤다. 무엇보다 그들은 사랑에 빠진 듯한 얼굴을 하고 있었다.

그 장면을 보다 보면 나도 모르게 부러워졌다. 수없이 많은 오디션에 참가했지만, 단 한 번도 저런 눈빛을 받아본 적이 없었다. 어떤 빛이 나기에 저렇게 모두를 홀릴 수 있을까. 관심받지 못한 무대가 어떻게 수치로 변하는지, 아무도 듣지 않는 곡들이 어떻게 사그라지는지를 떠올리면 나는 아직도 몸이 움츠러들었다.

지원서 넣은 곳에서는 연락 없어? 파스를 다 붙이자 구가 물었다. 응. 내가 대답했다. 애초에 지원할 수 있는 자리도 나오지 않은 지 오래였다. 동료한테 들었는데 요즘에는 해파리로 변하고 싶은 사람들을 도와주는 회사가 있대. 자살방조죄에 걸리지 않나? 자살이 아니잖아. 해파리로 살아갈 수 있게 바다로 보내 주는 거지. 구는 동료 어머니가 그 일을 하고 계신다면서 원한다면 나를 그 회사에 추천해줄 수 있다고 했다.

집에 방문해서 고객이 해파리가 될 때까지 기다려주는 일인데, 하고 구는 잠시 머뭇거리더니 덧붙였다. 아까 네가 말한 해파리 종교에서 운영하는 곳이야. 해파리를 신이라고 믿는 사람들? 응. 동료 어머니도 그런 거 안 믿으셔. 다 돈 벌려고 하는 거지. 나는 구에게 하겠다고 대답했다. 지금 돈을 모으지 못한다면 영영 음악을 할 수 없을지도 몰랐다. 그것을 생각하면 이보다 더한 일이라도 할 수 있었다.

할게, 하고 입이 떨어진 다음부터 일은 순식간에 진행되었다. 나는 구의 동료 어머님 추천을 받았고, 의례적인 면접을 보았고, 정신 차려 보니 교육을 받기 위해 강당에 앉아 있었다. 커다란 강당에 앉아 고객을 해파리로 만드는 방법에 대해 배웠다.

교육을 맡은 강사는 첫째 날 고객이 해파리 촉수로 만든 알약을 삼키면 피부가 붉어지다가 물집이 생기고, 둘째 날 투명한 물집이 온몸으로 퍼지면서, 셋째 날 아침이 되면 완전한 해파리로 바뀐다고 설명했다. 강사는 100시간이면 건장한 성인 남성도 해파리가 될 수 있다고 했다. 그 과정에서 우리가 할 일은 계약서에 사인을 받고, 수조에 물이 제대로 잡혔는지 확인하고, 변신 과정이 매우 고통스러우니 고객에게 진통제와 수면제를 투여하는 것이었다.

강사가 강조한 것은 계약서였다. 만일의 경우에 우리를 지켜줄 것은 계약서뿐이라고 했다. 예상대로 계약서는 고객에게 불리한 내용이었는데, 비밀 유지 조항을 비롯해 변신 과정에서 나타나는 그 어떠한 부작용도 고객이 감수해야 된다고 쓰여 있었다.

교육이 끝난 다음 회사는 도우미들에게 가방을 나눠주었다. 가방 안에는 해파리 촉수 알약, 물의 염도를 맞추는 데 쓰는 해수염, 고객이 해파리가 된 후에 식사로 지급할 플랑크톤, 그리고 해파리 빛으로부터 눈을 보호하는 선글라스가 들어 있었다. 선글라스는 영화관에서 나눠 주는 3D 안경이 연상되는 조악한 모양새였다.

　내가 처음으로 파견된 집은 삼대가 사는 아파트였다. '이
경순, 82세, 병환으로 인한 고통에서 벗어나 바다로 가고 싶
음.' 고객 정보란에는 간략하게 적혀 있었다. 초인종을 누르
자 이경순 씨 딸이 문을 열어주었다. 그녀를 따라 안방으로
들어가 보니 전날 기사가 와서 설치하고 간 욕조 높이의 낮
은 수조와 이경순 씨가 있었다. 내가 인사를 건네자 이경순
씨는 나에게 누구냐고 물었다. 도우미라고 대답하자 또다시
내게 누구냐고 물었다. 할머니께서 해파리가 되실 수 있도록
도와드릴 거예요, 설명했지만 계속해서 내가 누구인지 물었
다. 지금 엄마 상태가 좋지 않으셔서요. 조용하던 딸이 입을
열었다.

　나는 상황을 파악하고 양해를 구한 다음 집 밖으로 나가 매
니저에게 전화를 걸었다. 계약서는 본인 동의가 필요하다면
서요? 치매 노인이 본인 의사를 어떻게 밝혀요? 정신이 돌아
오셨을 때 본인이 직접 신청하셨어요. 매니저가 대답했다. 나
는 전화를 끊고 나서도 복도에 한참 서 있다가, 이경순 씨에
게 돌아가 수조의 온도를 확인했다.

　첫째 날 내가 해야 할 일은 계약서를 작성하고, 고객이 해
파리 촉수 알약을 복용하도록 돕는 것이었다. 딸은 계약서에
사인한 다음 능숙한 솜씨로 자신의 어머니를 탈의시켜 수조

로 들어가게 했다. 이경순 씨는 지금의 상황을 목욕 시간으로
이해한 듯했다. 엄마는 자유롭게 바다를 헤엄치고 싶다고 하
셨어요. 거동 못하신 지 5년이 넘었거든요. 수조에 몸을 담근
이경순 씨를 바라보며, 딸은 내가 의심했다는 사실을 안다는
듯 그렇게 말했다.

잠시 뒤 딸은 군고구마 속에 알약을 집어넣어 이경순 씨에
게 건넸다. 이경순 씨는 고구마를 덥석 집어들어 씹지도 않고
삼켰고, 얼마 지나지 않아 비명을 지르며 목과 가슴께를 긁어
대기 시작했다. 이경순 씨 목 주변이 불에 덴 듯 새빨갛게 부
풀어올랐다. 딸이 놀라 엄마, 하고 부르자 손을 뻗어 딸의 팔
을 세게 움켜쥐었다. 이런 반응이 정상인가요? 딸이 다급하
게 물었다. 나는 그렇다고 대답하며 딸을 진정시킨 다음, 이
경순 씨의 가는 팔에 마약성 진통제를 주사했다.

불을 켜도 어두운 방 안에서, 딸과 나는 고통스러운 신음과
욕설과 저주가 잦아들기만을 기다렸다. 이경순 씨의 붉은 자
국 위로 투명한 물집이 잡히고, 그것이 서서히 온몸으로 번지
는 과정을 우리는 지켜보았다. 시간이 지나 진통제가 듣기 시
작하자 이경순 씨는 비로소 조용해졌다. 잠잠해진 틈을 타 나
는 딸에게 주의사항을 설명했다.

딸을 안심시키기 위해 덤덤한 척했지만 나 또한 가슴이 뛰
었다. 해파리가 되는 인간을 직접 본 것은 이번이 처음이었
다. 나는 식사도 건너뛴 채 오후 내내 수조 옆을 지켰다. 수시

로 이경순 씨의 상태를 확인했고, 퇴근 시간이 가까워졌을 때
는 진통제와 수면제를 한 번 더 주사했다.

어땠어? 집에 돌아오자 구가 물었다. 나는 대답하는 대신
구에게 해파리를 치우면서 무슨 생각을 하는지 되물었다. 그
냥, 하고 구가 내 어깨를 주무르던 손을 멈추고는 말했다. 어
떻게 하면 빨리 치우지. 덜 번거롭게 치우지. 그게 다야? 응.
처음에는 해파리한테 욕도 하고 침도 뱉었는데 이제는 아무
것도 안 해. 그게 진짜 무서운 건데. 내가 말하자 구는 그런가,
했다. 나도 나중에는 해파리로 변하는 사람을 보고도 아무 생
각 하지 않게 되려나. 그럴 수도 있지. 정말? 그렇지 않을 수
도 있지. 나는 양말을 벗어 구에게 집어던졌다.

둘째 날 방문했을 때 이경순 씨의 몸은 물집으로 뒤덮여
있었다. 이제는 본격적인 변형이 시작될 차례였다. 인간이
해파리가 되려면 모든 것이 생략되는 과정을 거쳐야 했다.
뇌가 사라지고 신경이 사라지고 혈액 한 방울마저 남김없이
사라져야 했다. 해파리 촉수에 닿은 인간은 가장 먼저 이목
구비가 녹아내리듯 뭉그러졌고, 그다음에는 상체가 덩어리
지고 하체가 수십 수백 가닥으로 갈라졌다.

다시 말해 오늘은 이경순 씨의 정신이 마지막으로 남아
있는 날이었다. 내일이면 이경순 씨는 모든 것을 잊은 채 해
파리로 변할 것이다. 이날은 딸과 사위, 두 아이까지 모두
집에 있었다. 그들이 이경순 씨에게 마지막 말을 전하는 동

안 나는 거실에 앉아 기다렸고, 그들이 나온 뒤 방 안으로 들어갔다.

이경순 씨의 얼굴이 사라진 것을 확인한 다음 밖으로 나왔을 때, 가족들은 나에게 같이 점심을 먹길 권했다. 두 번이나 거절했지만 소용없었다. 식탁에는 갈비찜에 더덕구이까지 음식이 한가득 차려져 있었다. 엄마가 좋아하는 음식들이에요. 딸이 말했다. 식사 중에는 아무도 입을 열지 않았다. 아이들은 밥을 반도 넘게 남긴 채 각자 방으로 들어갔다.

저희가 어머님의 결정을 따르는 것이 냉정해 보일지 몰라도요, 하고 그동안 한마디도 하지 않던 사위가 입을 열었다. 이게 우리의 최선이었어요. 이해합니다. 내가 대답했다. 매뉴얼에 나와 있는 대답이었지만, 실제로도 나는 그들을 이해할 수 있었다. 무언가를 사랑하다가 그만두는 사람들에 대해서는 모르는 바가 아니었다.

다음날 방에 들어섰을 때 수조에는 해파리 한 마리만이 남아 있었다. 나는 운동성과 먹이 반응 등 몇 가지 확인 작업을 거쳤다. 마지막으로는 가족들에게 선글라스를 나눠준 뒤 커튼을 쳐 방 안을 깜깜하게 만들었다. 10분 정도 지나자 선글라스 너머로 희끄무레한 빛이 보였다. 이경순 씨는 마침내 완전한 해파리가 된 것이다. 나는 기사를 불렀고, 한 시간 뒤에 도착한 기사는 활어차를 개조한 트럭에 이경순 씨였던 해파리를 싣고 떠났다.

퇴근해서 집으로 돌아오자마자 나는 쪽마루에 누워 꼼짝
도 하지 않았다. 인간은 아무것도 아닌 것 같아. 나는 누운 채
구에게 말을 쏟아냈다. 너무 하찮아. 너무 비겁하고 너무 아
무것도 아니야. 구는 고생했다며 내 머리를 쓸어넘겨주었다.
그 순간 알람이 울렸다. 휴대폰을 꺼내어 확인해 보니 35만
원이 입금되어 있었다. 나는 해파리를 만들고 너는 해파리를
치우고, 이대로라면 우리 둘 다 영원히 실직하지 않겠네. 내
말에 구가 웃었다. 그런데 구, 사람들이 울지 않더라. 할머니
가 해파리가 되었는데 아무도 울지 않았어. 쓸쓸하다, 내가
말하자 쓸쓸하다, 하고 구의 말이 메아리치듯 돌아왔다.

*

이러나저러나 구와 내가 남들만큼 살 수 있게 된 것은 순전
히 해파리들 덕분이었다. 더는 공과금이 밀릴 일도, 지인들에
게 아쉬운 소리를 해야 할 일도 없었다. 구와 나는 부지런히
출퇴근했다. 기록적인 장마가 이어졌고, 해파리들은 끝도 없
이 해변으로 떠밀려왔다. 구는 주말에도 연락을 받고 나가는
일이 잦았다.
　나로 말하자면 3일에 한 명꼴로 해파리를 만들어내는 중이
었다. 살기에는 지쳤고 죽기에는 억울한 사람들은 해파리만
큼이나 많았다. 구와 예상했던 대로 나는 고객들의 변신에 점

차 무뎌졌다. 무슨 일이든 처음보다는 두 번째가, 두 번째보다는 열 번째가 쉬운 법이었다. 고객과 도우미는 같은 성별이 배정되어서 나는 다양한 연령대의 여성들이 해파리가 되는 과정을 도왔다.

휴일을 최소한으로 챙겼을 때 내가 이번 달에 벌어들일 수 있는 금액은 대략 300만 원. 관리비와 생활비를 보태고도 저축이 가능한 돈이었고, 어느 정도 금액이 모이면 구와 함께 서울로 돌아갈 것이다. 죄책감이 밀려들 때면 오직 그 사실만을 생각했다.

구와 내가 돈을 벌고 나서 각자 산 물건들도 있었다. 구는 향수, 나는 도시락 통이었다. 고객의 가족들과 식사하는 자리는 매번 어색했고, 고객이 독신인 경우에는 집을 비우기가 힘들었기에 나는 도시락을 싸기 시작했다. 구는 자신의 몸에 밴 냄새가 신경쓰였는지 생전 뿌리지 않던 향수를 한 병 샀다. 바다와는 거리가 먼, 푸른 숲이 연상되는 향이었다. 구는 수시로 향수를 뿌렸으나 한밤중에 구를 끌어안으면 어김없이 소금과 모래, 썩은 해파리 냄새가 났다.

구와 내 휴일이 겹친 주말, 우리는 빗속에 버스를 타고 나가 마트에서 장을 봤다. 간장과 참깨, 대파와 시금치 한 단, 계란 같은 것들로 장바구니를 가득 채웠다. 서울에서는 음식을 해 먹은 적이 없었기에 모든 것이 낯설었다. 돌아오는 버스 안에서 나는 차창에 머리를 기댄 채 바깥을 구경했다. 세상은 점점 이상해지고 있는데, 우리는 집에서 시금치를 무쳐 먹을 계획을 세우고 있다는 사실이 이상하게 느껴졌다.

외출한 사이 대야는 빗물로 가득 차 있었다. 빗물이 점점 끈적끈적해지는 것 같아. 구가 대야에 손가락을 담갔다 빼면서 말했다. 말도 안 돼. 정말이야. 가서 만져보니 기분 탓인가, 끈적끈적한 것 같기도 했다. 해파리 때문인가? 내가 물었다. 글쎄. 구는 마당을 지나서 바깥에 물을 버리고 왔다.

저녁에는 내가 무친 시금치에 구가 끓인 된장국을 먹었다. 아무 일도 일어나지 않는 것이 꼭 슬픈 일만은 아니구나, 생각하며 밥그릇을 비웠다. 설거지를 미뤄둔 채 거실 텔레비전을 켜자 해파리로 변한 아이를 폐관한 수영장에서 키우다가 적발된 부부가 뉴스에 나왔다. 수영장에 있는 해파리는 내가 일하면서 보던 크기보다 훨씬 컸다.

해파리가 되어도 계속 성장하는구나. 그 사실에 안심하던 찰나, 구가 미친 새끼들, 하고 중얼거렸다. 말을 왜 그렇게 해. 내가 말했다. 뭐가. 사람한테 말을 왜 그런 식으로 하냐고. 오늘은 내가 미성년자 고객을 바다로 보낸 다음날이었다. 구는 대답하지 않은 채 입을 다물어버렸다.

구와의 냉전은 이번이 처음이 아니었다. 유튜브에는 해파리를 응징하겠다는 명목으로 해파리를 죽이는 영상들이 늘 인기 동영상에 올라와 있었다. 더 잔인하게 죽일수록 조회 수는 올라갔다. 잠들기 전마다 그 영상들을 보는 구에게 보지 말라고 하면 구는 기분이 상한 듯 휴대폰을 내려놓고는 했다. 구와 나는 잠시 냉전을 가졌으나, 저녁이 되자 으레 그래 왔 듯 아무렇지 않게 대화했고 새벽에는 대야에 물 떨어지는 소리를 들으며 같이 잠들었다.

*

이번에 맡게 된 고객은 김지선 씨였다. 고객 정보란에는 서비스직 종사자, 51세, 3년 전에 이혼했다고 적혀 있었다. 변신 이유를 적는 칸에는 해파리가 되고 싶어서,라고 적힌 것이 전부였다. 낡고 을씨년스러워 보이는 빌라 초인종을 누르자 작고 마른 여자가 문을 열어주었다.

김지선 씨는 수조가 방에 들어가지 않아서 거실에 설치했다고 했다. 안내를 받고 거실 소파에 앉아 있자, 김지선 씨가 커피를 대접해주었다. 너무 친절한 나머지 잠시 내가 고객이 된 듯했다. 나는 가방에서 계약서를 꺼내 김지선 씨에게 보여주었다. 계약서를 작성하는 도중에 포기하는 사람들도 많죠? 나는 그렇다고 대답했다. 혹시 포기하려는 건가 싶었지만 그는 사인을 마친 뒤 망설임 없이 알약을 삼켰다. 냉장고에 음료를 준비해두었어요. 언제든지 편하게 꺼내 드세요. 김지선 씨가 수조에 들어가기 전 마지막으로 한 말이었다.

보통은 약을 복용하고 10분 내로 악을 지르며 고통스러워하지만 김지선 씨는 조용했다. 잇새로 흘러나오는 신음 외에 거실에는 침묵만이 감돌았다. 나는 평소보다 자주 고객에게 괜찮은지 물었고, 그때마다 괜찮다는 대답이 돌아왔다.

진통제를 주사하고 나서 천천히 집 안을 둘러보았다. 거실에는 수조 외에 내가 앉아 있던 2인용 가죽 소파 하나가 전부였다. 독신인 고객들은 미리 짐 정리를 해놓는 경우가 많았다. 텅 빈 듯한 집 안과 달리 냉장고에는 김지선 씨가 나를 위해 준비한 커피와 주스가 종류별로 진열되어 있었다. 나는 오렌지주스 하나를 꺼내 마셨다. 그동안에도 김지선 씨의 몸은 조금씩 투명해지고 있었다.

퇴근길에 구에게서 전화가 왔다. 구는 동료가 해파리로 변했다고 했다. 잠깐 장갑을 벗은 사이 해파리 잔해가 동료의 손등에 튀었다고 했다. 병원에 실려갔는데 그 모습이 마지막이겠지. 친한 동료는 아니었어, 그래도. 구가 낮은 목소리로 말했다. 구는 일을 마치고 남은 동료들끼리 모여 술을 마시러 왔다고 했다.

나는 밤중에 버스 정류장으로 구를 마중 나갔다. 술에 취한 구를 부축하고 집을 향해 걸었다. 언제나처럼 구에게서는 향수와 술냄새로도 가려지지 않는 해파리 냄새가 났다. 구, 너도 나랑 같은 일을 하면 안 돼? 비틀거리는 구를 붙잡으며 내가 물었다. 이 일은 그렇게 위험하지 않아. 그런 이유가 아니잖아. 구가 멈춰서더니 말했다. 너는 내가 하는 일이 나쁘다고 생각하잖아. 인간이었을지도 모르는 해파리를 아무렇지도 않게 죽이고 치우니까 끔찍하다고 생각하잖아.

구의 말에 나는 입을 다물었다. 해변 미화원들은 그저 맡은 일을 하는 것뿐이고, 해파리가 사람이었을 수도 있다는 상상을 하는 순간 그들이 견딜 수 없을 거라는 것을 아는데도, 뉴스에서 그들이 삽으로 해파리를 내려치거나 청소차로 옮기는 영상이 나올 때마다 나는 인상이 찌푸려졌다. 그런 마음이 구에게 상처가 되었다는 사실을 부정할 수 없었다. 구에게 미안하다고 말했지만, 구는 내 사과도 부축도 받지 않은 채 앞서 걸어갔다.

둘째 날 나는 해파리로 변해가는 김지선 씨를 바라보며 생각에 잠겼다. 김지선 씨는 언제부터 김지선 씨가 아니게 되는 것일까. 인간에서 해파리로 넘어가는 정확한 시점은 언제일까. 얼굴이 지워지는 순간? 심장이 사라지는 순간? 아니면 뇌? 해파리로 변한 인간에게서 인간의 흔적을 찾는 것은 바보 같은 일일까?

오늘 아침에도 구와 나는 아무 일 없었다는 듯 서로를 대했다. 이런 식으로 넘어가는 것이 편하다고는 생각했지만, 언제까지 이럴 수 있는 걸까. 나는 우리가 물을 수 있는 이야기가 어디까지일지, 우리가 사랑하기 위해서는 서로를 어디까지 견딜 수 있을지가 늘 궁금했다. 수온을 확인한 다음에는 김지선 씨와 마지막일지도 모르는 대화를 나눴다. 불편하신 곳은 없으세요? 물속에서 희미하게 네,라는 대답이 돌아왔다. 퇴근하기 전에는 수조에 수면제 가루를 풀었다. 그가 아무 생각 없이 푹 잠들길 바라는 마음으로.

다음날 와 보니 김지선 씨는 완전한 해파리의 모양새를 갖추고 있었다. 거실 커튼을 치고 해파리 빛을 확인하려는데 어둠 속에서 웅얼거리는 소리가 들렸다. 수조 가까이 귀를 갖다 대보니 정말로 사람 목소리가 들렸다. 지금 고객님께서 말씀하고 계신 건가요? 묻자 네,라는 대답이 돌아왔다. 제 말이 들리세요? 네. 제가 보이시나요? 네.

겉모습은 분명 해파리인데 김지선 씨의 목소리가 흘러나오고 있었다. 게다가 커튼을 치고 오래도록 기다렸지만 해파리는 아무런 빛이 나지 않았다. 저에게 무슨 문제가 생긴 건가요? 내가 당황한 것을 느꼈는지 김지선 씨가 불안한 목소리로 물었다. 나는 아무것도 아니라며 그를 안심시킨 뒤, 밖으로 나가 매니저에게 전화했다.

간혹 변신이 오래 걸리는 분들이 계세요. 매니저는 대수롭지 않다는 듯 대답했다. 저는 순서가 바뀌는 경우는 처음 봐서요. 겉모습은 해파리인데 사고 능력이 남아 있고 대화도 가능해요. 내가 설명하자 매니저의 목소리가 달라졌다. 그런 경우는 보고된 적이 없는데요. 확인해보고 다시 연락드릴게요.

고객님, 몸 상태는 괜찮으신가요? 나는 집으로 돌아와 수조에 대고 물었다. 괜찮아요. 물속에서 대답이 돌아왔다. 물 온도는 괜찮으세요? 그는 이번에도 역시 괜찮다고 대답한 다음 물었다. 저에게 빛이 나나요? 나는 아직은 아니라고 대답했다. 내일까지 기다려봐야 할 것 같아요.

그날은 조용한 거실에서 일단은 해파리 모습을 하게 된 김지선 씨와 오후를 보냈다. 빛이 나지 않는다는 사실을 제외하면 겉모습이 완전한 해파리가 된 것은 맞았다. 퇴근할 때까지 매니저에게서는 다시 연락이 오지 않았다.

매니저에게서 연락이 온 것은 다음날 아침이었다. 나는 출근길에 전화를 받았다. 일주일만 더 기다려보죠. 드물지만 변화가 느리게 진행되는 경우도 있다고 해서요. 매니저가 말했고, 통화는 별 소득 없이 끊어졌다. 첫날 받았던 열쇠로 현관문을 열고 들어가자 김지선 씨는 기다렸다는 듯 내게 물었다. 저 뭔가 잘못된 건가요? 제가 듣기로는 3일이 지나면 해파리가 된다고 했는데, 저는 보시다시피 내면은 그대로여서요. 나는 변신에 시간이 조금 더 걸리는 경우가 있다고, 매니저에게 들은 말로 그를 안심시켰다. 최대 일주일까지 걸린다고 했어요.

그러나 나로서도 손 놓고 있을 수만은 없었다. 지난 며칠간 나는 김지선 씨를 해파리로 만들기 위해 다양한 시도를 했다. 촉수 알약을 두 개나 더 복용시켰고, 바흐의 〈마태 수난

곡)을 함께 감상했고(교육받을 때 영상 배경음악으로 흘러나왔던 곡이었다.), 마음의 안정을 가져다준다는 478 호흡법도 실시해보았다.

　숨을 깊게 들이마시고 내쉬기를 반복하던 김지선 씨의 움직임이 서서히 느려졌다. 변화가 일어나는 건가 싶어서 고객님, 하고 부르자 김지선 씨는 소스라치며 놀랐다. 깜빡 잠들었어요. 김지선 씨가 말했다. 갑자기 주무시면 어떡해요……. 죄송해요. 아닙니다. 죄송할 일은 아니죠. 나는 기운이 빠져 수조 옆에 드러누웠다. 매니저가 말한 일주일이 되었는데도 김지선 씨는 여전히 나와 대화를 나눌 수 있었고 빛도 나지 않았다.

　김지선 씨의 이러한 상황에 대해 의견을 나눌 만한 사람 또한 없었다. 김지선 씨는 3년 전 남편과 이혼했으며, 가족과는 결혼 전에 연을 끊은 상태였다. 나는 일주일간 매일 출근해서 김지선 씨가 해파리가 되기만을 기다렸다. 오늘은 냉장고에 있던 마지막 포도주스를 꺼내 마셨다. 내가 오렌지주스보다 포도주스를 더 좋아한다는 사실을 처음 알게 되었다.

*

　일주일이 지나자 매니저에게서 방문하겠다는 연락이 왔다. 매니저는 두 명의 직원과 함께 점심시간에 찾아왔다. 직원들은 수조로 다가가 김지선 씨에게 인사했는데, 물속에서 김지선 씨의 인사가 돌아오자 당혹스러운 눈빛을 주고받았다. 그들은 내가 지난 일주일간 확인했던 김지선 씨의 상태를 한 번 더 확인했다. 변신이 멈춘 것 같은데요. 한참 뒤에 한 직원이 말했다.

매니저는 변신 도중 사망해 변신이 멈추는 경우는 있어도, 김지선 씨 같은 경우는 처음이라고 했다. 내부 회의를 거친 결과 고객님께서 선택하실 수 있는 경우의 수는 세 가지입니다. 매니저가 김지선 씨에게 말했다. 이대로 바다에 가시거나, 원하신다면 조력 자살을 선택하실 수 있습니다. 그 순간 나는 수조에 있는 김지선 씨를 바라보았지만, 김지선 씨는 아까와 같이 둥둥 떠다니고 있을 뿐이었다.

마지막으로 매니저는 김지선 씨가 사옥에 있는 수조에서 지낼 수도 있다고 했다. 부작용에 대한 책임은 본래 고객에게 있으나 김지선 씨에게만큼은 회사가 최대한의 편의를 제공하겠다는 것이었다. 지금 당장 선택해야 하는 건가요? 가만있던 김지선 씨가 물었다. 아닙니다. 회사로 이동하시면 고민할 수 있는 시간을 충분히 드리겠습니다. 매니저가 말했다. 저는 제 집을 떠나고 싶지 않아요. 김지선 씨 말에 침묵이 흘렀고, 오랜 침묵을 견디다 못한 내가 말했다. 제가 조금 더 지켜보다가 연락을 드리겠습니다. 매니저는 고민 끝에 그러자고 대답했다.

그들이 떠날 채비를 마쳤을 때, 나는 현관문 밖으로 따라나가 매니저에게 물었다. 그동안 급여를 받을 수는 없나요? 김지선 씨가 해파리로 변하지 않아 일주일째 급여를 받지 못한 상태였다. 매니저는 특별 수당을 지급하겠다고 했다.

다시 수조로 돌아오자 분위기는 무거워져 있었다. 나는 분위기도 전환할 겸 매니저가 남기고 간 용품들로 수조를 환수하기로 했다. 탁해진 물을 빼내고 깨끗한 해수를 수조 안으로 조금씩 흘려보내며 나는 입을 열었다. 얘기 듣고 놀라셨죠. 예상했던 일이에요. 김지선 씨는 예상외로 담담하게 말했다. 한 가지 확실한 건 제가 수조에서 평생 살게 되는 일은 없을 거예요. 저도 그 방법은 영 아니다 싶었어요. 내가 말했다.

김지선 씨는 문득 해파리가 빛나는 모습을 맨눈으로 본 적이 있느냐고 물었다. 없다고 대답하자, 그는 자신이 해파리를 처음 봤던 순간을 얘기해주었다. 김지선 씨는 해파리가 나타났다는 뉴스를 들은 첫날 바닷가를 찾아갔다고 했다. 해변에 들어갈 수는 없어도 횟집 2층에 앉아 있으니까 바다가 내려다보였어요. 해파리 때문에 문을 닫게 된 횟집 주인은 해파리를 보러왔다는 김지선 씨에게 찐 감자를 내주었고, 김지선 씨는 감자를 소금에 찍어 먹으면서 날이 어두워지기만을 기다렸다.

그때는 해파리 빛이 사람도 유인할 수 있다는 사실이 알려지기 전이었는데도 횟집 주인은 김지선 씨에게 해파리 빛이 사람도 홀린다며 경고했다. 그 말을 들은 김지선 씨는 더욱 가슴이 뛰었다. 마침내 해가 지자 바다가 서서히 빛나기 시작했다. 수백 수천 마리의 해파리 떼가 모여든 바다는 어둠이 깊어질수록 불을 켠 듯 환하게 빛났다.

빛, 현실에서는 절대 닿을 수 없을 만큼 환하고 아름다운 빛이 거기에 있었어요. 김지선 씨가 말했다. 인터넷에서는 인간이 해파리 빛을 보면 좀비처럼 달려드는 것으로 묘사하잖아요. 실제로는 전혀 그렇지 않았어요. 저는 그날 한없이 바다를 바라보았어요. 단 한 번만이라도 저렇게 환하고 아름답게 빛날 수만 있다면, 삶에 미련이 없을 것 같았어요.

얘기를 듣자 김지선 씨가 지난 일주일 동안 자신에게 빛이 나는지 끊임없이 물어왔던 것이 이해가 되었다. 같이 조금만 더 기다려봐요. 깨끗하고 투명해진 물에 담긴 지선 씨를 바라보며 내가 말했다. 지선 씨는 내 말에 대답하는 대신 천천히 물속을 떠다녔다.

퇴근하고 오니 집이 고요했다. 구는 오늘 휴일이었고, 슬리퍼가 없는 걸 보니 근처에 외출한 모양이었다. 나는 구가 돌아오길 기다리면서 선글라스를 쓰고 마당을 바라보았다. 저녁에 선글라스를 쓰자 보이던 것들도 보이지 않았다. 마당에 놓인 장독대들도, 빨랫줄도 어둠에 가려졌다. 선글라스를 쓴 채로 빛나는 해파리를 보면, 환한 빛 대신에 희끄무레한 형체만이 보였다.

　사람들은 역시 겁이 많다. 어쩌면 해파리들에게 신, 좀비, 세계 멸망 같은 의도 따위는 없을지도 모른다. 그들은 그저 최선을 다해 반짝이고 있을 뿐일지도. 문제는 해파리가 아니라 사람들이다. 누구에게나 어둠은 무서우니까, 자신의 어둠조차 견딜 수 없는 이들이 빛에 다가서려는 것일지도 모른다. 이런 생각을 하는 나 역시 선글라스를 벗고 해파리를 바라본 적은 없었다. 그 빛에 넘어가지 않을 자신이 없었다.

　쪽마루에 앉아 어둠을 들여다보고 있다 보니 구가 왔다. 나는 선글라스를 쓴 채 구를 맞이했다. 구는 밤 산책을 다녀왔다고 했다. 최근에 쉬는 걸 못 본 것 같아. 구가 내 옆에 앉으며 말했다. 변신이 오래 걸리는 분이 있어서. 내가 대답했다. 고생이 많네, 하고 구는 내 손을 잡더니 말했다. 나 이번 달부터 적금 들까 생각 중이야.

　구, 요즘 행복해? 나는 구를 바라보며 물었다. 구는 내 질문에 답하는 대신, 여기서는 내일이 오는 게 무섭지 않다고 말했다. 오늘 낮에 거실 천장도 수리했어. 이제는 비가 와도 물이 새지 않을 거야. 나는 구의 어깨에 머리를 기댔다. 기댄 채로 구의 어깨는 단단하구나, 생각하다가 문득 천장이 수리되었다는 사실이 전혀 기쁘지 않다는 것을 깨달았다. 이 집에 오래 머무를 수도 있겠다는 생각에 오히려 마음이 가라앉았다. 선글라스를 쓰고 있어 구가 내 표정을 볼 수 없는 것이

다행이었다. 분명한 건 구, 나는 한 번도 서울을, 음악을 떠난 적이 없어. 이곳까지 떠밀려왔을 뿐. 나는 아직도 내일이 온다는 사실이 두려웠다. 그러나 나는 구에게 천장이 고쳐져서 좋다고, 적금을 들 생각을 하다니 대견하다고 말했다. 구가 잘 지내는 것 같아 기쁘다고도 말했다. 마지막 말은 진심이었다.

*

회사에서는 도우미들이 고객과 거리를 둬야 한다고 했지만, 그것이 매번 성공하는 것은 아니었다. 더군다나 이렇게 오랜 시간을 한집에서 머무르는 경우 더더욱 불가능했다. 매니저가 방문한 뒤로 일주일이 지났고, 두 번째 환수를 하면서부터 나는 고객님이라는 호칭 대신 지선 씨라고 부르게 되었다.

최근 들어 나는 지선 씨 상태가 걱정되었는데, 식사로 플랑크톤을 매일 급여하는데도 지선 씨 몸이 점점 작아졌기 때문이었다. 넓은 바다로 가야 할 해파리가(나는 문득 나의 첫 번째 고객이었던 이경순 씨가 잘 지내고 있을지 궁금했다.) 작은 수조에서 오랫동안 지내는 것이 무리가 가는 모양이었다. 지선 씨는 보름 전과 비교해 움직임이 줄어들었고 말수도 적어졌다.

가망 없겠죠? 어느 날 지선 씨가 물었을 때, 나는 쉽게 대답하지 못했다. 매니저는 지선 씨가 마음을 정리할 수 있도록 옆에서 도우라고 했지만, 나는 빛이 나길 바라는 지선 씨의 간절한 마음을 어쩐지 알 것도 같아서, 지난 일주일 동안 기다려보자는 말만 반복했다. 그러나 오늘만큼은 그 말을 꺼내기가 어려웠다.

생각해봤는데요, 하고 지선 씨가 다시 입을 열었다. 저는 해파리가 되지 않으려고 저도 모르게 버틴 것 같아요. 제가 제일 자신 있는 게 버티는 일이거든요. 결혼생활도 20년 넘도록 버텼고, 남들이 한 달이면 그만둘 일도 저는 끝까지 했어요. 나는 지선 씨 말을 들으며 곰곰이 생각하다가 물었다. 지선 씨가 사람으로 남기 위해 버틴 거라면, 버틴 이유가 있지 않을까요. 그러자 지선 씨도 생각에 잠겼고, 한참 뒤에 설마, 하고 말을 내뱉었다. 머뭇거리던 지선 씨가 꺼낸 얘기는 보고 싶은 사람이 있다는 것이었다. 1년 전부터 좋아한 사람이 있어요. 해파리가 되기 전에도, 되고 나서도 계속해서 보고 싶었어요.

그날 퇴근길에 매니저에게서 연락이 왔다. 며칠째 매일같이 오는 연락이었고, 나는 매번 조금만 더 기다려달라고 부탁했다. 오늘도 같은 대화가 오가던 끝에 매니저는 말했다. 계속 이러시면 도우미님만 힘들어지세요.

틀린 말은 아니었다. 나는 이번 달 생활비를 내지 못할 것 같다고 구에게 말했다. 회사 측에서 지급한 특별 수당은 터무

니없이 적은 금액이었다. 괜찮아, 내가 낼 수 있어. 구가 말했다. 아직도 그분이야? 응, 변신 중에 문제가 생겼어. 회사에서는 뭐래? 그대로 바다에 보내거나 자살을 돕겠대. 그렇게 해야지. 말처럼 쉬운 일이 아니야. 그럼 네가 평생 책임지게? 벌써 보름째 급여도 못 받고 있잖아. 구는 잠시 말을 멈췄다가 말했다. 계속 이렇게 살 거라면, 음악을 그만둔 의미가 없잖아. 그 말을 끝으로 구는 밖으로 나가버렸다.

담배를 피우러 나간 줄 알았던 구가 돌아온 것은 새벽이 다 되어서였다. 해변에 다녀온 것도 아닐 텐데 구가 옆에 눕자 해파리 냄새가 났다. 그 냄새에 오늘따라 속이 울렁거렸고, 나는 울렁이는 속을 끌어안은 채 가만히 누워 있었다. 구가 음악을 그만뒀다는 사실을 믿을 수가 없었다. 나는 한 번도 그만둔 적 없는데, 구는 언제 그만둔 것일까. 나는 우리가 예전으로 돌아가길 바랐는데, 구는 언제부터 새로운 미래를 그린 것일까. 구와 내가 매일 함께 있으면서도 아무것도 나누지 않는 사이가 된 것은 언제부터였을까.

다음날 나는 지선 씨 집으로 출근하는 대신 지선 씨 동네 근처 죽집으로 갔다. 테이블이 세 개뿐인 작은 가게였다. 나는 아침으로 야채죽을 먹다가 손님이 뜸해지자 카운터를 지키고 있던 사장에게 말을 걸어 지선 씨를 아느냐고 물었다.

사장은 김지선 씨라고 하면 몰랐지만, 매일 저녁 들러 죽을 먹고 가던 여자라고 하니 단박에 알아차렸다. 그분 보름 전부터 안 보이시던데 무슨 일 있으신가요? 그게요, 지선 씨는 지금 해파리가 되셨습니다. 최대한 아무렇지 않게 대답했지만, 사장은 놀라 말을 잇지 못했다.

나는 서둘러 김지선 씨가 살아 있다고 덧붙였다. 김지선 씨는 지금 집에 계십니다. 해파리인 상태로 집에 계신다고요? 네. 겉모습만 해파리이고 나머지는 김지선 씨 그대로입니다. 사장은 내 말을 이해하지 못하는 눈치였지만, 나는 꿋꿋이 말을 이어 갔다. 김지선 씨가 사장님을 뵙고 싶다고 하셨어요. 저를요? 네. 왜요? 사장은 뜻밖의 초대에 놀란 듯했다. 나는 잠시 생각하다가 마지막이니까요, 하고 대답했다. 사장은 한동안의 고민 끝에 가겠다고 했다. 그분과 딱 한 번, 이곳에서 저녁식사를 같이 한 적이 있어요. 좋은 분이셨는데 마음이 안 좋네요.

같은 날 오후 나는 지선 씨에게 죽집 사장이 수요일에 올 거라고 전했다. 그날 죽집이 쉬거든요. 지선 씨가 대답했다. 수요일은 오늘로부터 이틀 뒤였다. 그러니까 지선 씨와 나는 해볼 수 있는 데까지 해보기로 한 것이다. 지선 씨가 빛나지 못한 것이 그 사람을 향한 미련 때문이라면, 미련을 없애기 위해 상대를 마주해야만 했다.

무엇보다 나는 요즘 마음이 조급해지고 있었다. 지선 씨 몸은 이제 너무 작아져 수조가 넓어 보일 지경이었다. 아픈 곳은 없으세요? 내가 물었고 지선 씨는 기운이 없을 뿐이라고 대답했다. 나는 수조에 몸을 기댔다. 히터가 켜진 수조는 따뜻했다. 죽은 먹어봤어요? 네. 맛있었어요. 지선 씨는 뜸을 들이더니 다시 물었다. 그 사람은 어땠어요? 좋은 분 같으셨어요. 눈치는 없는 사람이에요. 지선 씨는 그렇게 말한 다음 덧붙였다, 그래서 다행이에요.

일부러 동네를 서성이다 집에 들어가니 구는 잠들어 있었다. 오늘 아침 구는 평소처럼 지나가는 대신 나에게 간밤의 일을 사과했다. 그럼에도 구와 내 사이는 전과 같지 않았는데, 우리가 서로를 이해하지 못하게 된 것에는 변함이 없었기 때문이었다. 구는 내가 지선 씨를 보러 가는 일을 여전히 이해하지 못했고, 나는 지금의 생활을 지속하려는 구의 마음을 이해할 수 없었다.

나는 잠든 구의 옆에 누워 구에게 반했던 순간을 떠올려 보려 했다. 한참 생각했지만 기억나지 않았다. 대신에 수많은 장면들이 떠올랐다. 기타를 조율하는 구, 대야에 떨어지는 빗물을 신기한 듯 구경하는 구, 긴장하면 목덜미를 긁적이는 구. 기억 속의 구는 정말로 반짝반짝 빛이 났다.

지선 씨가 죽집 사장에게 반한 순간은 언제였을까. 처음 죽집 문을 열고 들어간 순간부터였을까, 단 한 번의 식사 자리에서였을까. 곰곰 생각하다 보니 알 것도 같았다. 둥근 그릇에서 마지막 숟갈을 뜰 때까지 식지 않았던 따뜻한 죽. 죽집 사장은 그러한 따뜻함이 있는 사람이었고, 지선 씨는 빛과도 같은 그 따뜻함을 단번에 알아보았을 것이다. 그럼에도 지선 씨가 그를 포기할 수밖에 없던 이유는 사장의 네 번째 손가락에 끼워져 있던 반지를 보면 알 수 있었다.

*

어김없이 비가 내리던 수요일 아침, 낡은 빌라의 초인종이 울렸다. 비가 많이 쏟아지는지 죽집 사장의 왼쪽 어깨가 빗물에 젖어 있었다. 나는 그를 거실로 안내했고, 미리 준비해둔 따뜻한 차를 내주었다. 소파에 앉길 권했으나 사장은 조심스럽게 사양한 뒤 수조 옆에 다가가 바닥에 앉았다.

좋아하시던 죽을 싸왔는데 드실 수 있을지 모르겠어요. 사장이 지선 씨에게 말했다. 마음만으로도 감사해요. 지선 씨가 대답했다. 전부터 감사했다는 인사를 드리고 싶었어요. 왜냐하면, 하고 지선 씨는 망설이다가 말했다, 죽이 너무 맛있었거든요. 다시 사람으로 돌아올 수는 없는 건가요? 사장이 물었다. 네, 아마도요. 우리 그냥 편하게 얘기해요. 지선 씨가 말했다. 무슨 얘기를 할까요. 식당에서 같이 밥 먹었던 날 기억나세요? 그럼요. 나는 그들이 대화를 나눌 수 있도록 자리를 비켜주었다. 오랫동안 동네를 걷다가 돌아왔을 때, 그들은 대화를 나누며 웃고 있었다.

저는 이만 가봐야 할 것 같아요. 계속 여기서 지내신다면 다음에 또 들를게요. 사장이 자리에서 일어나며 말했다. 고마워요. 그렇지만 저는 다음주에 바다로 떠날 거예요. 지선 씨가 대답했다. 사장은 떠나기 전 지선 씨의 수조 앞에 서서 짧게 기도했다. 바다에서 부디 자유롭고 안전하길 바란다는 말도 덧붙였다.

사장이 돌아가고 나서 나는 지선 씨에게 정말로 바다로 갈 생각인지 물었다. 아니요. 지선 씨가 대답했다. 그러면 다음주에도 오라고 하시지 그러셨어요. 내가 말하자 지선 씨는 이것으로 충분하다고 했다. 그런 다음 조심스럽게 덧붙였다. 그 사람은 앞으로 바다를 보면 제 생각을 하지 않을까요. 나는 분명 그럴 거라고 대답했다. 사장이 떠난 집에서 지선 씨와 나는 커튼을 치고 빛을 기다렸다. 마음속으로 밴드 1집에 실렸던 전곡을 완창했지만, 지선 씨는 여전히 빛나지 않았다. 빛이 나지 않아요. 내가 말했다. 네. 지선 씨가 대답했다.

실은 지선 씨가 빛나지 않으리라는 사실을 예상하고 있었다. 죽집 사장이 들어서고, 집 안의 공기가 달라지는 순간, 나는 내가 잘못 생각했다는 사실을 깨달았다. 사장을 본 지선 씨는 미련을 버리는 대신 그를 계속해서 사랑하기로 선택한 것이다. 누군가를 사랑하는 지선 씨는 너무나도 인간적이었고, 조심스럽다가 능청스럽다가 웃음을 터뜨리는 지선 씨는 그 어느 때보다도 지선 씨여서, 나는 지선 씨가 영원히 해파리가 아닌 지선 씨로 남게 될 것이라고 짐작했다. 동시에 나는 이 일을 더는 할 수 없겠다는 생각이 들었다.

내일은 비가 그칠까요. 조용하던 지선 씨가 나에게 물었다. 비가 창문을 두드리는 소리만이 적막을 채우고 있었다. 네. 내일은 맑을 거예요. 내가 대답했다. 내일의 날씨를 알지 못했지만, 무슨 말이든 좋은 말을 해주고 싶었다.

다음날 아침 눈을 떴을 때 다행히도 비는 그쳐 있었다. 오늘은 날이 좋네요. 지선 씨가 말했다. 내가 정말 그렇다고 대답하자, 지선 씨는 나에게 자신을 물 밖으로 꺼내줄 수 있는지 물었다. 날씨 이야기를 할 때와 똑같은 말투여서, 나는 하마터면 그러겠다고 대답할 뻔했다. 갑자기 왜 그런 생각을 하세요. 어제 만남 때문에 그러세요? 내가 놀라서 물었다. 아니에요. 제 마지막은 수조 안이 아니었으면 해서요. 제 몸이 더는 버티지 못할 거라는 걸 알아요. 지선 씨가 대답했다.

계약상 나는 고객과의 그 어떠한 접촉도 금지되어 있었으며, 내가 지선 씨를 물 밖으로 꺼내는 것은 명백한 살인이었다. 그렇지만, 하고 나는 수조 바닥에 힘없이 가라앉은 지선 씨를 바라보았다. 마음이 바뀌시면 언제든 말씀해주셔야 해요. 오랜 고민 끝에 내가 말했다. 그럴게요. 지선 씨는 햇빛이 잘 들어오는 자리에 자신을 놓아달라고 부탁했다. 나는 보호장갑을 착용한 뒤, 조심스레 지선 씨를 물 밖으로 꺼내 마룻

바닥에 놓인 방석 위로 옮겼다.

햇빛이 커다란 거실 유리창을 통과해 지선 씨 몸에 닿았다. 햇볕이 따뜻해서 좋아요. 지선 씨가 말했다. 햇볕에 지선 씨 몸이 점점 녹아가는 것이 보였다. 나는 마른 수건으로 방석 주변에 고이는 물을 닦아내다 문득 깨달았다. 지선 씨가 울고 있구나.

몸이 나른해지고.

잠이 들 것 같아요.

지선 씨는 그렇게 말했다. 고맙다거나 미안하다는 말을 나누는 대신 우리는 오래도록 햇빛 아래 앉아 있었고, 그것으로 충분했다. 시간이 지나 해가 기울고 어둑해질 무렵이었다. 조용하던 지선 씨가 감탄하듯 소리쳤다. 빛이 나요.

그 말을 듣고 지선 씨를 바라보았지만 지선 씨는 그대로였다. 지선 씨, 나는 지난 3주간 100번도 넘게 불렀을 그 이름을 다시 불러 보았다. 처음으로 대답이 돌아오지 않았다. 나는 눈을 감고 지선 씨에게 마지막 인사를 전했다. 방석 주변의 물기를 닦았고, 수조의 물을 비웠다. 정리가 끝난 다음에는 거실 소파에 앉았다. 2인용 가죽 소파는 지선 씨가 늘 오른쪽에 앉아 왔는지, 왼쪽보다 오른쪽 가죽이 좀 더 부드러웠다.

나는 오른쪽 자리에 앉아 있다가 매니저에게 전화를 걸었다. 김지선 님께서 오늘 돌아가셨습니다. 자세한 내용을 물어볼 줄 알았던 매니저는 기사를 보내겠다고 할 뿐 나에게 아무엇도 묻지 않았다. 지선 씨는 어디로 가게 되는지 묻자 똑같이 바다로 간다는 대답이 돌아왔다. 나는 다행이라고 생각했다. 지선 씨가 바다로 가게 되어서 정말로 다행이라고. 통화 마지막에 나는 일을 그만두겠다고 말했다. 매니저는 이번에도 자세한 이유를 묻지 않았다. 전화를 끊기 무섭게 통장에 300만 원이 입금되었다.

퇴직금인지 입막음 비용인지 모를 그 금액을 들여다보다가 고개 들어 집 안을 둘러보았다. 이 집에는 지선 씨가 견뎠던 시간이 수조 안의 물처럼 고여 있는 듯했고, 나는 버티는 삶에 대해 생각하기 시작했다. 그러자 마음이 깊고 어두워져서, 나는 다시 눈을 감고 지선 씨가 봤을 빛에 대해 생각했다. 지선 씨가 본 빛은 어디에서 나타난 빛이었을까. 그 빛은 지선 씨가 오래전 바닷가에서 본 것처럼 환하고 아름다웠을까.

나는 휴대폰을 집어들어 이번에는 구에게 전화를 걸었다. 구, 나는 구의 이름을 불러보았다. 응. 구가 대답했고 나는 아무 말도 하지 않았다. 침묵에 전화가 끊어지려던 찰나 나는 다시 구, 하고 불렀다. 나 다시 노래하려고. 오늘 서울로 돌아갈 거야. 이번에는 구가 침묵했다. 나는 휴대폰을 세게 움켜쥐었다. 한참 만에 구는 대답했다. 그렇게 해. 그 말을 끝으로 전화는 끊어졌다. 나는 빈 수조를 바라보며 앞으로의 일을 생각했다. 나는 오늘 밤 구를 떠날 것이고 심야 버스에 오를 것이다. 다시 노래를 부르고 다시 망하거나 망하지 않을 것이다. 그러나 해변에서 멀어지는 동안에는 지선 씨가 보았을 빛, 단 한 번의 빛만을 생각할 것이다.

첼로와 칠면조

장진영

장진영

2019년 《자음과모음》 신인문학상을 수상하며 작품활동을 시작했다. 소설집 《마음만 먹으면》이 있다.

모르는 번호로부터 사진 하나가 왔다. 가방을 촬영한 것이었다. 초점이 잘 맞지 않고 엉망으로 흔들려 현장감이 느껴졌다. 급하게 찍은 듯했다. 흔하디흔한 검은색 백팩이었지만 나는 그 가방이 해원의 것임을 알아보았다. 잔스포츠 로고가 적힌 패치 때문이었다. 90년대에 유행했다가 복고 열풍을 타고 다시 승하고 있는 브랜드였다. 얼마 전 해원이 가방을 사달라기에 긴장된 마음으로 백화점에 끌려갔는데 삼만 원밖에 안 해서 머쓱해졌던 기억이 있었다.

가슴이 철렁했다. 유괴를 당했나. 즉시 해원에게 전화를 걸었다. 받지 않기를 바라며. 조례 때 핸드폰을 제출해야 한다는 교칙이 있었으므로 전화를 받지 않는다면 지금 학교라는 뜻이었다. 받는다면 유괴범이었다. 협상을 해야 할 테니까. 나는 해원을 살리기 위해 얼마까지 융통할 수 있는지 가늠해

보았다. 길게 이어지는 신호음을 들으며 입술을 물어뜯었다. 제발 살려만 주세요, 제가 잘못했어요, 앞으로 잘할게요, 이제부터 착하게 살게요, 해원이 혼도 안 낼게요, 살려만 준다면 그 이상 바라지 않을게요.

전화가 연결되었다.

"당신 누구야!" 나는 떨리는 목소리를 진정시키며, 실패하며, 외쳤다. 곧바로 입을 틀어막았다. 겁에 질렸다는 걸 들키지 않았기를 바라면서. 침착해야 했다.

너머에서 목 졸린 듯한 소리가 흘러나왔다. "엄마아……."

불행 중 다행이었다. 아직은 살아 있다는 뜻이었다. "너 지금 어디야?"

"학교지이……."

"어디 다친 건 아니지? 그 사람 혹시 옆에서 듣고 있니? 듣고 있는 거면 일단 학교라고 자연스럽게 말해."

"학교라니까아……."

나는 핸드폰을 귀에 밀착시킨 채로 사무실 전화의 수화기를 들었다. 침착하자. 119 번호가 뭐였는지 기억나지 않았다. 11까지 눌렀을 때 핸드폰에서 이해원! 하는 여자 목소리가 들렸다. 너 그 핸드폰 뭐야? 아 쌤, 그게 아니라요,에서 전화가 툭 끊겼다.

나는 개구리라도 만진 사람처럼 소스라치며 두 종류의 전화기를 동시에 내던졌다. 머리를 감싸쥐었다. 끔찍한 꿈을 꾼 것 같았다. 다행히 꿈이었다. 추운 데 있다가 따뜻한 곳에 들어갔을 때 그제야 몸을 떨게 되는 것처럼, 한기가 느껴졌다. 고개를 들었더니 유리 벽 너머 직원들이 공포 어린 표정으로 일제히 나를 쳐다보고 있었다. 나는 리모컨을 조작해 유리를 불투명한 하얀 벽으로 바꾸었다. 보지 말라는 경고의 의미로. 단숨에.

'엄마, 왜 전화했어?' 하고 메시지가 왔다. 해원의 단짝 친구 번호였다. 만일을 대비해 저장해둔 것이었다.

'왜 핸드폰 제출 안 했니?' 아까 유괴범에게 했던 맹세와 달리 나도 모르게 답장이 그렇게 써졌다.

'공기계 냈지. 다 그렇게 해. 아 몰라. 엄마 때문에 망했어.'

'너 혹시 가방 잃어버렸니?'

'그거 물어보려고 전화한 거야? 이것까지 걸리면 나 죽어. 수업 시작했다. 빠이.'

나는 다시 한번 사진을 들여다보았다. 가방의 앞주머니가 헤프게 열려 있었다. 눈을 가늘게 뜨고 사진을 확대했다. 이제 보니 피사체는 가방이 아니라 가방 앞주머니 속의 물체였다.

은단?

번호의 주인은 이렇다 저렇다 말이 없었다. 일단 업무를 시작하기로 했다. 결재 건을 처리한 뒤 공유 드라이브에 들어가 마감 일정과 각 직원의 작업 상황을 대조했다. 원래는 주간 단위로 일지를 받았었는데 인권 유린이라는 여론이 들끓어 어쩔 수 없이 훔쳐보는 방식으로 변경했다. 데스크도 지키고 전화 응대도 하고 내 비서 역할에 스파이 노릇까지 하는 주임이 메신저로 직원들 근태를 보고했다. 주임이 아니라 프로라고 해야 하나. 남편이 모든 직함을 '프로'로 통일하라고 해서 시도해보았는데 괜히 원성만 사고 있었다. 나는 습관처럼 잡플래닛에 접속했다. 별점은 5점 만점에 어제보다 0.1점 감소한 1.4점이었다. '젊고 어린 여자들 갈아넣는 육가공업체'라는 제목의 글이 새로 업로드되어 있었다.

광고디자인에 대단한 예술이 필요하지 않다는 건 압니다. 그래도 양심의 문제랄까요. 알량한 레퍼런스 몇 개 돌려가면서 시안만 살짝 바꿔 납품합니다. 퀄리티 못 높이게 합니다. 초침은 공평하게 움직이는데 우리만 시간이 없습니다. 오더를 덜 받든지 직원을 더 뽑든지요. 박리다매로 이득 보는 건 대표랑 클라이언트뿐입니다. 둘은 공범입니다. 구린 안목이 공해라는 걸 모릅니다. 여기 팀장급 없습니다. 다 사원급입니다. 싸게 쓰고 버리고 싸게 쓰고 버립니다. 순진한 애들은 끊임없이 공급되니까요. 원숭이를 데려다놔도 할 수 있는 일을 시킵니다. 저도 일 년 채우려다가 포기했습니다. 퇴직금 못 받고 경력 인정 안 되지만 후회하지 않습니다. 몇 개월 더 버틴다고 해서 인생이 달라질까요. 아, 달라질 수도 있었겠군요. 저의 인생이 이 세상에 존재하지 않는 쪽으로요. 퇴사는 지능순입니다. 예전에 저는 더러 웃었는데요, 이제는 더러 웁니다. 행복하다는 뜻입니다.

나는 답글을 적기 시작했다.

귀하께. 안녕하세요? 어느덧 꽃이 지고 만물이 생동하는 여름입니다. 보아하니 우리 회사에서 근무하셨던 분인가보네요. 대표로서 안타까운 마음을 금할 길이 없습니다. 십여 년 전 이 회사를 떠안았던 때가 기억납니다. 당시 사업장을 유지하기 위해서는 매년 만 원 남짓하는 세금을 납부해야 했는데 남편에게는 그럴 만한 돈도 의욕도 없었지요. 제가 만 원 주고 샀습니다. 만 원짜리 지폐로 뒤를 닦아주었다고 하는 게 옳겠네요. 그 가방끈만 긴 놈팡이가 나중에는 숟가락을 얹으려 하더군요. 만 원을 건네면서요. 저는 지폐를 훼손하는 불법을 저지르고 말았고요. 저는 디자인의 '디' 자도 모르는 사람이었습니다. 저희 일가는 고조부 때부터 대대로 장사를 했습니다. 결혼식 날 시어머니가 상놈의 집안이라고 흉을 보았던 게 떠오르네요.

거기까지 썼을 때 노크 소리가 들렸다. 직원 하나가 울상을 하고 불쑥 들어왔다. 기시감이 느껴졌다. 또 시작인가 싶어 불안했다. 신입 사원에 대한 주임의 보고가 두어 차례 있었던 터였다. 우리 회사 직원들은 전부 여성이었고 비흡연자였다. 내가 그렇게 구성한 게 아니었다. 직원들은 흡연자를 성토하곤 했고 제 발로 나가게 했다. 직접적인 방식은 아니었다. 담배를 피우고 자리로 돌아오면 옆에서 자기 얼굴에 향기 나는 미스트를 뿌린다든지 하는 식으로 눈치를 줬다. 확률상 남자가 흡연자일 때가 많았다. 그래서 이번에 신입을 뽑을 때 나는 흡연 여부를 확인했었다. 거짓말을 한 모양이었다.

"대표니임……." 직원이 징징거리는 투로 운을 뗐다. 요즘 친구들은 아기 목소리로 말끝을 길게 늘이는 경향이 있었다. 무능을 증명해야만 자신을 지킬 수 있다는 듯. 나는 그 말투가 항상 거슬렸다. "새로 오신 분 말이에요……."

"들어오라고 해줄래요?"

신입은 바짝 긴장한 상태였다. 일단 나는 양해부터 구했다. 조직에서는 감수해야 하는 부분이 있는 거라고. 그게 업무가 아니라 개인적 유흥일 때는 더더욱. 내 귀에도 꼰대같이 들렸다. 신입은 입사 전까지 금연할 수 있을 줄 알았다고 둘러댔다. 면접 당시 그가 예상한 미래에서 자신은 비흡연자였다고.

"이해해요. 나도 힘들었거든요. 직원들이 무서워서 끊었지만. 대표가 나갈 수도 없는 노릇이고요. 중이 싫다고 절이 떠날 수는 없으니까요."

신입의 안색이 밝아졌다. 같은 편이라고 생각하는 듯했다.

"어떻게 끊으셨어요?"

"단번에요. 그 방법을 콜드 터키라고 한대요. 금단증상을 보이는 꼴이 꼭 새파랗게 질린 칠면조를 연상시킨다고."

농담의 요소가 전혀 없었음에도 신입은 사회적인 웃음을 터뜨렸다. 속으로는 지독하다고 생각하고 있겠지. 시시콜콜한 얘기는 하지 말자고 다짐했지만 늘 마음처럼 되지 않았다.

"의지가 정말 대단하세요." 신입이 나를 추켜세웠다. 어쩐지 모욕감이 들었다. "속여서 죄송해요. 사실 점심시간에 병원 예약 잡아놨어요. 챔픽스 처방받으려고요."

"챔픽스?"

"금연 도와주는 약이에요."

별게 다 있구나. 우리 때는, 까지 말하고 나서야 아차 싶었다. 꼰대 짓은 그만해야 했다. 신입이 우리 때는? 하고 다음 말을 기다렸기에 조금만 더 하기로 했다. "우리 때는 은단이 다였어요."

"은단이 뭐예요?"

"조그마한 은색 구슬처럼 생겨서 먹으면 화한 거요. 겉에는 은박인데 안쪽은 점토 같기도 하고 토끼 똥 같기도 하고. 아버지가 폐암으로 돌아가셨는데 투병하실 때 그걸 드셨어요. 결국에는 못 끊으셨지만요. 한 알씩 손바닥에 올려주곤 하셨어요." 나는 엄지로 손바닥을 문질렀다. "담배 많이 피워라, 그러셨어요. 아직은 피울 때라고. 마흔 살 되면 끊으라고."

아버지는 내가 마흔 살이 되기 전에 돌아가셨다. 한쪽 손이 얼굴만하게 부푼 채로. 폐에 암이 생겼는데 왜 손이 부푸는지는 알 수 없었다. 나는 마흔 살에 담배를 끊지 않았다. 언제 끊었는가 하면…… 마흔한 살에 끊었다. 그게 그거는 아니었다. 결코.

말이 너무 길었는지 신입은 약간 집중력을 잃은 표정이었다. 하품을 참는 것 같기도 했다. 상처가 되지는 않았다. 잡플래닛에는 이런 글도 있었다. '대표의 추억팔이가 심합니다. 듣는 즉시 잠들 수 있습니다. 불면증 있으신 분께 추천.' 기업의 장점을 적는 칸이었다. 별점은 1점 아니면 2점이었을 것이다. 대개 그랬다. 0점을 주는 게 불가능해서 그나마 다행이었다. 나는 신입에게 점심을 사주겠다고 제안했다. 병원은 서두르지 말고 여유롭게 다녀와도 된다고. 신입은 간헐적단식 중이라며 거절했다. 다이어트를 해야 한다고 했다. 비흡연자가될 미래를 상상했을 뿐인데 벌써 살이 찌고 있다고 했다. 그럴싸한 거짓말이었다. 기지가 넘쳤다.

점심시간에 아가씨에게서 연락이 왔다. 회사 앞이라고 했다. 혼밥을 면해 반가운 마음 반 또 무슨 부탁을 하려나 두려운 마음 반이었다. 아가씨는 나보다 한 살 많았지만 꼬박꼬박나를 새언니라고 불렀다. 나이를 잊게 했다. 부탁에 취약하게만들었다. 처음에는 아가씨 새언니 호칭이 다정하고 재밌게느껴졌는데 이제는 징그러웠다. 우리는 브런치 카페에서 파스타를 먹었다. 아가씨와 나는 시댁 욕을 하며 웃음꽃을 피웠다. 그녀의 부모를 험담한다는 생각은 들지 않았다. 아가씨는시댁과 얼마간 별개의 존재였다. 남편과의 결혼을 내 편에서뜯어말린 것도 아가씨였다. 자기 오빠는 해맑다고. 해맑기만하다고. 웃는 낯짝이라 침을 뱉을 수도 없다고. 오빠랑 결혼하면 혼자서만 동동거리는 바보가 될 거라고. 시간이 흐를수록 아가씨 말이 맞았다는 게 명백해졌다. 그때 알려줘서 고마웠고 기껏 배신자로 만들어놓고는 막상 내가 그 집안사람이 된 게 미안했고 왜 더 적극적으로 말려주지 않았나 화가 났다. 한때는 그랬다. 그런 시절도 있었다.

"내가 잔소리만 하면 선글라스를 끼는 거 있죠." 나는 고민을 털어놓았다. "실내에서 말이에요. 듣기 싫다는 걸 그런 식으로 표현하는 거예요. 선글라스 안에 멍을 만들어주려다 참았어요."

"그러게 내가 뭐랬어요." 아가씨가 포크에 면을 감으며, 천 번째로, 그렇게 말했다. 의기양양해 보였다. 나는 아가씨가 고소해할 틈을 주었다. 시간 들여 찾아와주었는데 보상이 되었기를 바랐다.

법인카드로 결제를 하는데 아가씨가 용건을 말했다. 선크림이 다 떨어졌다고 했다. 두 개만 사달라고 했다. 어찌 된 일인지 부탁이 점점 소박해지는 것 같았다. 나는 제품 링크를 보내달라고 했다. 아르바이트생이 영수증 드릴까요? 물었다. 금액만 나오게 끊어달라고 하자 아르바이트생이 그렇게는 안 된다며 메뉴 부분에 검은색 테이프를 붙여주었다. 아가씨와 헤어지고 사무실로 복귀하는데 써브웨이에서 샌드위치를 먹고 있는 신입이 보였다. 걸음을 빨리해 지나갔다. 링크가 왔다. '고마워요, 새언니' 뒤에 하트 이모티콘이 붙어 있었다. 나는 뒤돌아보았다. 아가씨는 핸드폰을 들여다보며 횡단보도를 건너고 있었다.

　오후에 광고주와 미팅을 했다. 미팅할 때는 유리를 불투명
하게 만들지 않았다. 직원들에게 곧 일거리가 생길 거라는 압
박감을 주기 위해서였다. 공평하게 움직이는 초침 같은 건 없
었다. 미팅이 끝나고 커피잔은 내가 씻었다. '종이컵은 쓰라
고 있는 것입니다'라는 글이 올라온 후부터였다. 진작 이랬으
면 더 좋았겠지만. 아무리 그래도 손님에게 종이컵으로 차를
대접할 수는 없었다. 동물원 우리 안에 종이접기로 만든 호랑
이를 넣어둘 수 없는 것처럼. 그 종이컵 글은 업로드 당시 수
많은 공감을 받았는데 나중에는 환경주의자들의 테러로 인
해 블라인드 처리되었다.

　퇴근 무렵 빗방울이 하나둘씩 떨어졌다. 장마가 시작된다
는 예보가 있었다. 전국에서 동시에 장마가 시작되는 건 기상
관측 이후 여섯 번째라고 했다. 작년에는 한 달 내내 비가 왔
었다. 올여름도 비가 많이 오려는 모양이었다. 해원이 걱정되
었다. 우산은 챙겼는지. 해원은 우산과 절교한 사람처럼 보였
다. 자기 아빠를 그런 식으로 닮았다. 남편은 '비의 신'이라는
별명을 지니고 있었다. 비를 내리는 신이 아니라 비를 멈추는
신. 그는 폭우가 아닌 이상 우산을 챙기는 법이 없었고 가벼
운 비는 맞고 다녔다. 곧 그칠 거라며. 항상 그의 선택이 옳았
다. 기상청보다 정확했다. 가족끼리 외출할 때 내 주장에 따라
우산을 쓰고 나가면 어느새 날이 개곤 했다. 나는 쓸모없어진

장우산을 들고 다니며 남편과 해원의 놀림을 받았다. 동동거리는 바보. 아가씨 말이 맞았다. 그렇지만 나 같은 사람이 있어야 비의 신도, 우산과 절교한 사람도 생길 수 있었다. 나는 그들에게 인간 우산이었다. 믿는 구석이었다. 누울 자리였다.

사무실을 나서려는데 핸드폰이 울렸다. 모르는 번호였다. 아침에 잔스포츠 가방 사진을 보낸 자였다. 유괴 소동을 일으키게 했던. 세상에, 까맣게 잊고 있었다. 그래서 아까 신입한테 은단 얘기가 나왔던 거였나. 사진 아래로 메시지가 떴다.

아이가 담배를 피우는 것 같습니다.

집에 돌아가니 해원이 방음벽을 설치한 방 안에서 첼로를 켜고 있었다. 뭐가 잘 안 되는지 심통 난 표정이었다. 나는 좁고 기다란 창으로 해원의 옆얼굴을 훔쳐보았다. 예고 입시에 실패한 이후로 해원은 나를 원망했다. 다 나 때문이라고 했다. 내가 무심해서 자기 인생이 망한 거라고 했다. 태어나지 말걸 그랬다고. 해원은 자신이 내 가장 연한 부분이라는 걸 알 만큼 영리했다. 정확히 상처 주는 법을 알았다. 정확히. 정확하다는 점에서 그것은 정확히 상처였다. 나는 방음벽을 설치해주고 악기를 업그레이드해주고 한예종 교수를 붙여주었다. 그런 노력이 아이를 더 화나게 했다. 이제 와서? 나는 해원이 무서웠다. 하지만 그 부분만 빼면 다른 때는 살갑고 다정했다. 천성이 착한 애였다.

문을 열자 엉망진창인 선율이 쏟아져나왔다. 소음이 귀를 습격했다. 상수도를 공사할 때 나는 소리와 비슷했다. 아무래도 해원은 음악에 소질이 없는 것 같았다. 그걸 알려주는 것과 모르는 척하는 것 중 무엇이 더 엄마의 역할에 가까울까. 해원이 천만 원 상당의 나무 쪼가리를 품에 안고 나를 올려다봤다.

"우산 쓰고 왔어?" 내가 물었다.

"비 안 오던데. 들어오자마자 막 쏟아지더라." 해원이 씩 웃었다. "럭키."

"머리가 젖어 있길래."

"샤워했지. 알았어, 머리 말릴게. 말릴게. 이것만 연습하고."

나는 표 나지 않게 아이의 가방을 찾았다. 고개는 고정한 채 눈알만 굴려서. 청소할 거야, 한다고, 하는 식의 짜증을 받지 않기 위해 주의를 기울였다. 검은색 잔스포츠 가방이 벽에 기대어 있었다. 앞주머니는 닫혀 있었다. 은단이 흡연의 증거가 되기는 어려웠다. 금연의 증거는 될 수 있어도. 하지만 금연을 하려면 먼저 흡연을 해야 하는데. 뭔가 더 복잡했다. 차라리 은단이 아니라 담배 사진이었더라면. 밀고자는 도대체 누구였을까. 해원에게 단도직입적으로 물어보기가 꺼려졌다. 또 괜히 태어났다는 원망을 들을 수도 있었다. 신중해야 했다.

"해원아," 나는 보면대를 어루만졌다. "사는 게 많이 힘드니?"

"뭔데. 징그럽게 왜 그래." 해원이 신 것을 먹은 사람처럼 얼굴을 구겼다. "나가줄래? 음악이랑만 있고 싶어."

해원이 활을 휘둘러 나를 내쫓았다. 오랜만에 잘되고 있던 걸 내가 방해했다면서. 또 내 탓이었다. 그게 잘되는 거였구나, 방음방에서 나오며 나는 생각했다. 잘된 게 그거였구나. 눈앞이 캄캄했다.

"해원아! 아빠가 치킨 사왔다!" 남편이 현관에서 신발을 벗으며 외쳤다. 나를 발견하고는 수줍은 듯 목례를 했다. "동동 씨도 계셨네."

"우산은요?"

"비 안 오던데요." 머리가 젖은 건 치킨이 식을까봐 뛰어와서 그렇다고 했다. 남편은 큰돈에는 무감했지만 배달비나 은행 수수료 같은 자잘한 돈은 아까워했다. 나는 창밖을 바라보았다. 한강이 손톱만큼 보이는 고가도로 뷰였다. 한쪽 방면으로만 차가 막히고 있었다. 빗줄기 안에 전조등 불빛이 부옇했다.

치킨을 먹으며 남편이 오늘의 실적을 발표했다. 큰 걸로 한 장 잃었다고 했다. 태연자약한 어조에 나는 하마터면 나무젓가락을 부러뜨릴 뻔했다. 남편이 내일 두 배로 벌면 된다고 나를 달래주었다. 가까스로 나는 수긍했다. 이제 걱정할 단계는 아니라고 스스로를 다독였다. 내가 회사에서 뼈 빠지게 일하며 원화를 제공하면 남편은 그걸 굴렸다. 그는, 뭐랄까, 천

부적이었다. 뒤늦게 적성을 발견한 케이스였다. 수익률보다 시드가 더 중요하다는 걸 다행히 남편은 인정해주었다. 나는 남편의 수입을 시댁에 숨겼다. 아가씨가 선크림을 구걸하러 회사까지 찾아왔다는 사실을 지금 남편에게 숨기고 있는 것처럼. 밖에 나가면 나는 불행을 연기했다. 리스크를 줄이기 위해서였다. 시댁에 내려갈 때는 후줄근한 옷을 입었다. 나는 그를 상장 전에 매수했고 이제야 조금씩 빛을 보고 있었다. 상놈의 집안, 시어머니 말씀이 맞았다.

언젠가 남편의 동창 모임 때 그의 친구가 수익의 비결을 물은 적이 있었다. 남편은 싸게 사서 비싸게 팔면 된다는 당연한 소리를 했다. 무릎에 사서 어깨에 팔아라. 공포에 사서 환희에 팔아라. 친구의 낯빛이 어두워졌다. 공포인 줄 알고 샀더니 더 큰 공포가 오던데. 남편이 종목을 추천해주었다. 매도 시점까지 일러주었다. 같은 종목으로 남편은 땄고 친구는 잃었다. 조금만 더, 하는 욕심에 때를 놓친 것이었다. 친구의 아내가 죄 없는 내 머리끄덩이를 잡았고 동창 모임은 파투가 났다. 투자의 책임은 본인에게 있다는 말을 내가 한 것 같기도 했다. 아무려나 남편이 전업 트레이더가 되면서부터 가계 사정이 많이 좋아졌다. 해원의 첼로도 남편이 굴린 돈으로 샀다. 진작 이랬더라면 괜히 태어났다는 원망을 듣지 않아도 되었을 텐데. 우리에게 남은 과제는 이제 해원뿐이었다. 해원만 잘되면 더 바랄 게 없었다.

해원이 닭다리를 집으려는데 남편이 제지했다. "그건 동동 씨 거야. 다리는 엄마랑 아빠만 먹는다."

"치사해." 해원이 자기 아빠를 노려보더니 내게 애원하는 표정을 했다. "동동……"

내가 다리를 양보하려 하자 남편이 반대했다. 이 집에 오냐오냐는 없다고. 이상한 데서 엄격한 사람이었다. 나는 그의 방침을 무시하고 닭다리를 해원에게 주었다. 남편이 자기 몫의 다리를 내게 주었다.

"신입 하나가 들어왔는데……" 나는 남편을 향해 말했다.

"흡연자였더라고요."

해원은 표정의 변화가 없었다. 내게서 갈취한 닭다리를 뜯는 데만 열심이었다. 입술이 기름으로 반들반들했다. 남편이 신입의 성을 물었다. 석 씨라고 했더니 석 프로는 창사 이래 처음 아닌가요, 했다. 그놈의 프로, 프로. 남편은 우리 회사를 비정상이라고 생각하고 있었다. 내가 남자였으면 하렘 소리를 들었을 거라고. "이번에는 여성분들 등쌀에 쫓겨나지 않아야 할 텐데요."

"은단이 뭔지 모르더라고." 나는 그의 말을 받아 다시 담배 얘기로 돌아왔다. "충격이었어요."

"석 프로 오빠는 몇 살인데?" 해원이 관심을 보였다. 옳거니.

"글쎄. 스물일곱이었나. 여덟이었나."

"나도 아는 걸 왜 모르지."

"네가 은단을 어떻게 알아?" 나는 심상하게 물었다. 담배 피우냐는 질문은 참았다. 조금만 더 구슬려보자. "너보다 훨씬 오빠도 모르는 걸."

해원은 신이 나서 떠들기 시작했다. 어렸을 때 외할아버지가 은단을 한 알씩 손바닥에 얹어줬다고. 입에 넣고 굴리다 코팅이 녹으면 꽉 깨물어 삼켰다고. 매워서 눈물이 났다고. 그렇지만 자꾸 먹고 싶었다고. 형편이 어려워져 친정에 얹혀살 때였다. 아버지가 폐암 투병 중이었을 때.

"그때가 기억나?"

"기억나. 다 기억나." 해원이 거들먹거렸다. "삼촌이 할아버지 코에 귀 대고 있다가 돌아가셨다고 말한 것도 기억나. 엄마는 화단에서 울고 있는데 숙모는 안 울었던 것도 기억나. 숙모한테 엄마 왜 우냐고 물어봤던 것도 기억나. 더 아기였을 때도 기억나. 엄마 배 속에 있었을 때라든지."

처음 듣는 얘기였다. 태아 때를 기억한다니. 가능한 일인가. "어땠어?"

"축축하고 좁고 더웠어." 아이가 당시를 회상했다. "엄마가 나를 해원아, 하고 불러줬어."

"네 이름은," 남편이 끼어들었다. "너 태어나고 며칠 뒤에 너희 친할아버지께서 지어오신 거야."

"몰라. 동동이는 이미 알고 있었나보지. 그치 엄마?"

"그랬던 것 같기도 하고." 아니었다.

"맞다, 엄마." 해원이 내 눈치를 살피며 화제를 바꾸었다.

"작은 선생님이 레슨비 올려야 할 것 같대. 물가상승률을 고려해서."

"그래."

"작은 선생님이 누구야?" 남편이 물었다.

해원은 이 주에 한 번씩 한예종 교수의 마스터클래스를 들었다. 초등학생 때부터 보내던 교습소는 그만두게 하려고 했는데 학원도 같이 다녀야 한다고 우겼다. 레슨을 위한 레슨을 받아야 한다는 것이었다. 그렇게 교습소 선생은 작은 선생님이 되었다. 해원은 디테일을 잡는다, 해상도를 높인다, 같은 표현을 썼다. 그게 작은 선생님의 역할이었다.

나는 자동이체 액수를 변경하려고 모바일뱅킹을 실행했다. 계좌번호가 낯익었다. 요새 많이들 하듯 핸드폰 번호와 연동시킨 계좌번호였다. 연락처에 '작은 선생님'으로 저장해보았다. 교수의 번호는 저장해두었는데 어쩐지 학원 선생 번호는 없었다. 메시지 창을 켰다. '새언니, 선크림 샀어요?' 아래 '아이가 담배를 피우는 것 같습니다'가 보였다. 잔스포츠 가방 사진을 전송한 사람은 작은 선생이었다. 그가 밀고자였다.

다음날 일찍 퇴근해 교습소를 찾았다. 아직 해원이 학교에 있을 시각이었다. 너른 홀에 야마하 업라이트 피아노가 뚜껑이 열린 채 놓여 있었고 홀을 둘러싸는 식으로 연습실이 다섯

개쯤 있었다. 초등학생들이 자기 몸집보다 큰 첼로를 부둥켜
안고 활을 놀렸다. 해원의 실력과 비슷했다. 참가만 해도 주
는 콩쿠르 상장들이 벽에 걸려 저마다의 정도로 빛바래가고
있었다. 전체적으로 초급자나 취미생을 대상으로 하는 분위
기였다. 이런 데를 보냈다니, 해원이 괜히 태어났다고 생각할
만했다. 과거로 돌아가 내 뺨을 후려치고 싶었다.

　나는 선생을, 아이를 맡겼을 때 이후로, 처음 보는 것 같았
다. 항상 아이를 경유해서만 소통했던 터였다. 선생은 삼십대
중후반의 남성이었다. 체격이 왜소하고 자세가 구부정했다.
목소리가 녹슨 느낌으로 탁했다. 치열이 고르지 않아서인지
시옷 발음이 약간 샜다. 느낌상 미혼 같았다. 안 한 게 아니라
못했을 성싶었다. 그가 홀의 소파를 가리키며 자리를 권했다.
패브릭 소파였고 더러워 보여서 앉기 싫었지만 사양하지는
않았다. 엉덩이 끝으로 걸터앉았다. 소파까지는 참았다. 하지
만 그가 내온 차는, 종이컵 안에 담긴 현미녹차 티백은, 보자
마자 눈을 감기에 충분했다.

　"레슨비는 어제 입금했어요." 나는 돈 얘기를 꺼냄으로써
내가 그에게 있어 고객임을 상기시켰다. "먼저 올려드렸어야
했는데 죄송해요. 바빠서 신경을 못 썼네요."

　그가 대꾸 없이 손바닥을 맞비볐다. 저자세는 아니었다.

　"저는 그렇게 생각해요." 녹차 티백을 담갔다 뺐다 물고문
시키며, 내가 운을 뗐다. "누군가한테 연락을 할 때는 자기가

누구인지 먼저 밝혀야 한다고요. 인간관계의 기본이라고 할까요."

"제가 누구인지는 당연히 아실 거라고 생각했습니다."

말문이 막혔다. 그의 말에 일리가 있었기 때문이다. 굳이 따지자면 내 잘못이 맞았다. 유괴범이라고 착각한 그 어처구니없는 실수는. 내가 이해할 수 없는 건 사진과 코멘트 사이의 시차였다. 증거를 먼저 보내고 반응이 없으니 주석을 달았다는 게 뭔가 소름 끼치게 느껴졌다.

나는 왜 남의 가방을 촬영하셨느냐고, 그것도 모자라 전송까지 하셨느냐고 물었다. "해원이한테 허락받았나요?"

내가 왜 그런 걸 궁금해하는지 나조차도 궁금했다. 혹시 해원이 삐뚤어지게 되었는지, 삐뚤어졌다면 언제부터 그랬는지, 내가 돌보지 못한 사이에 무슨 일이 생긴 건지, 그런 걸 먼저 궁금해해야 하는 것 아닌가. 그렇지만 나는 이 선생이 못 견디게 끔찍했다. 어쩌면 책임을 전가하고 싶은지도 몰랐다. 해원이 예고에 떨어져 괴로워하는 것, 뒤처졌다며 초조해하는 것, 나의 간섭을, 나의 방임을, 그러다가 나 자체를 미워하게 된 것, 그 모든 게 다 이 사람 탓이라고 믿고 싶었다. 해원은 과장되게 화냄으로써 오히려 내 죄책감을 희석하려 했다. 무서울 정도로 똑똑한 애였다. 나는 해원이 안쓰러웠다.

"허락을 받지 않았습니다."

"왜죠?"

"허락을 받아야 한다고 생각하지 않았기 때문입니다."

뭐야 이 새끼. 뭐 하는 새끼야. 나랑 뭐 하자는 거야. 나는 나도 모르게 현미녹차를 입안에 들이부었고, 놀라서 꿀떡 삼켰다. 씁쓸하고 미지근했다. 구수해서 기분이 나빴다.

"해원이가 학원을 그만두겠다고 하더군요." 그가 말했다. 왜냐고 물으리라는 걸 안다는 듯 곧바로 이유를 덧붙였다. "레슨비를 올려야겠다고 하니까 그만둔다고 했습니다."

무슨 소리를 하는 건지 알 수 없었다. 그럴 리가 없었다. 우리는 가난하지 않았고 아이도 그걸 알았다. 내가 그애한테 해준 게 얼만데. 방음벽에 마스터클래스에 새 악기에. 지금까지 해달라는 대로 다 해줬는데. '젊고 어린 여자들 갈아넣는다'는 소리까지 들어가면서. 그런데 고작 오만 원 때문에? 학원에 다녀야 한다고 우긴 건 예전부터 내가 아니라 해원이었다. 그만두고 싶으면 알아서 그만두고 통보할 애였다. 게다가 해원은 엊저녁에 레슨비를 올려줘야 한다는 얘기를 했었다.

"그래서 사진을 보내게 되었습니다."

"그래서라니요? 학원을 그만두는 게 사진과 무슨 상관이라고요?"

"그만둔다고 하니 화가 나서요."

머리가 돌 것 같았다. 그는 해원을 걱정하는 게 아니었다. 개인적으로 배신감을 느끼는 거였다. 나는 이곳에 온 진짜 목적을 차분히 떠올렸다. "아이가 담배를 피우는 건 맞나요?"

"피우는 것 같습니다."

"같습니다?"

"아무래도 은단은 금연을 위해……."

거기까지 듣고 나는 핸드백을 챙겨 일어났다. 소파에서 먼지가 피어올랐다. 직접 물어보면 될걸 왜 여기까지 찾아왔는지 알 수 없었다. 무얼 확인하려고. 그깟 담배 좀 피우는 게 뭐 대수라고. 종이컵 안에는 녹차 앙금이 가라앉아 있었다. 엉뚱하게도 미역국 색깔 같다는 생각이 들었다.

교습소 앞에서 나는 해원을 기다렸다. 선생의 말이 사실인지 확인해야 했다. 해원은 인문계 고등학교에 다녔지만 야간 자율학습은 하지 않았다. 학원을 그만둔 게 아니라면 곧 나타날 터였다. 설마 야자가 싫어서 음악에 매달리는 건 아니겠지. 얼마 후 해원이 악기를 짊어지고 낑낑대며 오르막을 올라오는 게 보였다. 날도 더운데 교복 치마 안에 체육복 바지를 입고 있었다. 나는 어닝에서 나와 파라솔 같은 우산을 펼쳤다. 빗방울은 무시할 만했다. 갑자기 드리워지는 그늘에 해원이 내 존재를 알아차렸다. 그리고 얼어붙었다. 도대체 뭘 숨기고 있는 거야. 나는 해원을 납치해 차에 태웠다.

해원이 왜 왔느냐고 성질을 부렸다. 오늘 중요한 곡 하는 날인데. 그러면서도 고분고분 안전벨트를 맸다. 학원을 쨀 수 있어서 기분이 좋은 것 같았다. 우리는 블루스퀘어에 가서 남는 좌석이 있는 뮤지컬을 보았다. 내가 졸아서 스토리를 따라

가지 못할 때마다 해원이 귓속말로 빈 부분을 채워주었다. 솔직히 큰 도움은 안 되었다. 해원은 오케스트라 피트에, 그 구석지고 어두컴컴한 공간에서 펼쳐지는 일에 대해 별로 관심이 없어 보였다. 공연을 보고 나와서는 커다란 주택이 즐비한 골목을 산책했다. 경사가 가팔랐다. 개가 담벼락 뒤에서 목청껏 짖었다. 하산하는 기분으로 골목을 빠져나왔다. 일부러 찾은 건 아니었는데 유명한 맛집이 보였다. 저거 먹을까, 하는 합의도 없이 둘 다 곧장 들어갔다. 풀이 올라간 화덕피자와 달걀노른자로 만든 까르보나라를 먹었다. 그런 다음 갤러리아에 가서 쇼핑을 했다. 나는 접이식 우산을 직원 수대로 샀고 아가씨가 갖고 싶어 했던 선크림을 내 몫으로 샀다. 해원은 데이지가 그려진 수영복을 골랐다. 폐점 시간이 가까워질 때쯤 나와서 노래방과 야구연습장에 갔다. 여한이 없을 때까지 놀았다. 해원이 제발 집에 좀 가자고 울먹거렸다.

집에 거의 도착할 때쯤 해원이 나를 동동, 하고 불렀다. 졸린 듯 나른하게 동도옹. 뭔가를 부탁할 때의 어조였다. "오늘 양치 안 하고 자도 돼?"

"그래."

해원이 왜 이렇게 잘해주느냐면서 몸서리를 쳤다.

"해원아," 나는 오른쪽 손바닥을 내밀었다. 와이퍼가 사선으로 맺힌 빗방울을 천천히 지웠다. "은단 하나만 줄래?"

해원이 뒷좌석에 놓아두었던 가방을 자기 쪽으로 가져왔

다. 앞주머니 지퍼를 열고 은단을 꺼냈다. 거리끼는 기색은 전혀 없었다. 나는 은단을 엄지로 굴리며 어제부터 있었던 일을 사실 그대로 말했다. 작은 선생님에 대해서. 그가 보낸 사진과 메시지, 오늘 교습소에서의 면담까지. 그는 상식적이지 않았다. 내가 그렇게까지 화났던 이유는, 이제 와 생각해보건대, 담배 때문이 아니었다. 그가 상식적이지 않아서였다.

해원은 충격을 받은 것 같았다. "사진을 보냈다고?"

"학원은 왜 그만둔다고 한 거야?"

"레슨비 올려야겠다고 해서." 선생의 말과 일치했다.

"그게 다야?" 레슨비를 올려준 게 이번이 처음은 아니었다. 그만두려면 그때 그만둘 수도 있었을 텐데. 왜 이제 와서? "나 때문이라는 소리는 하지 마. 그거 말고 다른 얘기를 해."

고가도로가 보이기 시작했다. 거실 창문에서 보는 것과 다른 각도로 보였다. 위태롭고 복잡하게 꼬인 길. 비가 내리는 걸 보니 남편은 집에 있는 것 같았다.

레슨이 늦게 끝날 때마다 작은 선생님이 저녁을 사주었다고 했다. 처음에는 학원에서 간식처럼, 나중에는 학원 밖에서 본격적으로. 해원은 음악에 재능이 없었고 선생도 그걸 알았다. 어느 날 선생이 해원에게 말했다. 밖에서 볼 때가 더 좋다고. 첼로와 동떨어져 있을 때 너는 더 빛난다고. 해원은 그말이 칭찬인지 욕인지 헷갈렸다. 가외 시간이 길어지고 음식값이 레슨비를 상회하기 시작했을 때 그는 해원에게 허락을 구했다. 너희 어머니께 레슨비를 더 받아서 저녁을 사주어도 되겠느냐고. 어이가 없어진 해원은 학원을 관두겠다고 말했다. 그리고 선생은 내게 사진을 전송했다. 해원을 곤경에 빠뜨리고 벌주기 위해서. 혹은 아이가 자신에게 불리한 말을 할까 두려워서. 만일을 대비해, 그러니까 이럴 때를 대비해, 아이의 가방을 뒤지고, 촬영하고, 사진을 계속 지니고 있었다는 뜻이었다. 고작 은단 사진을. 해원은 그 사실을 몰랐고 내게 레슨비를 올려달라고 했다. 물가상승률 어쩌고 하면서. 그만두겠다고 했지만 그만둬지지 않은 모양이었다.

"나 담배 안 피워, 엄마. 맹세해. 은단은 외할아버지가…….."

"너네 연애하니?" 마침내 내가 물었다. 지금까지는 몰랐지만, 모르고 싶었지만, 내가 그걸 내내 궁금해하고 있었다는 걸, 이제는 알았다. 담배 따위 피우든 말든 상관없었다. 작은 선생과 해원의 불화는 치정의 냄새를 풍겼다. "엄마 가지고 노니까 재밌었어?"

"그런 거 아니야."

해원이 울음을 터뜨렸다. 그런 게 아니라고 했다. 선생이 애정을 보인 건 맞았다. 어렸을 때부터 보아왔으니까. 고등학생이 되면서부터 애정의 모양새가 조금 바뀌긴 했지만. 해원은 그 사실을 모르는 척했다. 자신에 대한 선생의 애정을 자기 음악에 대한 인정으로 혼동하고 싶었다. 그렇게라도 하고 싶었다. 그는 유학을 떠날 예정이었고 해원에게 따라오겠느냐고 제안했다. 음악적 동지가 아니라 그냥, 사랑하는 제자로서. 해원은 연인이나 제자가 아니라 첼리스트가 되고 싶었다. 방음벽이니 뭐니 하는 요구도 다 그 마음에서 비롯된 것이었다. 유학을 따라가고 싶은 것도 아니었다. 작은 선생님이 학생에 불과하다는 사실을 새삼 알게 되었을 뿐이었다. 학원은 바꿀 생각이었다고 했다. 그곳에 미래가 없다는 걸, 레슨비 인상 얘기가 나온 날 깨달았다. 적당한 곳을 찾을 때까지만 다닐 작정이었다. 오래 쉬면 불안하니까. 안 그래도 뒤처졌는데, 까지 얘기하고는 해원이 무슨 말을 하려다가 참았다. 엄마 때문에.

들어보니 연애는 아닌 모양이었다. 적어도 해원에게는. 선생은 이 애한테 자기를 걸지 않았다. 선을 넘지 않은 채로, 그 안에서만, 최선을 다했다. 털끝 하나 건드리지 않은 채로, 한 푼도 손해보지 않으면서, 최선의 노력을 했다. 최선을 다하지만 않았더라도 이렇게까지 구질구질하고 추잡스럽지는 않았을 것이다. 그 도둑놈의 새끼는 연애를 공짜로 하려고 했다! 차라리 그가 치졸해서 다행이었다. 그가 아이를 희망고문 하지 않은 건, 그렇게 했으면 더 쉬웠을 텐데도, 아무리 고문이라 하더라도 희망조차 주지 않은 건, 부모로서 가슴 아픈 일이었다. 다행이었지만 슬펐다. 그는 비겁했고…… 양심적이었다.

"미안해, 엄마. 첼로 못해서 미안해."

나는 그때까지 손에 쥐고 있던 은단을 먹었다. 하나 더 달라고 해서 또 먹었다. 입안이 화했다. 자기 전에 양치를 안 해도 될 것 같았다. 해원도 우는 걸 멈추고 은단을 한 움큼 입에 털어넣었다. 기껏 울음을 그쳐놓고는 맵다면서 다시 눈물을 쏟았다. 나는 아파트 주차장에 차를 세웠다. 누군가 자동차 창문을 노크했다. 남편이었다. 떡볶이집 봉투를 들고 있었다. 불투명한 하얀 비닐봉지에 '마약떡볶이'라는 상호가 붉은 글씨로 인쇄되어 있었다. 포장해서 오는 길인지 머리카락이 젖어 있었다. 나는 와이퍼를 껐다. 그렇게 야식을 끊으라고 했건만. 저 사람 때문에 해원도 나도 살찌고 있었다. 다 저 사람 탓이었다. 남편이 검지로 위쪽을 가리키며 먼저 올라가 있겠다는 신호를 주었다. 나는 고개를 끄덕였다.

"이해원. 너 첼로 그만둬."

"엄마." 은단이 교복 치마를 타고 조수석 바닥으로 쏟아졌다. "동동⋯⋯."

단번에 그만두면 될 일이었다. 언제라도 상관없었다. 다만 그게 내가 원할 때는 아니어야 했다. 마약 같은 계집애, 나도 한번 실컷 동동거려보자. 네가 마흔 살이 될 때까지만. 어쩌면 마흔한 살까지. 그게 그거는 아닐 거란다. 결코.

남겨진 사람들

장희원

장희원

2019년 동아일보 신춘문예에 당선되며 작품활동을 시작했다. 2020 젊은작가상을 수상했다.

갑자기 유진은 여행을 가고 싶다고 했다. 여행? 재우는 무
릎 위에 누운 그녀의 머리를 쓰다듬다 멈췄다. 바람 때문에
그들이 사는 다세대빌라 앞에 있는 양버즘나무 가지가 흔들
리고 있었다. 늘 한 번쯤 혼자서 여행을 가고 싶었어. 아주 오
랫동안 그것에 대해 생각했고, 살면서 꼭 해보고 싶은 일 중
하나라고 말했다.

"몰랐어?"

"몰랐는데."

　그는 고민하는 사람처럼 잠시 창밖을 보더니 그럼 다녀와,
하고 말했다.

"기다리고 있을 테니까, 다녀와."

　그러고는 다시 천천히 유진의 머리를 쓰다듬었다.

　유진은 빠르게 여행 준비를 마쳤다. 떠나는 날 아침 평상시

보다 일찍 일어난 재우가 그녀를 터미널에 데려다주었다. 다 챙겼지? 응. 다녀와. 다녀올게. 연락하고. 유진은 대학 시절 유럽여행을 할 때 썼던 재우의 배낭을 메고 있었다. 그는 등산을 할 수도 있을 것 같다는 그녀의 말에 자신의 아버지에게서 등산 스틱을 빌려오기도 했다. 스위스제래. 좋은 거래. 그는 아버지가 그 말을 꼭 전하라고 했다며 고개를 절레절레 저었다. 그들은 짧게 포옹을 하고 헤어졌다.

오랫동안 잠들었던 것 같은데 아직도 터널을 통과하고 있는 중이었다. 노랗고 답답한 불빛들이 따라오고 있었다. 유진은 머리 위로 손을 뻗어 히터 바람을 줄였다. 강원도의 작은 소도시들을 경유해서 가는 버스였다. 하루에 다섯 번밖에 다니지 않아서인지 이른 시간인데도 승객들이 있었다. 기사는 휴게소에 정차한 후 정확히 15분 후에 떠난다며 시계를 가리켰다. 전광판에 있는 붉은 숫자들이 깜박였다. 유진은 조급한 마음에 화장실에서 손을 씻은 후 대충 물기를 털어내고 다시 자리에 앉았다. 그것만으로도 많은 시간이 지난 것 같았는데, 고작 삼 분이 지났을 뿐이었다. 다시 잠들고 싶었지만 오히려 정신은 점점 더 또렷해지는 것 같았다. 그사이 사람들은 어묵 국물이나 핫바, 호두과자 같은 음식을 사 먹고 버스에 올라탔다. 다음 정착지, 그리고 그다음 정착지까지 그녀는 자주 숨을 참았다. 사람들의 더운 숨이 닿는다는 생각만으로도 숨쉬기가 어려웠다. 도착했을 때는 낯선 곳에 도착했다는 사실보다 그곳을 벗어난다는 게 기뻤다. 그래서 빠르게 그곳을 빠져 나왔다.

겨울답지 않게 맑고 따뜻한 날씨였다. 정오를 넘어설 무렵 이라 머리 위로 해가 높이 떠 있었다. 유진은 기억을 더듬었 다. 어디더라. 어디였더라. 많은 것이 변해 있었다. 해안가로 가는 입구에는 처음 보는 모텔 건물들이 우후죽순으로 세워 져 있었다. 그리고 조금 떨어진 곳에 관광객들을 대상으로 하 는 작은 가게들이 이어졌다. 어느 한 가게 입구에는 만화 캐 릭터가 그려진 분홍색 튜브가 매달린 채 천천히 맴을 돌고 있 었다. 그 앞에는 작은 평상이 있었다.

어쩌면 여기였는지도 모르겠어.

유진은 생각했다. 상주가 다리가 아프고, 목이 마르다며 잠시 쉬어가자던 곳이. 그때도 겨울이었다. 유진은 상주와 함께 물을 한 병 사서 평상에 앉아 나눠 마셨던 기억이 있었 다. 그때는 어렸고, 돈이 부족했다. 둘이서 목을 축이는데 물 한 병이면 충분하다고 생각했다. 하지만 정작 목이 마르다 던 상주는 얼마 마시지도 않고 자, 하고 유진에게 물병을 건 넸다. 유진은 상주가 입을 대고 마셨던 곳에 서슴없이 입을 대고 마셨다. 그러다 서로의 시선이 마주치자 아무 이유 없 이 웃음을 터뜨렸다. 그 여행을 다녀오고 나서 한참 후 그들 은 헤어졌다. 하지만 헤어지고 나서도 종종 만나 함께 시간 을 보냈다. 광화문에서 훠궈를 먹었고, 상수에서 커피를 마

시기도 했다. 북서울숲을 함께 걷기도 했다. 연인이기 전부
터 오랜 친구 사이였으므로, 그게 이상하진 않았다. 하지만
언젠가 유진이 기침을 하자, 상주가 걱정스러운 얼굴로 괜
찮아? 하고 묻는 바람에 어색해졌던 적은 있었다. 응, 괜찮
아. 그들은 말없이 끓어오르는 음식을 지켜봤다. 뜨거운 김
이 피어오르고 있었다. 즉석에서 각종 해산물과 함께 이것
저것을 넣고 끓여주는 전골이었는데, 국물이 부족해서 맛이
없었다. 그들은 다음에는 조금 더 맛있는 것을 먹자고 약속
하며 헤어졌었다.

　그곳이 맞는지 모르겠어……. 유진은 기억을 더듬어보았
다. 아무래도 시간이 많이 지났으니까. 여기 이 가게들도 다
들 빛바래고 낡아 보이는 것처럼. 심지어 아직 포장도 뜯지
않았는데 먼지를 뒤집어쓴 장난감도 버젓이 팔고 있지 않은
가. 몇몇 가게는 문을 닫아버린 지 이미 오래된 것 같았다.
하지만 알 수 없는 일이었다. 이제 상주는 죽고 없었다.

　해안가의 모습은 대부분 그대로였다. 하지만 이전에 없던
데크가 있어서 유진은 그 길을 따라 죽 걸어보기로 했다. 데
크 위로 바다를 마주하고 있는 흔들의자에 몇몇 사람들이 앉
아 있었다. 운 좋게 그녀도 빈 의자를 찾아 앉을 수 있었다.
평일인데도 제법 사람들이 많았다. 어린 연인들, 중년의 여인
들. 모두 웃고 떠드느라 바빴다. 유진은 그곳에 잠시 앉아서
등대를, 저 멀리 지평선을, 다시 부서지는 파도를 바라보았

다. 그러고는 아주 조용히 숨을 쉬었다. 짠 냄새를 맡고, 더 차
갑고, 깨끗한 공기를 맡았다. 아주 잠깐 경치를 구경했을 뿐
인데 주변 사람들이 바뀌어 있었다. 시간이란 참 이상한 거구
나. 유진은 자신의 귀가 얼어서 아주 무감각해진 것을 느꼈
다. 어쩐지 둔해진 감각 때문에 모든 게 다 비현실적으로 여
겨졌다.

　따뜻한 곳에서 몸을 녹이고 싶어서 들어간 카페에도 사람
들은 많았다. 온통 새하얗고 층고가 높은 곳이었는데 빵 냄새
와 원두 냄새가 끊이지 않는 곳이었다. 처음에는 잠깐 기분이
좋았지만, 계속되는 냄새에 이내 속이 조금 메슥거렸다. 아르
바이트생이 자리로 직접 커피를 가져다주는 방식으로 운영
되는 곳이었다. 3층이나 되는 곳이었고, 자리가 많았기에 직
원들은 수시로 계단을 오르내렸다.

　"사람이 많네요."

　유진이 커피를 받으며 말했다.

　"저희가 아주 힙한 곳이거든요."

　남자 직원은 뿌듯한 얼굴로 말했다. 사진 찍기가 좋잖아요.
아. 유진을 제외하고 대부분의 사람들이 수시로 사진을 찍고
있었다. 사진을 찍지 않는 사람은 오로지 그녀뿐이었다. 조금
머쓱해진 그녀는 예약해둔 숙소로 가는 길을 물었다. 해안을
따라 걷다가 빠져나온 이후로는 길이 헷갈리던 참이었다.

　"거길 왜 가요?"

"네?"

"엄청 오래된 곳인데."

그는 뭐가 좋은지 실실 웃으면서 거기 이제 아무도 안 가요, 하고 말했다. 여기서 멀리 떨어진 곳이 아닌데도, 그곳은 이제 아무것도 없고 이 근처가 떠오르는 곳이라고 했다. 그는 차라리 이 근방에 있는 매일매일 파티가 열린다는 게스트하우스로 가는 것이 낫다고 하다가, 물어보지도 않은 맛집이라는 식당들을 줄줄이 이야기하기 시작했다. 하지만 유진이 아무런 대답도 하지 않자 이내 무안한 얼굴로 사라졌다.

"어때?"

"피곤해. 그리고 배가 고파."

유진의 목소리는 지친 데 반해 전화기 너머로 들리는 재우의 목소리는 그렇지 않았다.

"안됐다. 나는 오랜만에 자유를 누리는 중인데."

그는 바빠서 보지 못했던 지난 가을 야구를 보려고 기다리는 중이라고 했다. 그러고는 오늘 뭘 했느냐고 물었다.

"바다도 보고."

"그리고?"

그리고 막상 한 게 없어 유진은 할 이야기가 없었다. 하지만 왠지 듣는 그가 시시하게 여기지 않았으면 하는 마음이었다.

"아주 힙한 데도 갔어."

유진은 그곳 분위기를 대충 설명해주었다. 막상 그곳에 있을 땐 좋다고 느끼지 않았는데 말하고 나니 꽤 그럴듯한 곳처럼 들렸다.

"좋았겠다."

그는 부러워하며 자신도 같이 갔으면 좋았을 텐데 하고 아쉬워했다. 유진은 짧게 웃었다. 서로 밥을 잘 챙겨먹고, 잘 자라는 인사를 끝으로 전화를 끊은 후 유진은 침대에 얼굴을 묻었다. 이대로 잠이 들고 싶었지만, 너무 조용한 곳이라 조금 무서운 기분이 들었다. 유진은 자세를 고쳐 반듯하게 누웠다. 어떻게 이렇게 조용할까. 소름이 끼칠 정도로. 방금 전 방으로 들어오기 위해 붉은 카펫이 깔린 고요한 복도를 걸으면서도 좀 무섭다고 느꼈던 참이었다.

"그래서 더 좋잖아."

상주는 그렇게 말했었다. 오직 이 세상에 너와 나, 단둘이 있는 것 같아. 그때 그들은 조용한 곳이 필요했다. 일상에 지쳤고, 서로 자주 다투던 참이었다. 이럴 거면 차라리 헤어지는 게 낫지 않을까. 상주가 우울한 얼굴로 말했고, 그 말에 상처 입어 유진도 아무 말도 하지 않는 나날이었다. 한집에서 사는 그들은 서로 피하지도 못한 채 우울한 얼굴로 마주 보고도 애써 못 본 척 다른 곳으로 시선을 돌렸다. 하지만 집 안은 익숙한 것들로 둘러싸여 있었다. 그들의 머리 냄새가 밴 베개, 방금 전까지 마셨던 물컵, 칫솔, 매일 같은 자리에 두던 코트, 그리고 운동화……. 그러다 갑작스럽게 상주가 물었다. 우리 겨울 바다 보러 갈래? 그것은 화해를 하자는 뜻이었으므로 유진은 기다렸다는 듯 힘차게 고개를 끄덕였다. 상주가 웃었다. 모처럼 기분 좋게 온 여행이었다. 그래서 누런 벽지와 낡은 가구, 켜켜이 먼지가 쌓여 있는 방조차 근사해 보였다. 우리 진짜 아무것도 하지 말자. 상주는 그렇게 속삭였었다.

유진은 낡은 소파에 앉아 맞은편 창문을 열었다. 커다란 창 너머로 조성된 산책로가 보였는데, 그곳에서 젊은 부부와 남자아이가 배드민턴을 치고 있었다. 겨울인데도 부자는 반바지를 입고 있었고 여자는 긴 패딩을 입고 있었다. 하지만 모두들 플립플롭을 신고 있었다. 배드민턴을 치는 것보다 그들 옷차림의 차이 때문에 눈길이 갔다. 아이의 아빠는 가로등 불빛에 의지한 채 아이가 쉽게 받을 수 있도록 콕을 넘겨주고 있었다. 하지만 아이는 서투르게 배드민턴 채를 휘둘렀고, 자주 콕을 놓쳤다. 아이는 화를 내고 있었다. 자신이 아니라, 아빠에게. 아, 아빠, 다시. 그렇게 하면 안 돼, 다시. 아이는 바짝바짝 약이 오른 것 같았다. 유진도 그랬다. 이따금 상주와 배드민턴을 칠 때가 있었는데, 놀랍도록 단 한 번도 이긴 적이 없었다.

"사실은 말이야……."

상주는 비밀을 말해주었다. 그들이 사귀기 전 다른 친구들과 냇가에 놀러갔을 때였다. 유진은 상주와 조금 떨어진 곳에서 다른 남자아이와 배드민턴을 쳤었다. 상주는 그녀의 관심을 끌기 위해 자꾸만 서투른 척 그쪽으로 공을 보냈다고 했다. 자신을 봐주기를 바라면서, 이쪽으로 시선을 끌기 위해. 하지만 유진은 땀을 흘리며 경기에만 집중하고 있었다. 그래서 얼마나 애가 탔는지 몰라. 상주는 조금 볼멘소리로 중얼거렸다.

"조금이라도 네가 날 봐주면 좋겠다고 생각했어."

처음에는 신경도 쓰지 않았다. 하지만 자꾸만 엉뚱하게 이쪽으로 날아오는 콕 때문에 몇 번이나 경기를 멈춰야 해서 신경이 거슬리기 시작했다. 누군가가 웃음을 터뜨리며 상주, 배드민턴 처음 치나봐 하는 말에 그 사람이 상주라는 것을 알았고, 화를 조금 누그러뜨릴 수 있었다. 조금 쉬었다가 하자. 같이 배드민턴을 치던 친구가 다가와 유진의 어깨를 잡았다. 그 순간 유진은 이마에 가벼운 통증을 느꼈다. 아얏. 이마를 문지르며 주변을 살피자 상주가 뻔뻔한 얼굴로 미안, 이라고 말하며 한가운데로 걸어와 콕을 주웠다.

"그럼 일부러 못 치는 척한 거야?"

유진은 어이없는 목소리로 물었다.

"응."

"그냥 네 쪽으로 봐주길 원해서 그런 거라고?"

"응."

"순전히 그것 때문에 내 이마를 맞춘 거야?"

"응."

상주는 여전히 뻔뻔한 얼굴이었다.

"와, 속았어. 철저히 속았어."

유진은 사귀는 동안 함께했던 배드민턴 내기들을 떠올렸다. 저녁을 먹고 설거지를 하는 것, 그리고 떨어진 원두나 세제를 사오는 것 같은 귀찮은 일을 두고 그들은 자주 내기를 했었다. 상주가 진 적이 없어서 매번 유진이 도맡아서 하던 일들이었다. 하지만 유진은 자꾸만 웃음이 나왔다.

"그리고 또?"

"뭐가?"

"또 뭐가 있는데?"

유진은 상주에게 얼굴을 가까이 들이밀었다.

"네가 나한테 관심을 끌려고 했던 거 또 말해봐."

"싫어."

상주는 얼굴이 조금 붉어진 채 그녀의 시선을 피했다.

"아, 왜, 말해줘."

유진은 상주를 붙잡았다. 상주는 그녀의 옆에 누워 기억이 안 나,라고 시치미를 떼다 마지못해 하나둘씩 이야기하기 시작했다. 유진이 기억하거나, 기억할 수 없는 일들. 그녀는 눈을 감고 상주의 목소리에 집중했다. 그리고 이야기가 끝나갈 무렵에는 다시, 다시 이야기해줘 하고 상주에게 졸랐다. 상주는 전보다 조금 더 붉어진 얼굴로 여전히 그녀의 눈길을 피하면서 처음부터 더듬더듬 이야기를 시작하다가 어느 순간부터는 유진의 눈을 똑바로 보고서 물었다.

"정말 몰랐어?"

"응, 몰랐어."

"거짓말."

거짓말하지 마. 상주는 자신이 그렇게 티를 냈는데 몰랐을 리가 없다고 했다. 정말 몰랐으면 오래된 친구 사이인 그들이 이렇게 만날 수 없을 거라고 했다.

"아니, 난 정말 몰랐는데."

유진은 끝까지 모른 척했다. 그리고 후회했다. 그냥 솔직했어도 괜찮았을 텐데, 끝까지 묘한 자존심을 부렸다는 생각에 부끄러웠다. 나중에 그들이 헤어지고 나서 다시 오래된 친구 사이로 돌아갔을 때도 그 일을 생각했고, 자주 부끄러운 마음이 되었다. 어떨 때는 울고 싶은 마음이 들 정도로 후회하기도 했다.

다음날 유진은 근처에 있는 사찰을 찾았다. 지역 명소로 아주 오래된 곳이라고 들었는데 일주문부터 크고 화려했다. 전소. 소각. 재건. 나중에 입구에 있는 안내판을 보고 나서야 10년 전쯤 이곳이 산불로 인해 모두 불타서 없어졌고, 다시 지은 절이라는 것을 알 수 있었다. 야밤에 마을 주민들이 모두 대피해야 했었던 아주 큰 산불이었다. 그녀는 꼼꼼히 시커멓게 그을린 폐허를 찍은 사진과, 불에 사라진 석탑이나 절을 그린 그림을 봤다. 구불구불하고 좁은 길을 따라 들어가니 예상보다 절이 크고 웅장했다. 수십 개의 연등이 바람에 이리저리 흔들리고 있었고, 어디를 가도 사람들이 많았다. 여기저기 향냄새가 퍼지고 있었다. 사람들은 앞다퉈 대웅전에 들어가 절을 하고 기와에 가족들의 이름을 적었다. 그녀도 들어가서 덩달아 절을 했다. 딱히 빌 것이 없었는데도 그랬다. 원래 이런 곳에 와서는 절을 하고, 기도를 드리는 것이니까. 누군가 어디서 쌀을 한 줌 봉지에 담아 와 제단에 놓았다. 알록달록한 큰 알사탕이나, 물 한 병, 과자나 돈도 있었다. 유진도 천 원짜리 한 장을 꺼내놓았다. 나중에 보니 법당마다 제물이 있어서, 그녀는 계속해서 돈을 꺼내 올려두고 절을 했다. 불상 앞에서 절을 하고, 다시 탱화 앞에서 절을 하는 식이었다. 등줄기에서 땀이 흘렀다. 추운 날씨인데도 몸을 움직일 때마다 자신에게서 나는 희미한 땀냄새를 맡을 수 있었다.

"아가씨 밥 먹고 가."

절을 하다 문득 고개를 올려보니 법복을 입은 할머니가 그녀에게 말을 건네고 있었다. 밥 있어, 먹고 가. 아까부터 그녀를 유심히 지켜본 사람 같았다. 뭔가 불심이 깊은 사람으로 오해받은 것 같아 그녀는 부끄러웠다. 괜찮다고 손사래를 치자, 노인은 다 먹고 가는 건데, 뭘. 괜찮아, 먹고 가라고 건너편을 가리켰다.

노인 말대로 식당에는 사람들이 한 차례 빠져나가고 있는 중이었다. 큰 절인 만큼 사람들에게 식사를 제공하는 것 같았다. 자리를 잡고 가서 밥솥을 열자 뜨거운 김이 공중에서 흩어졌다. 그녀는 한 차례 사람들이 먹고 남은 반찬들을 자리로 가져와 천천히 먹었다. 찐 밥과 여러 찬들은 놀랍도록 아무 맛이 없었다. 아가씨 어디서 왔어? 그녀의 옆에서 같이 식사를 하던 법복을 입은 사람들이 물었다. 서울이요. 그렇지, 다들 서울에서 오지. 아, 어디 서울에서만 오나. 전국 팔도에서 다 오지. 그들은 아무것도 아닌데도 싸우듯이 말하다가 다시 밥을 먹는 데 집중했다. 유진은 그들의 대화를 듣고 이 절에 사람들이 많이 오는 이유가 모든 게 타버렸는데도 화마에서 살아 남은 작은 목재 불상이 있어서라는 것을 알았다. 어쩐지 거짓말 같았다. 모든 게 다 타버렸는데도 남은 것. 그런 게 정말 가능한가. 영원히 남는 것. 사라지지 않는 것이. 잠시 후 그녀에게 밥을 먹고 가라고 한 노인이 들어왔다.

"밖에 눈이 오네."

정말 그녀의 머리 위로 하얀 서리가 내려앉아 있었다.

그들은 눈이 그칠 동안 잠시 기다렸다. 올해는 이르게 눈이 내리네. 어쩐지 따뜻하더라. 아니, 눈이 오는데 왜 따뜻해? 원래 눈 내리는 날이 따뜻한 거야. 그것도 몰랐어? 그들은 다시 옥신각신하다 귤이나 약과를 꺼내 먹었다. 유진에게도 한사코 권유해서 그녀는 그것을 받아 가만히 쥐고 있다가 슬며시 다시 제자리에 두었다.

"왜 혼자 왔어? 신랑이랑 같이 오지."

유진은 재우와 결혼하지 않았지만, 회사일 때문에 바빠 자신밖에 올 수 없었다고 했다. 언젠가 상주는 그가 좋은 사람이라고, 그녀가 꼭 그와 결혼을 했으면 좋겠다고 말한 적이 있었다.

"나쁜 사람 옆엔 마땅히 좋은 사람이 있어야 해. 그래야 세상의 균형이 맞지."

"뭐라고."

유진은 맥주를 마시다 그녀를 향해 눈을 치켜떴다. 그럼그럼. 그 말에 재우가 고개를 끄덕였다. 그는 그들이 그저 아주 오래된 친구 사이인 줄로만 알고 있었다. 사실 그를 만나기 훨씬 이전, 아주 오래전에 그들은 헤어졌고, 친구 사이로 돌아가 보낸 시기가 훨씬 더 길었으므로 그 말이 아주 틀린 것도 아니었다. 그날 그는 기분이 좋다며 3차까지 쏘겠다고 했지만, 상주는 몸이 피곤해 먼저 집에 가겠다고 했다. 열대야가 심한 밤이었는데, 재우와 유진이 함께 버스를 기다려주었다. 상주는 버스에 올라타 그들을 보고 웃으며 짧게 손을 흔들었다. 조금 더 오래 인사를 나누고 싶었는데 차가 빨리 출발해 그럴 수 없었다.

"그럼 여기 여행 온 거야?"

노인이 물었다.

"아니요. 친구 만나러요."

"친구?"

"네."

유진은 창밖에 내리는 눈을 잠시 걱정스럽게 바라보았다. 나머지 노인들은 심심한지 유진이나 재우의 출생 연도를 묻다가, 육십갑자로 무오년인지, 신유년인지를 가지고 다퉜다. 그러다가도 모두 입을 다물고 창밖의 경치를 구경했다. 눈이 그쳤을 땐 모두들 일을 해야 한다며 흩어졌다. 밖으로 나가는 유진을 누군가 붙잡아 뒤돌아보니 노인이 있었다.

"친구랑 나눠 먹어."

그녀는 남은 귤과 과자를 모두 넣은 검은 봉지를 유진의 손에 쥐여주고는 들어가버렸다.

유진은 불상을 보지 못했다. 모든 것이 타버렸는데도 조금 그을렸을 뿐 멀쩡했다던 그것을 보고 절을 하고 싶었지만 도무지 어디 있는지 찾을 수 없었다. 법당이 너무 많았다. 그러다 무심코 들어간 곳이 죽은 사람들을 모셔놓은 곳이라는 것을 깨달았다. 커다란 액자에 한 남자가 무심한 얼굴로 그녀를 보고 있었다. 주름 하나 없고 머리가 새카만 남자가 유진을 쏘아보고 있었다. 갓 가정을 꾸렸거나, 아니면 한참 키워야 할 딸이 있는 사람. 유진은 그런 느낌이 들었고, 자꾸만 그런 확신이 들었다. 그의 앞에는 계절에 맞지 않는 커다랗고 탐스러운 과일들이 놓여 있었다. 그리고 그 뒤로 그보다 죽은 지더 오래된 사람들의 작은 사진과 이름들이 적힌 종이가 빽빽하게 벽에 붙어 있었다. 대부분 나이가 많은 노인들이거나 중년의 사람들이었다. 그리고 그 가운데 아주 어린아이의 사진도 있었다. 아이는 웃고 있었다. 유진은 도망치듯 그곳을 빠져나왔다.

절에서 다른 출구로 나와 조금 걸은 끝에 버스 정류장을 찾을 수 있었다. 유진은 정류장 안에 있는 플라스틱 의자에 앉지 않고 나와서 기다렸다. 들어가자마자 뚜렷이 소변 냄새가 나서 도저히 그 안에서는 기다릴 수 없었다. 그녀는 찬바람을 맞으며 기다렸다. 언제 올까. 정말 오는 게 맞긴 한 걸까. 아까 절에서 시간을 너무 지체한 것은 아닌지 모르겠어. 유일하게 그곳으로 가는 차였다. 그마저도 산 입구까지만 갈뿐 그 후부터 유진이 걸어 올라가야 할 길이 문제였다. 정류장 바깥에는 시간표가 붙어 있었다. 하지만 너무 오래되어서 중앙 부분이 하얗게 변해버려 시간을 읽을 수 없었다. 그 옆에는 오래된 소주 광고지가 붙어 있었다. 바람이 불 때마다 한쪽 귀퉁이가 파닥거렸다. 유진은 무언가를 보면서 시간을 보내고 싶었지만, 휴대폰을 열어도 데이터가 느렸고, 혹시나 그사이 버스가 자신을 못 보고 지나칠까봐 무서웠다. 그녀는 조금 더 도로와 가까운 곳에 서서 불어오는 바람을 향해 서 있었다. 잠시 후 멀리서 군내버스가 오고 있는 것이 보였다. 유진은 손을 들었다. 멀리서부터 차가 주춤하며 그녀 앞에 섰다.

그녀가 올라타자 기사를 포함해서 버스 안에 있던 사람들의 시선이 쏠렸다. 그들은 모두 비슷하게 보였고 서로를 잘 아는 사람들 같았다. 그들은 모두 경계하는 눈빛으로 이방인을 보다 자신들끼리 수군거리다 금방 다시 입을 다물었다. 유진은 모른 척 창문이 조금 열려 있는 빈 좌석으로 가 앉았다. 그녀가 앉기도 전에 차는 출발했다. 마지막 종착지 부근에 목적지가 있었으므로 오랜 시간을 가야 했다. 유진은 잠깐이라도 눈을 붙이고 싶었지만, 이상하게도 잠이 오지 않았다. 창밖으로 드넓은 들판이나, 낯선 마을 입구를 볼 때마다 아직 도착하기에는 멀었다는 것을 알면서도 깜짝깜짝 놀라며 다시 자세를 고쳐 앉고 여기가 어디인지를 가늠했다. 그사이 손님이 하나, 둘 내릴 때마다 그들은 인사를 하며 아쉬워했다. 형님, 잘 가. 응, 또 봐. 그리고 다시 누군가 올라타면 알은체를 하며 반가워했고, 가벼운 대화를 나누다가 다시 헤어지는 식이었다. 어느 순간부터는 모두 사라지고 기사와 그녀를 포함해서 두세 명의 승객들이 타고 있었다. 열어둔 창문으로 거름 냄새가 났다. 그녀는 창문을 닫아버렸다. 모두 말이 없어 차 안이 고요했다. 잠시 후 기사는 라디오를 틀었다. 뉴스나 시간, 날씨, 때때로 이곳과는 전혀 상관없는 곳의 교통상황이 들렸다. 그러다 지구촌 해외 토픽이라는 뉴스가 나왔다. 칠레의 절벽에서 어떤 여자가 떨어져 죽었다는 이야기였다. 평상시에도 세계 곳곳의 절벽에서 사진을 찍어 사람들의 시선을 끄는 사람이었는데, 아마 조금 더 멋진 사진을 찍어보려다 사고를 당한 것 같다며 안전에 유의해야 한다는 이야기가 덧붙었다.

"미친년."

운전기사 바로 뒤에 앉은 한 노인이 소리쳤다. 색깔이 고운 등산복을 겹겹이 받쳐 입은 그녀는 양손으로 지팡이를 잡고서 가볍게 몸을 떨며 말했다.

"뭐 하러 그런 데를 가."

"그러게요."

운전기사도 앞을 보면서 대답했다. 그녀는 누군가 자신의 말에 대답을 해준 것이 조금 신이 난 듯했다.

"미친년."

이번에는 아무도 대답을 하지 않았다.

"뭐 하러 그런 데를 가느냔 말이야. 세상에는 별별 년놈들이 다 있어."

노인은 가래가 끼었는지 거친 숨소리를 내며 기침을 했다. 소리는 점점 거세졌고, 유진은 잠시 망설이다, 하차 벨을 눌렀다.

뭐가 그렇게 듣기가 싫었을까. 유진은 한참 동안 노인의 숨소리를 떨칠 수 없었다. 적막을 깨는 거친 숨소리나 가벼운 적의도 싫었지만, 무엇보다 '년' 소리에 마음이 상했다. 그 미묘한 어감이 어딘지 자신의 마음을 끊임없이 괴롭히고 있었다. 그래, 세상에는 별별 사람이 있고, 사람의 마음은 참 이상하고……. 유진은 그 순간 자신이 상주를 떠올리고 있다는 것을 깨달았다. 상주는 산에서 눈을 보고 싶었다고 했다.

"사실은 말이야. 여기 말고 다른 데 가고 싶었어."

여행의 마지막 날 상주는 맥주를 마시면서 말했다.

"겨울 바다가 보고 싶었다며?"

"그렇긴 한데…… 여기 말고 아주 먼 곳."

"먼 곳 어디?"

"그냥. 아주아주 눈이 많이 내리는 곳."

"그래, 그러니까, 어디."

유진이 답답해하며 말하자, 상주는 글쎄 니가타나 삿포로나 뭐 그런 곳, 눈만 많이 오면 어디든 상관없어, 하고 말했다.

"설경이 보고 싶었던 거야?"

유진의 물음에 상주는 그렇긴 한데…… 조금 특별한 풍경이 보고 싶었다고 했다.

"산에서 하얀 눈이 내리는 아래를 보고 싶었어."

정말 끝도 없이, 그냥 한없이 뒤덮인 하얀 곳…… 그런 게 보고 싶었어. 상주는 아무도 없는 인적이 드문 곳에서 한없이 투명한 것을 보다 사라져도 좋을 것 같다고, 아주 멋지지 않느냐고 물었다. 유진은 왜 그런 게 보고 싶으냐고 물었다.

"그냥 눈 밟는 소리도 듣고."

"그리고?"

"그냥 보는 거지. 그렇게."

유진은 여전히 의문이 들었지만, 그래, 세상에는 다양한 형태의 소망이 있는 법이니까, 막상 상주의 말을 듣고 보니 아주 멋진 풍경일 것 같다는 생각이 들면서 덩달아 보고 싶어졌다. 상주는 충분히 그런 곳에 갈 수 있었음에도 이제 막 아르바이트 자리를 구하고 영어 학원에 등록한 그녀 때문에 이곳으로 온 것이었다. 그간의 미묘한 다툼과 침묵들이 생각나면서 유진은 미안해졌다.

"그런데 너랑 있는 게 더 중요해."

상주는 갑자기 진지한 얼굴로 그렇게 말했다.

"진짜야. 그냥 이렇게 조용한 곳에서 너랑 단둘이 있는 거. 그거면 난 만족해."

"다음에 가면 되지."

유진은 그렇게 말하며 맥주캔을 내밀어 상주가 쥐고 있는 캔에 가볍게 갖다댔다. 그것은 약속을 할 때 손가락을 거는 것 대신이었다. 그녀는 점점 술기운이 오르는 것을 느끼며 쾌활하게 말했다.

"우리 다음에 여기 또 오자."

"응."

"니가타도 가고."

"응."

"그때는 하루 종일 너랑 같이 눈 내리는 걸 구경할게."

"정말?"

"응."

유진은 자신이 알고 있는 눈이 많이 내리기로 유명한 북유
럽 나라들의 이름과 명소들을 이야기했다. 그때마다 상주는
그녀의 눈을 똑바로 보며 정말? 진짜지? 하고 꼬박꼬박 그 말
들을 되풀이했다. 아주 오래전의 일이었다.

유진은 천천히 등산을 했다. 벌써 몇몇 등산객들은 내려오
고 있었다. 그들은 혼자서 산에 오르는 그녀를 보고 의아해
하는 것 같았지만 이내 무심한 얼굴로 자신들끼리 이야기를
하며 내려갔다. 유진은 쉬지 않았다. 차갑고 축축한 흙냄새
가 진동하는 곳에서 더 깊이 숨을 들이마셨다. 어느 순간부
터는 목덜미에 잔잔히 땀이 맺히기 시작했다. 그녀는 뒷목
을 훔친 후 계속 걸었다. 입고 있던 겉옷은 벗어서 허리춤에
묶었다. 안으로 들어갈수록 경사가 심해졌고, 비탈길이 이
어졌다. 그러다 발을 헛디뎌 넘어졌다. 고운 흙으로 덮여 있
어서 바위가 있다는 것을 모르고 그곳으로 발을 디딘 탓이
었다. 한 차례 눈이 내렸다가 그친 탓에 바위에 붙은 이끼가

물기나 습기를 머금고 있었고, 그 때문에 미끄러웠다. 유진은 자신이 다리를 벌린 채 양손으로 젖은 흙을 한 움큼 움켜잡고 있다는 것을 깨달았다. 냉큼 자리에서 일어나 무릎에 묻은 흙을, 손에 있는 작은 나뭇가지들을 털었다. 손바닥에는 작고 붉은 상처들이 생겼다. 손을 털 때마다 아릿한 느낌이 들었다. 나중에는 통증 때문에 끊임없이 주먹을 쥐었다가 폈다.

유진은 통증을 참고 양손으로 스틱을 쥔 채 한 걸음씩 내딛었다. 이따금 내려오는 사람들은 빤히 그녀를 쳐다봤다. 잔뜩 진흙이 묻은 채 지팡이를 짚고 절뚝거리는 여자. 일행도 없이 산을 오르는 그녀를 이상한 눈으로 쳐다봤고, 유진이 자신들 곁에서 멀어지는 것을 확인하고는 어떻게 여기까지 올라왔대? 하고 말했다. 산이고 우거진 곳이라 조금만 말해도 말소리가 울린다는 것을, 그래서 유진이 들을 수 있다는 것을 모르는 것 같았다. 그러거나 말거나 유진은 계속해서 올라갔다. 갈 수 있는 곳까지 가보고 싶은 마음이었다.

등산로와 전망대. 어디로 가야 하나. 유진은 잠시 눈앞에 있는 표지판을 보고 고민했다. 등산로로 올라간다면 말 그대로 정상까지 올라간다는 것이었고 그것은 불가능해 보였다. 겨울이라 해가 짧았다. 그럼 전망대 쪽으로, 하고 선택할까 싶었지만 그래도 알 수 없었다. 상주는 어디로 갔었을까. 유진은 잠시 고민했고, 결국 알 수 없음으로 일단 전망대 쪽으로 방향을 틀었다. 아까보다는 완만했지만 전보다 더 길이 길고 재미가 없었다. 그래서 더 힘이 들었다. 그래도 무언가 있으니까 전망, 말 그대로 무언가 볼 수 있는 곳 아닐까. 유진은 막연하고 희미한 바람을 안고 본능적으로 조금씩 어두워지는 사위를 향해 걸어갔다. 잠시 후 축축한 안개 같은 기운이 점점 더 다가오고 있다는 것을 느꼈다. 그녀는 군데군데 흰 눈이 뭉쳐 있는 것을 발견했다. 높고 어두운 곳이라 낮에 내렸던 눈이, 혹은 그 이전에 내렸던 눈이 아직 녹지 않은 것 같았다. 지저분하고 추적추적한 길이 점점 눈이 녹지 않은 안쪽으로, 환한 눈밭으로 변해갔다. 신기하다. 유진은 하얗게 눈이 쌓인 땅 위로 발을 디디며 생각했다. 그녀가 발을 움직일 때마다 작게 뽀드득거리는 소리가 들렸다.

힘들게 도착했지만 막상 전망대에서 보이는 풍경은 멋지지 않았다. 유진이 걸어온 방향으로 전망대를 설치한 탓에 걸어오면서 그녀가 봤던 풍경들을 위에서 보는 것과 같았다. 조금 더 드넓게 펼쳐진 마을과 가게들, 그리고 도로가 보였다. 그녀는 자신이 있는 곳이 생각보다 높은 곳이 아닌 것을 알고는 조금 실망했다. 잠깐 숨을 고르고 쉬고 싶었으므로 유진은 쉴 만한 곳을 찾아보았다. 전망대에서는 사람들이 모두 벤치에 앉아 사진을 찍거나 시끄럽게 떠들고 있었기에 마땅히 쉴 만한 곳으로 보이지 않았다. 유진은 그대로 뒤를 돌아 내려오면서 길이 아닌 나무가 우거진 안쪽으로 방향을 틀었다. 오히려 그곳이 더 조용하고 쉬기에 알맞을 것 같았다. 잠시 후 그녀는 거대한 고목을 발견했고, 땅 위로 솟아오른 딱딱하고 축축한 뿌리 위에 걸터앉았다. 그리고 그 앞에 펼쳐진 작지만 새하얀 눈밭을 바라봤다. 어느 지점을 사이에 두고 검은 흙이 군데군데 드러나며 눈이 녹고 있었지만, 그녀의 눈앞에 누구도 밟지 않은 영역이 조금이나마 있었다. 유진은 서서히 땀이 말라가고 있는 것을 느꼈다. 목이 말랐다. 그녀는 가방에서 귤을 꺼내 하나씩 먹었다. 머리 위 우거진 나뭇가지 사이로 긴 햇볕이 내리쬐고 있었다. 본격적으로 노을이 지기 전의 볕 같았다. 아무도 없는 고요한 곳에서 유진은 천천히 귤을 먹었다. 오로지 귤을 씹는 작은 소리만이 들렸다. 귤을 다 먹고는 깊이 숨을 쉬어보고 한참 동안 가만히 있었다. 적막하고 고요했다. 한참 후 그녀는 자신이 무언가를 기다리고 있다는 것을 깨달았다. 뭘까. 대체……. 잠시 후 그녀는 상주가 보고 싶어 했던 것, 정확히 말하면 그들이 함께 보자고 했던 바로 그 풍경을 볼 수 있을 거라고 자신이 막연하게 믿고 있었다는 것을 깨달았다. 시간이 흐를수록 무너지고, 나중에는 처절한 실망감이 들면서도 유진은 그 자리를 떠날 수 없었다. 그녀는 다시 숨을 고르고, 기다렸다. 놀랍도록 아무것도 느낄 수 없었다. 아무것도. 오로지 자신이 결코 닿을 수 없는 것, 바로 그 앞에 서 있다는 것만 체감할 수 있었다.

시간이 얼마나 지났을까. 이제 가야 해. 유진은 생각했다.

그녀는 자리에서 일어나면서 자신의 몸이 굳어 있다는 것을 깨달았다. 재우에게서 몇 통의 문자가 와 있었다. 그는 유진이 어디쯤이고, 오늘은 무엇을 봤는지 궁금해했다. 유진은 잠시 망설이다 전망대에 올라 온통 눈으로 뒤덮인 아름다운 풍경을 보았다고 답했다. 그리고 나중에 다시 연락을 하겠다고 덧붙였다. 유진은 등산로로 방향을 바로잡아 걷기 시작했다. 저 멀리 앞서가는 사람들의 뒤통수를 볼 수 있었다. 그녀는 뒤돌아보지 않았다. 내려가는 길은 이전보다 훨씬 수월했다. 충분히 쉬었던 탓에 다리도 후들거리지 않았다. 유진은 정확히 방금 전 자신이 걸었던 익숙한 길을 천천히 짚으며 걸었다. 그런데 어느 순간부터 아주 이상한 기분이 들었다. 누군가가 자신을 지켜보고 있는 것 같았다. 조금 전 그녀가 있던 바로 그 자리에서 서서 자신 쪽으로 돌아봐주기를, 안타깝게 그녀를 보고 있는 것만 같은 기분이 들었다. 잠깐이라도 자신을 봐주기를 바라는 마음. 왜 자꾸 그런 간절한 기분이 드는지 모르겠다고 생각했다. 무언가를 남겨두고 온 것 같았다. 그리고 다시 생각했을 때는 자신이 남겨진 것 같기도 했다. 그리고 그곳을 떠날 때까지, 아주 한참을 멀리 떠날 때까지 유진은 끝내 그 알 수 없는 기분을 떨칠 수 없어 소리 내어 울고 싶어졌다.

리틀 시즌

한정현

한정현

2015년 동아일보 신춘문예에 당선되며 작품활동을 시작했다. 소설집 《소녀 연예인 이보나》, 장편소설 《줄리아나 도쿄》《나를 마를린 먼로라고 하자》가 있다. 오늘의작가상, 젊은 작가상, 퀴어문학상, 부마항쟁문학상을 수상했다.

#여름_1

　매해 연말이 되면 그런 생각을 떠올린다, 올해 여름은 수박
을 마음껏 먹지 못했다는 것.

　핸드폰 사진첩을 뒤적이는데 어느 순간부터 수박 사진들
이 나온다. 깍둑썰기해서 락앤락 통에 담아놓은 사진도 있고
이마트에서 산 수박 반쪽 모양의 플라스틱 수박 가방 사진도
나온다. 이 수박을 사면 버릴 때 두 배로 죄책감이 든다는 메
모가 있다. 그런가 하면, 그 수박 가방의 겉면에 붙은 스티커
를 클로즈업한 사진도 있었다. 남자와 여자가 포옹하고 있는
스티커에는 '넌 나의 반쪽'이라고 쓰여 있었다. '대체 한국인
들은 왜 이렇게 반쪽에 집착하는가? | 그 반쪽은 왜 꼭 남자,
여자인지? 나를 포함.' 그 밑에는 이런 메모를 남기기도 했다.

말이 조금 길어졌지만, 이러다가 입버릇처럼 튀어나오는 말은 결국, 아 수박을 좀 더 먹었어야 했어,이다. 그런데 생각해보면 아주 못 먹은 것만도 아니다. 집 앞 시장에서 네다섯 번, 이마트24에서 반쪽 두어 번, 로켓프레시로도 서너 번 정도. 로켓프레시로 주문한 수박은 친환경 포장 요청을 했더니 종이박스에 담겨왔다. 그것이 귀여웠는지 사진이 여러 장 있었다. 물론 이제 쿠팡 회원 탈퇴를 했기 때문에 내년 여름엔 수박을 먹어도 그 사진은 핸드폰에 없을 예정이었다. 말이 길었지만 결국 이거였다. 역시, 수박에게만큼은 만족의 느낌이 들지 않는다는 것. 여름 내내 먹는 과일이라곤 정말 수박이 전부이고 그게 모든 것인 나라서 그런 걸까.

"수박만큼은 정말이지 마음을 다해서,라는 말이 떠오르지 않는 과일이네……."

이렇게 중얼거리던 나는, 문득 이 말을 누군가에게서 들은 것 같다는 생각을 했다. 정작 그 누군가가 기억나지는 않았는데, 이런 건 꼭 더는 궁금해하지 않는 순간에 떠오른다. 나는 핸드폰을 내려놓았다. 기억을 떠올리는 것만큼 중요한 것이 일상을 살아내는 것이었다. 게다가 요즘 나에게는 챙겨야 할 존재가 있었다.

"밥 먹자, 자자야. 밥 먹자."

나는 푹 삶은 북어와 펫 간식숍에서 산 한우곰탕을 건사료

와 함께 두었다. 물그릇에도 새로운 물을 채웠다. 아마 오늘도 자자는 아주 느릿한 속도로 나올 것이다. 다른 집 반려견처럼 꼬리를 흔들거나 앞발을 들고 뛰어도 좋겠지만, 나는 이것이 자자만의 방식이라고 느낀다. 내가 자자의 밥을 챙겨준다고 해서 꼭 나에게 꼬리를 흔들고 안길 필요가 없었다. 생각해보면 인간도 인간을 잘 못 믿게 된 처지에, 동물들이 사람을 믿고 밥을 먹어주는 것은 참 고마운 일이었다. 사실 자자는 처음 이 집에 와서 나흘 동안 밥을 먹지 않았다. 잠도 자지 않았다. 밥을 먹게 된 이후에도 몇 개월은 내가 방에 들어가 책을 읽거나 타자 치는 소리를 내야 겨우 나와 허겁지겁 삼키듯 먹는 게 전부였다.

"나는 이제 그만 들어가서 책 좀 읽어야겠네?"

나는 자자가 이미 배가 고플 시간이라는 걸 알고 있었다. 반려견이라고 하면 사람들은 토이푸들이나 말티즈, 비숑 같은 강아지들을 떠올린다. 그래서 자자의 사진을 보여주면 사람들은 잠시 할 말을 찾다가 겨우, 늠름하네, 하고 만다. 자자는 몸집이 큰 믹스견이다. 흔히 말하는 '누렁이'. 자신의 몸을 움직일 정도만 먹는다고 해도 많이 먹어야 했다. 나는 일부러 큰 소리를 내며 방문을 닫고 들어가 노트북 타자를 쳤다. 한참을 그러고 있다 소리 내는 걸 멈추면 자자가 조금은 급하게 밥을 먹는 소리가 들려온다. 나는 조심스레 방문을 열고 꼬리가 하늘로 말려 올라가 있는 자자의 뒷모습을 보았다.

자자, 나의 자자.

이름이 자자야? 사람들은 반려견 이름을 묻고서 낯선지 꼭 다시 한번 되묻는다. 그러면 나는 다시 설명해준다. 네, 맞아요. 잠을 자자, 할 때 자자요. 자자는 이 집에 온 뒤 나흘이 지나 밥을 먹기 시작하고도 한동안 졸기만 할 뿐 절대 잠을 자지 않았다. 자자의 입장에서는 당연한 일이었다. 내가 자자를 만나기 전 자자는 좁은 뜬장에 갇혀 원치 않은 출산과 임신을 반복하며 10년 생의 대부분을 보냈다. 자자는 강제 교배시킬 때 방해가 된다는 이유로 치아와 발톱 대부분이 제거된 상태였다. 그래서일까, 뜬장의 철문을 열어도 자자는 꼼짝하지 않고 몸을 떨기만 했다. 그러다 구조를 도와주셨던 수의사 선생님이 손을 뻗자 그 자리에서 오줌을 반복적으로 싸기만 했었다.

"아마 내가 번식장 주인하고 비슷하게 느껴졌을지도 몰라요. 성인 남성이잖아요."

자신이 알고 있는 가장 거대한 공포 앞에서 소리조차 내지 못하고 기겁해버린 자자는 시 보호소로 옮겨지고 나서도 밤에만 겨우 밥을 먹고 물을 마셨다고 했다. 사람과 빛을 피하던 자자. 입양을 가지 않으면 안락사가 예정된 보호소였지만 노령에 애교라곤 조금도 없는 자자를 데려갈 사람은 없었다. 게다가 한국은 믹스견은 꺼리고 품종견을 선호하는 곳이었다. 혈통이 없는 개라는 거였다. 몇 번의 고심 끝에 나는 자자를 데리고 왔다. 집에 온 이후에도 한동안 자자는 해가 들지 않는 보일러실 구석에서 종일 몸을 말고 있었다. 나는 수의사 선생님의 권고에 따라 자자의 눈을 마주치지 않고 게걸음으로 다가가 밥을 놔두었다. 목줄을 가져다 대면 올가미 생각이 나서인지 기겁을 하는 자자에게 산책을 하자고 조르지도 않았다. 나는 자자를 그저 두기로 했다. 다만 자자가 있는 보일러실의 문은 늘 열어두었다.

"자자야, 밥 많이 먹어."

내가 조그맣게 소리를 내자 자자의 꼬리가 일시정지 상태가 되었다가 다시 느린 헬리콥터처럼 빙글빙글 움직였다. 내 말에 자자가 도망치지 않은 지도 얼마 되지 않았다. 자자는 가만히 나를 바라보다가 곧 다시 물을 조금씩 핥았다. 자자는 마음뿐 아니라 몸도 많이 상한 상태였다. 산책 없이 얼마나 오래 뜬장에서만 지냈는지 발바닥은 조금만 걸어도 생채기가 날 정도로 물렁거렸다. 나는 마른 자자의 등을 언젠가 한번은 쓸어주면 좋겠다고, 하지만 지금은 이렇게 나를 피하지 않는 것만으로도 고맙다고, 그런 생각을 했다.

사실 자자의 원래 이름은 수박이었다. 자자가 된 수박이. 물론 단지 내가 수박을 너무 좋아해서만은 아니었다. 그것은 내가 자자를 처음 만난 것과도 관련이 있었다.

자자를 처음 만났던 날, 나는 집에서 쓰지 않는 요거트 기계를 팔아볼까 싶어서 길 건너 아파트 단지에서 열리는 플리

마켓에 참여했었다. 막상 가보니 요거트 기계는 그냥 나눔하는 게 나을 것 같아서 기증하고 돌아선 참이었다. 더운 여름 오전이었는데, 아파트 단지와 뒷산으로 가는 골목 초입에 수박 트럭이 서 있는 게 보였다. 냉장고에 이미 사다 둔 수박이 있었지만, 가격이 괜찮다는 평계로 괜히 하나 더 샀었다. 돈을 빌러 와서 오히려 쓴 셈이었지만 수박이니까 다 괜찮다는 생각을 하며 햇빛을 피해 골목으로 접어들었다. 한 번도 와보지 않은 골목이네,라는 생각은 개 짖는 소리에 묻혀버렸다. 놀라 들고 있던 수박을 떨어트렸는데 굴러간 수박이 멈춘 자리에서 가장 먼저 보인 건…… 개를 갈아넣는 기계와 올가미, 그리고 개털과 피가 묻은 칼과 장화였다. 그 옆엔 알 수 없는 주사기가 가득 버려져 있었다. 번식장과 식용장이 같이 있던 곳. 그제야 나는 고개를 들어 주변을 봤던 것 같다. 그 넓은 부지에 가득한 뜬장 속에서 울부짖던 개들. 몇 걸음만 가면 아이들이 뛰어놀고 반려견을 산책시키는, 그렇게 지구의 환경과 동물을 생각하는 우리 인간들이 만들어낸 플리마켓이 열리는 아파트 단지가 있었다. 나는 온몸이 떨려왔다. 지금이라면 '위액트'나 '도로시' 같은 단체를 떠올렸겠지만……. 그때 알았다. 누군가에게 한 번도 생각해본 적 없는 세계는 현실에서도 없는 세계가 되어버린다는 걸. 개를 구하려면 어디에 전화를 해야 하는 걸까.

자자야, 그래도 나 잘한 거겠지? 나는 그날을 자주 생각해보곤 했다. 만약 내가 동물보호에 대해 하나라도 알고 있었다면, 유기견 구조에 대해 조금이라도 알았다면…… 그렇다면 나는 곧장 경찰서에 신고하지 않았을 것이다. 시 보호소 중에는 입양을 가지 못하면 안락사를 정기적으로 시행하는 곳들이 많았다. 괜히 내가 아이들을 구조해서 또 다른 위험에 빠뜨린 것은 아닌지, 자주 울적해졌었다. 하지만 그렇다고 아무 행동을 하지 않으면 어떻게 되는 걸까. 들개화돼서 사람을 공격했다고 죽게 되거나 흔히 말하는 개장수에게 잡혀 보양탕 집에 팔려갈 수도 있었다. 게다가 자자를 만나게 되기도 했으니……. 하지만 끝내 나는 내 무지에 대해 생각하지 않을 수는 없었다. 아무것도 몰랐다는 것, 그게 얼마나 무서운 일이 될 수 있는지, 그것을 말이다. 이런 내 마음을 아는 걸까. 내 목소리에 자자는 다시 한번 나를 돌아보았다. 꼬리가 아까보다는 조금 힘차게 말려 돌고 있었다. 자자는 오늘 기분이 좋은 모양이다. 그러다 퍼뜩, 생각이 났다. 그러니까, 수박에게만은 만족의 느낌을 갖기 어렵다는 말을 했던 사람. 자자를 구조해온 다음날, 나는 그 사람에게 생각해놓은 자자의 이름을 물었다. 수박이, 어때? 그 사람은 내 이야기를 듣고 절반은 고개를 끄덕이고 나머지는 고개를 갸웃했다. "흡족할 만큼 수박을 먹지 못했기에 계속 먹을 수 있는…… 오랜 사랑의 힘일까요?" 그랬다, 나는 수박이에게 그런 지속적인 무언가를 주고 싶었다. 꼭 사랑이라는 거대한 이름이 아니더라도 말이다.

"하지만 왠지 먹는다,는 느낌은 조금……."

어라, 그것도 그랬다. 게다가 사랑을 꼭 두 개로 나눌 필요 있나, 고유한 사랑을 주면 되지. 그래서 자자는 자자가 되었다. 그리고 나에게 그것을 가르쳐준 사람은…….

#여름_2

"영소 씨, 오늘 점심 때 시간 괜찮아요? 삼계탕, 괜찮나요?"

내가 소속된 연구소 사람들이 유독 분주하게 점심을 맞는 날이 있다. 연구소에서 그런 말을 듣게 된 것도 벌써 2년째인데 나는 정말 말복에 고기를 먹기가 싫었다. 말복이 되면 거리가 온통 삼계탕으로 둘러싸여 있는 것만 같았다. 나는 원래부터 거의 고기를 먹지 않는다. 강아지 전용이긴 하지만 한우 곰탕이 냉동고에 저장된 것도 자자가 온 이후였다. 그때도 많은 고민이 있었지만, 몸이 너무 상해버린 자자에게 소고기의 단백질이 도움이 된다는 권고를 받아들인 거였다. 사실 육류를 먹지 않는 페스코라고 하기엔 좀 나약한 면이 있지만 되도록 안 먹는 습관을 하다 보니 평소에도 별로 당기지 않았다. 그래서 이런 날이 오면 조금 곤란했다. 시인 백석조차 자신의 시에서 음식의 중요성을 설파했을 정도로 먹는 것이 정말 중요하다는 건 잘 알겠는데, 어째서 잘 먹는다는 것이 꼭 고기여야만 하는지 그건 여전히 모를 일이었다. 게다가……
음식의 즐거움을 말한 여성 작가는 있었던가? 공부가 짧아서
그런지 기억에 남는 사람이 없다. 살림의 어려움에 대해 말
한 여성 작가들은 있었던 것 같은데 말이다. 난 잠시나마 '누
가 해주는 음식은 원래 다 맛있는 법이야, 그거 만들기 위해
장을 보고, 다 먹은 후에 설거지 안 하면 말이지.' 하던 엄마
가 떠올라서 마음이 조금 더 심란해졌다. '애, 영소야. 안 그러
니? 밖에서 일하는 여자들은 퇴근하면 녹초야. 그럼 뭐 애들
엄마들이라고 쉬울까? 살림 한번, 육아 한번 안 해봐서 하는
소리지. 평생 나처럼 남의 밥 해주는 사람들은 어떻고.' 평소
이런 말을 자주 했던 엄마는 무작정 음식을 해 먹는 게 최고
라고 하는 TV 프로그램들을 별로 좋아하지 않았다. 그런 사
정이 되지 못하는 사람이 훨씬 많은데 사람들이 너무 음식에
집착한다는 거였다. 그러게, 엄마의 조금은 분하고 많이 지친
목소리는 이제 혼자 음식을 해 먹어야 하고 사회의 흐름에 맞
춰야 하는 입장이 되고 보니 훨씬 더 잘 들리는 것만 같았다.
그래도 이곳은 그나마 '동아시아 한국학연구소'라는 명칭에
걸맞게 여러 외국인 연구자들이 오갔던 곳이었다. 몇몇 동료
들이 슬쩍, 아아. 영소 씨는 일본에서 오래 살아서 우리랑 문
화가 다를지도 몰라요, 하며 내 메뉴를 바꾸어주곤 했다. 너
무나 고맙기도 했지만 가끔은 그런 생각도 들었다. 고기를 먹
는 사람들은 고기를 먹지 않는 사람들과 식사할 때 이렇게까

지 고마워하지 않는다는 것 말이다.

"그렇다고 굶는 게 좋은 방법은 아니죠. 수박으로 배를 채우는 건 더욱더요."

사람들이 식사하러 나간 말복의 점심, 가만히 타자를 두드리던 나는 주위를 한번 살폈다. 언제 들어왔는지 옆자리 동료인 류스케가 들어와 있었다. 나는 파티션 위로 넘어온 김밥을 건네받다가 문득 오키나와에 살 때 보았던 국수가 떠올랐다. 긴 대나무를 반으로 쪼갠 뒤 물길을 따라 흘려보낸 국수를 받아먹는 일본의 여름 음식. 나는 김밥이 넘어왔던 파티션을 똑똑 두드렸다. 그러고는 류스케에게 일본 드라마 〈나기의 휴식〉이 플레이되고 있는 내 핸드폰을 내밀었다. 화면 속에서 외모콤플렉스를 벗어나 자기 자신으로 살아가보려고 인생의 자체 휴식을 선언한 여자주인공 나기가 머리에 수건을 질끈 묶고 선풍기를 튼 채 더운 방 안에서 국수를 먹고 있었다. 나는 고개를 끄덕이는 류스케를 보며 조금은 야심에 찬 눈빛을 빛냈다.

"류스케, 이건 뭐랄까, 이건 좀…… 텐션의 음식이야."

내 생각에 그 국수는 흥미로운 지점이 있었다. 국수 면발이 대나무 미끄럼틀을 다 타고 전부 내려가기 전에 그것을 먹으려는 인간인 내가 목적지에 먼저 도달해 있어야만 한다는 것. 이런 식으로 보자면 고기나 생선이 없어도 텐션은 충분히 올릴 수 있을 것 같았다. 사실 오키나와에 있을 때도 엄마는 여름에 장어 요리를 준비하곤 했으니, 이 '텐션 국수'는 내게 익숙한 음식은 아니었다. 그래서일까, 그날 퇴근 후 류스케가 만들어준 대나무에 국수를 흘려보내기 시작한 나는, 배가 부른 줄도 모르고 연신 면발을 삼켰다. 잽싸게 아래로 내려가 정중히 무릎을 꿇고 국수를 그릇에 안착시키면 뭔가 여름을 이겨낸 기분이 들었다. 거의 운동 수준이네요, 그 스피드. 나의 재빠른 모습을 보던 류스케는 웃음을 참는 얼굴이었다. 그러다 정말 궁금하다는 듯 이런 것을 물어왔다.

"한국은 삼계탕 말고 여름 음식이랄 것이 뭐가 더 있을까요?"

"국수 종류에서? 냉면 같은 거?"

"뭐, 냉면도 좋죠. 나도 많이 먹어봤던 것 같고. 혹시 내가 아직 모르는 게 있으려나요?"

나는 한국에서 태어나 어린 시절을 한국에서 보냈지만 다시 한국에 돌아온 건 고작 2년 남짓이었다. 그런가 하면 일본인인 류스케는 한국문학 박사학위를 따자마자 이곳 연구소에 취직해서 6년 넘게 한국에서 살고 있었다. 오히려 최근 한국에 머문 시간은 나보다 길었다.

"혹시 류스케, 콩국수라고 먹어봤어? 마치 두부를 아주 부드럽게 으깬 느낌이랄까, 걸쭉한 두유 같은 맛이 나."

골똘히 생각에 잠겼다가 고개를 젓는 류스케를 보면서 나도 모르게, '류스케, 수안 씨가 안 알려줬어?' 할 뻔했다. 하지만 생각해보면 나도 늘 연애하던 사람의 입맛에 따라갔던 것 같다. 반대로 내가 만난 남자들은 항상 자신의 식성대로만 먹었다. 물론 내가 류스케로부터 전해들은 수안 씨는 꽤 괜찮은 남자였지만 그래도 나는 외국인인 류스케에게 그가 다양한 맛을 알려줬으면 좋았겠다는 생각이 들었다. 그러면서 한편으로는 콩국수의 맛을 떠올렸다. 그런데 어라…… 맛으로의 콩국수보다도 어쩐지 재미있게 보았던 드라마가 생각나는 거다. 〈네 멋대로 해라〉.

"영화 제목 아닙니까?" 류스케가 물었을 때, "응, 영화 제목도 있고 한국 드라마도 있고."

그러다 문득, 나는 냉장고에 썰어둔 수박이 생각났다. 류스케, 수박 먹을래? 내 말에 류스케는 웃으며 고개를 좌우로 저어 보였다.

"수박은 한번 먹기 시작하면 끝이 없죠. 수박에게만큼은 만족의 느낌이 들지 않으니까요."

우리는 포만감에 어느새 등을 바닥에 대고 누워 있었다. 천장을 바라보던 나는 류스케의 대답에 천천히 고개만 돌려 류스케를 바라보았다. 류스케 또한 천정을 바라보고 있었다. 그러다 문득 생각이 난 듯 고개를 돌려 나를 바라보았다.

"자자 말이에요. 그래도 언젠가는 나에게도 꼬리를 말면서 다가오겠죠?"

"응. 그래도 예전처럼 류스케 네가 왔다고 오줌을 싸거나 끙끙대며 울진 않잖아."

내 말에 류스케는 전적으로 동의한다는 듯 손가락으로 동그라미를 만들어 보였다. 나와 류스케는 다시금 거실 바닥에 누웠고 각자의 천장을 바라보았다.

"근데 류스케. 수안 씨랑은 지난 번 일 이후에 이야기해봤어?"

"아뇨, 아무래도 헤어지지 않을까 싶어요. 이번엔 봉합이 안 되네요."

"응? 그래도 수안 씨랑은 너, 한국 와서부터 사귀었으니까."

"그런데 또 보면, 처음 싸웠던 문제로 지금까지 싸우고 있으니까……."

류스케는 6년째 사귀고 있는 동성 연인인 수안과 같은 문제로 6년째 다투고 있었다. 이유는 커밍아웃이었다. 연구소야 뒤에서는 어떤 말이 오가든 앞에서는 혐오와 폭력에 민감한 곳이어서 류스케가 커밍아웃을 해도 일을 하는 데 큰 문제가 없었다. 하지만 수안 씨는 국내 굴지의 조선회사에 다니고 있었다. 커밍아웃을 생각해본 일 자체가 없었다. 사실 나는 수안 씨의 입장도, 류스케의 마음도 너무나 이해가 되었다. 하지만 그건 당사자가 아니라서 유지하는 평온이었다. 안타까운 건 이 두 사람이 그 문제 외엔 다툰 적이 없다는 거였다.

"수안이랑 계속 다투다 보면요, 내가 한국하고 잘 맞지 않는 사람인가, 이런 생각까지 들고 한국문학은 그럼 왜 연구하나 싶습니다. 어쩌면 나는 한 사람에 대한 호감을 한 나라에 대한 호감으로 오해했는지도 모르겠고요."

류스케의 말에서 보이지 않는 한숨이 묻어나왔다. 아마 류스케에게 수안은 한국 그 자체일 것이다. 계약직 연구원으로 왔던 류스케가 진작 일본으로 돌아가지 않은 건 수안 때문이었다. 나는 그 마음을 어렴풋하게나마 알 것 같았다. 20년 가까이 살았던 오키나와가 엄마의 죽음으로 단번에 내게 낯설어졌던 것……. 그래도 난 생전에 엄마, 엄마, 이렇게 큰 소리로 사람들 앞에서 엄마를 마음껏 불렀었다. 사랑하는 사람과 항상 숨어 지내듯 해야 한다는 게 얼마나 힘든 일인지, 나로서는 아마 평생 다 알 수 없는 고통일 거였다.

"영소 씨는 요즘엔 연애는 안 해요? 통 말씀이 없으시군요. 카카오톡도 조용하시고."

"응, 나는 뭐. 이제 자자랑 지내는 것만으로도 충분한 것 같아."

"그거 왠지, 남자보다 개가 낫다, 이렇게 들리는데…… 하이퍼 리얼리즘이라 얹을 말이 없네요, 제 전공은 30년대 신파라서."

나는 류스케의 말에 웃음을 터트렸다. 사실 일본에서나 한국에서나 늘 자연스레 누군가를 만났었다. 일주일에 한 번 술을 마시며 잡담을 하든, 짐을 합치고 동거를 하든 나는 누군가를 항상 사랑했다. 그런데 마지막 연애를 끝내며 든 생각은 이거였다. 내가 사람을 믿은 게 아니라 사랑을 믿었구나,라는 것. 그리고 여전히 사람이 아닌 사랑을 믿고 누군가를 기다리고 있다는 것. 한국에서의 내 마지막 연애를 아는 류스케는 그런 나를 힐끗 보더니 흘러가듯 다시 이렇게 물었다.

"자자는, 그런데 왜 데리고 오려고 했던 거예요? 난 영소 씨가 한국에 오래 머물 것 같지 않았는데."

류스케의 말은 사실이었다. 나의 유일한 가족인 엄마는 5·18에 관련이 된 사람이었다. 피해자,이지만 피해자라고 평생 말해본 적 없는 사람, 그런 엄마가 돌아가신 직후 나는 한국으로 돌아오게 되었다. 하지만 엄마의 죽음은 예상할 수 없던 일이었고 원래 나는 아주 잠시 한국에 머물 예정이었다. 일본에서 연구하던 시절, 나는 국가폭력과 여성이라는 큰 틀에서 제주 4·3 여성 생존자와 오키나와 미군기지 주변 여성들의 삶을 비교연구 했었다. 하지만 모든 폭력이 그러하듯 하나의 사건이 갑자기 발생되고 그 자체로 종결되는 게 아니었다. 4·3을 보던 나는 5·18을 집중적으로 찾아보고 싶어졌다. 그땐 광주 출신이었던 엄마가 5·18과 관련이 있는지 몰랐었다. 엄마는 죽을 때까지 그 사실을 나에게 숨겼다. 다만 내가 광주로 간다고 했을 때 마치 작은 쥐가 자신의 심장을 조금씩 갉아먹기라도 하듯 고통으로 일그러지던 엄마의 얼굴만은 생생하다. 내가 엄마에게 무언가 물었다면 엄마는 조금 더 일찍 평안에 이를 수 있었을까. 아니면 내 침묵 덕분에 말할 수조차 없던 깊은 고통을 딸에게 나눠주지 않을 수 있어서 다행이라 여겼을까. 아니, 엄마는 어쩌면 내게 죽음이 삶의 종료가 아닌 시작점이 될 수도 있다는 걸 알려준 것인지도 모른다. 어떤 질문의 시작점 말이다. 하지만 당시엔 모든 것이 버거웠다. 한국에 왔고, 당연히 자료는 많았지만 가장 가깝던 사람의 고통도 이해하지 못했다는 생각에 나는 연구에 회의를 느꼈고 한국에 발을 붙이지 못했다. 연애조차 나를 한국에 밀착시키지 못했다. 그럴 때 자자를 만난 것이다.

누군가를 좋아하게 되면 이전의 삶도 알고 싶어지듯이, 나는 나를 만나기 전 자자에 대해 알고자 노력했었다. 어린 시절 내가 엄마의 젊은 시절에 대해 반복적으로 물은 것도 그런 이유에서였을 것이다. 그러나 어떤 수의사를 만나보아도 같은 대답이 돌아왔다. 자자는 개번식장에서만 10년을 살았고 매해 아이를 낳았다. 이 삶은 저 한 문장으로 요약 가능했다. 자자의 삶에는 계절이 없었다. 그 삶에는 자자만의 시간이 존재하지 않았다. 그렇게 자자가 낳은 아이들은 펫숍으로 팔려나가 전시되었을 것이다. 예쁘지 않은 아이는 도살장으로 넘겨져 개소주가 되었을 것이고, 인기가 없는 외모로 태어난 아이는 애견미용학원으로 넘어갔을 것이다. 그러다 초보 원생들이 실수로 휘두르는 가위나 칼에 몸을 찔려 서서히 죽었을 것이다.

"자자를 낳은 개도 다르지 않을 거예요. 평생 아이만 낳

다가 죽었겠죠. 이래서 사지 말고 입양하자고 하는 건데
요……."

자자는, 엄마 아빠를 기억할까요? 내 말에 자자의 수의사
인 상화 선생님은 다시 조금은 쓸쓸한 말투가 되었다. "번식
장의 개 중에서는 스트레스로 자신이 낳은 아이의 다리를 잘
라버리는 경우도 있어요. 그런데 솔직히 그렇게 낳은 아이
가…… 낳았다고 해서 그 개의 아이라고 하는 게 맞을까요."
상화 선생님은 남성 수의사의 손길을 거부하는 자자를 위해
여러 구조단체에 문의해서 알게 된 여성 수의사님이셨다. 그
말에 나는 말문이 막혔다. 연구를 하며 정말 많은 여성을 만
났지만 어떤 이들은 아이만 낳다가 이십대와 삼십대를 다 보
내곤 했다. 아니, 어떤 여성이 아니었다. 엄마의 윗세대에서
9남매, 10남매를 낳은 여자는 흔했다. 그래도 원하던 아들을
못 낳으면 아이를 낳아주던 여성을 구하던 시절이라 했다.
'씨받이' 문화는 일본에서 온 것인데 정작 한국에서 그 뿌리
가 견고해진 것 같았다. 오죽했으면 〈씨받이〉라는 영화도 나
왔을까……. 그런가 하면 성노동자들을 취재했던 최근에 대
리모를 만난 적이 있었다. 아이가 귀하다는 요즘도 입양은 꺼
려서 명문대학교 출신 여대생들을 대리모로 데려간다고 했
다. 나는 문득 일본에서 학교를 다닐 때 '더러운 피'라고 왕따
를 당하던 때를 떠올렸다. 그날 나는 어떤 대답도 할 수 없었
다. 물론 다시 상화 선생님을 찾아갔을 때, 나는 선생님과 그

이야기를 더 나누지는 못했다. 그때 나는 자자와의 시간이 쌓이면서 새로운 고민이 생겼고 그 일에 집착하듯 골몰하고 있었다.

"선생님. 자자 말이에요. 벌써 2개월이 다 되었는데도 제가 자는 사이에만 밥을 먹고 구석에만 있는 것 같아요. 방법이 없을까요?"`

상화 선생님은 잠시 나를 바라보았다. 그러고는 미소를 떠올리며 이렇게 말했었다.

"기다리시면 돼요, 지금까지처럼요. 영소 씨는 정말 좋은 보호자세요."

상화 선생님은 그러면서 자자가 먹을 우울증 치료제와 안정제를 처방해주셨었다. 사실 자꾸만 어디가 아프냐고 묻는 것, 그것은 말을 할 수 없는 존재에게 너무나 다정하고 좋은 방법이지만 때로는 그저 묻는 사람의 궁금증 해소에 불과할 수도 있었다. 게다가 그때 나는 고작 2개월을 기다렸을 뿐이었다. 어쩌면 나는 예쁜 강아지들을 떠올리며 자자가 그 모습이 되길 바랐는지도 모르겠다. 상화 선생님은 나를 좋은 보호자라고 격려했지만, 사실 그때의 나는 아직 저런 생각까지는 미치지 못한 상태였다. 다급함이 좀 올라와 있었고, 그래서 저 말을 듣고도 "방법이랄 것이 고작 기다리는 것이라니……병원을 옮겨야 하는 건가" 이런 생각이 들 뿐이었으니까. 그렇게 병원을 나서던 나는 광화문 광장을 지나다 세월호 추모를 하던 자리에서 여전히 그들을 향해 욕을 하는 몇몇 시위대를 보았다. 그 순간, 문득 엄마와 일본에 살 때 마주쳤던 험한 시위대가 떠올랐다. 아니, 정확히는 그 앞에서 숨도 제대로 쉬지 못하고 주저앉던 엄마를 떠올렸다. 처음엔 시위가 없는 일본에서 마주친 시위대라 그런가 싶었는데, 아무리 팔을 잡아끌어도 엄마는 꼼짝도 하지 않았다. 그저 주저앉아 몸을 떨었고, 또…….

그 자리에 서서 오줌을 쌌다.

나는 엄마가 죽을 때까지 그 일을 엄마 앞에서 꺼내지 않았다. 엄마도 말하지 않았다. 그 침묵은 엄마를 존중하는 내 방식이었다. 그리고 그날 이후, 나는 자자와 함께 적당히 침묵하고 되도록 솔직하려 애쓰면서 살아가고 있었다.

"영소 씨, 그래서 우리 그 콩국수 먹으러 가나요?"

퍼뜩 정신을 차려보니 류스케가 내 얼굴 앞에서 손을 저어가며 정신이 드냐는 시늉을 해 보이고 있었다. 아, 그래. 콩국수. 그게 있었지.

그리고 며칠 후 우리는 실제 콩국수를 먹으러 갔다. 앞장서긴 했지만 사실 나는 그 가게에서 두부를 사본 게 전부였다. 그래서 가게에 들어서자마자 다른 손님들이 하는 것을 흉내 내어 주문을 했다. 콩국수 두 개와 김밥 두 줄, 하고서는 다시, 아니 한 줄만이요, 하고는 내가 먼저 자리에 앉았고 류스케는 멀뚱히 서서 보다가 얼른 나를 따라 앉았다. 류스케가 가장 얌전해지는 순간은 유튜브에 나오지 않은 한국 음식점에 갈 때인데 그럴 때마다 우선 식탁 옆 서랍에서 수저와 젓가락을 챙기고, 그다음엔 사진을 찍는다. 류스케가 식당 사진을 골고루 찍는 동안, 겉절이가 가장 먼저 나왔다. 그다음이 김밥이었다. 참기름을 듬뿍 넣고 만든, 어릴 적 집에서 만든 김밥 맛이 나서 좋았다. 콩국수에 설탕은 기호대로 넣는 것이란 내 설명에 류스케는 곧장 설탕을 한 수저 넣기도 했다.

"그런데 말이에요, 영소 씨. 그 드라마는 청소년들의 반항 드라마입니까?"

류스케는 내가 꺼냈던 드라마 내용이 궁금한 모양이었다. 텐션 국수를 먹던 날에는 배가 너무 부른 나머지 동네 산책에 나섰고, 〈네 멋대로 해라〉에 관한 이야기는 더 하지 않았다.

"음. 글쎄, 어른 반항 드라마였던 것 같기도 해."

"아. 그렇군요. 어떤 반항의 어른들이 나오시길래."

"주인공은 전 소매치기였고. 음. 또, 뮤지션이 나오고…… 세차장을 하는 아저씨가 나오고. 또 여러 가지 일을 하던 여자분이 나오시고."

"놀랍게도 전혀 추측이 안 되는군요. 대략 여러 분이 나오는 드라마군요."

"아니 뭐…… 사실 거기서 주인공 둘이 콩국수 먹고 버스 정류장에서 서로를 기다려주거든? 레쓰비를 주머니에 넣고 만지작거리는 장면도 나오고. 난 그냥 그거 좋아했어."

너도 수안 씨랑 콩국수 먹으러 가, 이 말을 할까, 말까 망설이는데 정작 류스케는 가벼운 표정으로 고개를 끄덕이며 받아쳤다.

"콩국수가 사랑의 음식이로군요."

"그렇게 되려나. 아 맞다, 생각나는 대사도 있다. '우리 오늘을 살아요, 내일을 살지 말고 제발 우리 오늘을 살아요.' 이런 대사."

"오늘을 살아요, 오늘을."

드라마 대사를 따라 하는 류스케를 보던 나는 접시 위에 김밥 끄트머리 두 개가 남겨져 있는 걸 보았다. 문득, 일본에서 가족처럼 가까이 지냈던 한주 씨가 떠올랐다. 한주 씨는 내가 대학원에 진학했을 때 가장 도움을 많이 준 선배였다. 한국에서 심각한 데이트 폭력을 당하고 자살을 시도했다가 충격으로 한국어 능력을 잃어버려서 일본으로 이주했다던 한주 씨. 갑작스럽게 엄마가 돌아가셨을 땐 오키나와까지 와서 장례를 함께 해주기도 했었다. 한주 씨는 나보다도 일찍 한국에 들어와 연구 작업을 하고 있었다. 얼마 전 보내왔던 메일에는 지방에서 자료조사를 한다고 적혀 있었다. 다만 그곳이 어디인지 정확히는 적지 않은 채였다. 대신 말미에 그런 말을 적어두었다. 영소, 나는 점심으로 톳 김밥이라는 것을 먹고 있어. 김밥 끄트머리는 한국에서 좋아하는 사람에게 주는 맛있는 부분이야. 너도 밥 잘 챙겨 먹길 바라.

톳 김밥? 인터넷에 찾아보니 통영이나 제주와 같은 남쪽 바닷가 정도일 거라는 추측만 가능했다. 하지만 요즘은 음식이 멈춰 있는 시대가 아니니까 어쩌면 서울 한가운데서 메일을 보냈을지도 모르는 일이었다. 나는 한주 씨의 그 말을 떠올리며 김밥 끄트머리가 있는 접시를 류스케 쪽으로 살짝 밀어주었다. 사정을 모르는 류스케는 그저 내가 배불러서라고 느꼈는지 한입에 김밥을 넣었고 엄지를 치켜 보였다.

"류스케, 그런데 넌 그 드라마의 대사가 마음에 들어?"

"네, 저는 콩국수도, 오늘도 참 마음에 듭니다."

그렇게 콩국수와 드라마 대사와 레쓰비가 마음에 든 나와 류스케는 그날 집에 가는 길에 레쓰비 한 캔씩을 산 뒤 버스 정류장에서 인증샷을 찍었다. 핸드폰 카메라의 사진첩을 보니 이번 여름은 그렇게 흘러간 모양이었다.

그렇다면, 가을엔 나 뭐 먹었지?

추석 때 시장에서 사온 부침개 3종 세트를 먹은 것 외엔 별다른 게 생각나지 않았다. 아마 올해는 자자가 있으니 먹을 걸 좀 더 사지 않을까……. 나는 자자를 만나기 전 사진을 더 둘러보았다. 편의점에서 파는 노가리나 맛동산 사진뿐이었다. 맛동산과 노가리, 그리고 맥주. 사실 그것도 더할 나위 없이 좋았다. 퇴근 후 혼자 먹는 음식들 말이다. 작년 가을의 사진들을 보던 나는 문득 이제 보일러실이 아닌 거실 구석에서 가만히 나를 향해 몸을 말고 있는 자자를 바라보았다. 왜일까, 그 순간 매년 가을이 되면 거실 구석에서 다리를 세우고 앉아 밤을 까던 엄마가 떠올랐던 건……. 이럴 때면 기억은 참으로 계절 음식과 같다. 그 계절이 돌아오면 애써 의식하지 않아도 다시 떠오른다. 그러나 세상에 같은 건 없어서일까, 엄마는 확실히 음식은 아니었다. 엄마는 계절처럼, 그 철의 음식처럼 되돌아오지 않았다. 죽음은 그런 거였다. 그래서 엄마를 떠올리면 나는 더 자주, 가끔은 오래 침묵하게 되는 것만 같았다.

#가을

지하철역을 급히 내려가려는데 입구에서 밤을 팔고 있었다.

"가을이네."

나는 퍼뜩 놀라 고개를 돌려 옆을 보았다. 누군가 나와 똑같은 시점에 같은 말을 중얼거리다니, 역시나 낯익은 목소리다 싶었는데 확실했다.

"상화 선생님."

"자자 보호자님."

우리는 동시에 웃음을 터트렸다. 그런데 가만 보니 상화 선생님이 커다란 자루를 거의 바닥에 끌듯이 옮기고 있었다. 나는 최대한 눌러 담은 게 확실해 보이는 그 자루를 옮기는 일에 힘을 보태기 위해 손을 뻗었고, 상화 선생님은 그런 나를 말리려 거의 춤을 추듯 그 자리에서 자루와 함께 한 바퀴 턴을 돌았다. 우리는 이윽고 서로를 보고 웃음을 터트렸다. 웃음이 가시고 나니 보이는 게 있었다. 그러니까 그 자루 속에 있는 건…….

"저…… 상화 선생님, 한국에서는 산에서 밤을 줍는 것이 불법은…… 아니죠?"

상화 선생님은 잠시 내 말의 의도를 생각하는 것 같더니 이내 손사래까지 치며 웃어 보였다. 이거 고구마예요, 밤 아니고요. 이러면서 묶어두었던 자루를 살짝 열어 보였는데 어쩐지 죄송함에 얼굴에서 열이 올라오는 것만 같았다.

"미안해하지 마세요, 누가 봐도 이상하죠, 몸만 한 자루를 낑낑대며 들고 가고 있으니까. 이거, 곰 가져다줄 고구마예요. 곰이 고구마 좋아하거든요."

"곰이요?"

"네, 저, 저번에 말씀드렸던 거요. 야생동물보호 봉사요. 마음은 이미 세렝게티지만 일단 우리의 반달곰부터…… 차근차근 배워야죠. 아, 이거는 그 유기견 봉사할 때 뵌 분께서 고구마 농장을 하셔서 제 사정 듣고 보내주신 거예요. 이고 지고라도 가야죠."

그러고 보니, 언젠가 자자 약을 타러 갔다가 상화 선생님 대신 다른 선생님이 잠시 자리를 지키고 계셔서 이후에 여쭤본 적이 있었다. 상화 선생님은 오래전부터 야생동물보호 수의사가 되고 싶어서 관련 봉사를 하고 있다고 했다. 그날도 반달곰 먹이 나눔 봉사차 지리산에 간 거였다. 나는 물끄러미 고구마 자루를 보다가 다시 힘을 보태겠다고 했고 괜찮다는 상화 선생님과 실랑이를 한 끝에 겨우 한쪽을 들 수 있게 되었다. 고맙다는 말을 연신 하며, 상화 선생님은 자자의 안부를 물었다.

"자자는 이제 하루에 몇 시간 정도는 제가 거실에 있어도 나와서 돌아다니고 냄새도 맡아요. 밥 먹을 때 지켜봐도 꼬리가 헬리콥터처럼 빙글빙글 잘 돌아가고요."

"역시 보호자님이시네요. 아, 이거 이제 말해도 될 것 같아요. 사실 자자는 보호자님이 데리고 간 지 얼마 되지 않았을 때부터 이미 보호자님을 많이 의지하고 있었어요."

"네? 하지만 그때는 제가 있으면 숨어 있었는데……."

"보호자님에게 안기거나 꼬리를 흔들지는 않아도요, 병원에서 보호자님이 잠시 화장실 가려고 자리를 비우면 갑자기 숨을 엄청 헐떡였어요. 아마, 자신을 처음으로 때리지 않고, 무언가를 강요하지 않은 인간이었으니까, 그런 보호자님이 사라질까봐 무서웠겠죠. 그런 세상은 이전의 세상만큼이나…… 아니, 어쩌면 그때보다도 자자에게는 암흑 아니었을까요."

　자자가 나를 줄곧 믿고 있었다는 사실에 나도 모르게 눈물
이 흘러내릴 것 같았다. 나는 그것도 모르고 자자가 왜 나에
게 마음을 열지 않는 걸까 했다. 내가 고개를 숙였을 때였다.

　"그나저나 자자 보호자님, 아까 밤 사시려던 거 아니에요?
나 때문에 밤도 못 사시고. 저 그래서 하나 말해드릴게요."

　"네? 어떤 거요?"

　"한국에서 밤 줍는 거, 주인 있는 나무면 문제인데 만약에
아니면 그거 불법 아니라고요. 그래도 다람쥐 먹을 건 남겨야
겠죠?"

　그 말과 함께 상화 선생님은 손을 흔들며 내렸고 나는 오랫
동안 자신의 몸만 한 고구마 자루를 끌고 가는 뒷모습을 바라
보았다. 그 자루에 자신이 먹을 것은 하나도 없는데…… 그러
다 문득 평생 먹지도 않던 한우곰탕이 있는 내 냉동고를 떠올
렸다. 그리고 그 냉동고는 가을이 되면 밤으로 가득 차던 엄
마의 냉동고를 생각나게 했다. 삶은 밤을 일일이 손으로 까줬
지만 정작 자신은 별로 먹지 않던 엄마를 말이다. 나는 주말
엔 산에 가봐야겠다고 생각했다. 사계절 중 유일하게 모든 사
람에게 좋을 계절이 가을이니까……. 또 가을, 하면 바다보단
낙엽과 밤이 있는 산이었다. 속이야 어찌됐든 나는 그렇게 중
얼거렸다. 그러니까, 처음부터 이모에게 갈 생각은 아니었다.
그저 가을 산에 밤을 주우러 가는 거였다. 아니, 당연히 밤은

다람쥐 거고, 그러니까 밤은 핑계고…….

    이모, 이모들.

한국에 오랜만에 들어왔더니 이모라는 호칭은 거의 만능
이었다. 엄마의 친여동생을 일컫는 말이지만 엄마의 친구부
터 가게에서 일하시는 분까지, 아주 다양한 이모들이 세상엔
존재하고 있었다. 어느 날엔가 류스케가, "그런데 왜 고모라
고는 안 할까요?" 하는 순간 나는 가게에서는 이모 대신 사장
님,이라고 부르기도 했었다. 그런데 엄마 친구들을 이모라고
부르는 건 좀 좋았다. 엄마에게 가족보다 가까운 친구라면 나
에게도 가족이나 다름없는 게 아닐까 싶었던 것이다. 게다가
미자 이모는 내가 한국에 오자마자 찾은 사람이기도 했다. 곰
곰이 생각해보면 내가 아니라 죽기 직전까지 이모들의 이름
을 부르던 엄마가 찾은 것 같기도 했지만 말이다.

    미자 이모는 젊은 시절부터 먹고살기 위해 많은 일을 해왔
다고 그랬다. 그러다 작년 가을부터 요양병원에 가게 되면서
인생에서 처음으로 일을 다니지 않게 되었다. 이모는 모아놓
은 돈이 있음에도 일을 못 다니게 된 것이 가끔 불안해 보였
지만, 내 입장에선 오히려 다행스럽게 느껴졌다. 다만 이모를
늘 혼자 두는 게 마음에 걸렸다. 그래서…… "이모 혹시," 내
가 문장의 서두만을 꺼냈을 때였다. "너랑 같이 안 살아." 이
모는 개를 좋아하지 않는다고 했다. 정확히는 건사해야 하는

생명체를 만드는 게 두렵다고 했다. 자신은 곧 죽을 텐데 남은 생명체는 어떻게 해야 하는 건가, 이런 게 무섭다고. 그러면서 이모는 노견인 자자를 데려온 나에게 그런 말을 했었다. '영소 너는 나보다 어른이야. 나는 누군가를 떠나보내는 것이 여전히 두려운데 넌 강인하고 대견하다, 참. 아휴, 근데 정말 인생 어려운 거 너무 많아. 이제 내가 나이 들어 떠날 날 앞두고 보니까 떠나는 사람도 마음 편했던 거 아닌 거 같아. 누굴 남겨두고 가는 사람 마음도 얼마나 어렵고 아팠을지……' 나는 아직 엄마의 치매가 본격적으로 진행되기 전, 엄마가 나를 안으며 했던 말이 떠올랐다, "영소 너를 외롭게 두고 가는 이 엄마가 죄인이야……." 나는 눈물을 보이기 전 얼른 고개를 저었었다.

"밥은 어떻게 하시려고요. 엄마 간호할 때 보니까 병원 밥 먹는 거 정말 힘들던데……."

이렇게 말하면 내가 항상 이모의 밥을 챙긴 사람처럼 보이겠지만 사실 한 달에 두 번 정도 이모 집에서 식사를 한 게 전부였다. 그런데도 나는 병원에 가는 걸 반대하지 못하는 마음을 그런 식으로 표현했다. 이모는 가만히 나를 건너보더니 갑자기 웃음을 터트렸다.

"영소 네가 경자 딸이 맞긴 하구나. 경자가 집 나와서 살면서도 반찬은 몰래 가져다가 먹고 그랬는데. 먹는 거 중하다고 그렇게 성화를 부리면서."

미자 이모는 시간이 흐를수록 가끔 예고 없이 광주에서 엄마와 함께 고등학교를 다니던 시절의 이야기를 꺼내곤 했다. 하지만 이모는 그곳에 있었던 다른 두 친구의 이야기는 해주지 않았다. 생각해보면 엄마도 치매가 심각해져 죽기 직전, 정신이 간혹 돌아왔을 때에서야 그 두 친구 이야기를 해줬었다. 특히 영자 이모는 엄마가 생의 말미에 도달하고 나서야 그 이름을 들을 수 있었다. 그 영자 이모가 바로 내가 아빠라고 생각했던 사람이라는 것 말이다. 왜 나는 아빠를 꼭 남자라고만 생각했을까, 엄마는 정작 그런 적이 없었는데. 인터섹스의 몸으로 스스로는 여자라고 생각했다던 영자 이모. 이 이야기를 듣고 난 후 나는 아빠를 영자 이모라고, 마음속으로나마 그렇게 다시 부르고 있었다. 그리고, 나를 낳아줬다던 혜자 이모도 계절이 돌아올 때마다 마음으로 안부를 묻는다. 그러니 미자 이모도 언젠가는 내게 그 두 친구에 대해 자연스레 이야기를 하겠지.

　"이모, 이제 거기서 산책도 할 수 있어요? 친구는 좀 사귀었어요?"

　올해는 백신 접종도 했고, 추석부터 두 시간의 면회가 가능해졌다지만 작년엔 거의 면회가 불가능했었다. 그때 나는 이모에게 자주 전화를 걸어 시시콜콜한 이야기를 묻곤 했다.

　"산책은 정해진 시간에만. 여기 산이라 빨리 어두워지기도 해. 그리고 다들 내 선배님들이셔. 내가 여기서는 막내야. 막내 노릇 해야 돼. 칠십을 5년 남겨두고 막내 노릇을 다 해본다."

"이모, 이모 그래도 산책 좋아하시잖아요."

이모는 5·18 때 충격으로 머리가 백발이 되었다고 했다. 염색약이 귀하던 때라 젊을 땐 모자 없이 돌아다니질 못했었다. 일자리 구할 때 모자를 쓰고 갔더니 버릇이 없다며 재떨이를 던진 사람도 있다고 했다. 이모는 편한 차림으로 산책하는 사람들이 그렇게 부러웠다고 했다.

"좋아하는 일…… 나는 평생 그런 적이 없어서 그런가, 좋아하는 일만 하고 사는 사람 있으면 신기할 것 같네. 아무튼 영소야, 내 걱정 마. 나, 여기서 운이 아주 좋아."

"네? 어떤 운이요?"

"여섯 명이 같이 방을 쓰잖아, 여기가."

"네."

"내 방엔 코를 고는 노인이 한 명도 없어."

"그게, 운이 아주 좋은 거예요?"

"그럼. 평생 운 없다고 생각했는데 아니야. 밤에 다들 아주 점잖게 주무셔. 아! 생각났다."

"네? 뭘요?"

"나 산책보다도 이걸 좋아하는 사람이었다, 싶다. 밤에 잠 푹 자기. 이걸로 해두면 나 요즘은 날마다 좋아하는 일 하고 사는 거네?"

우리 자자도 이젠 좀 자요. 그래? 잘됐네, 영소 네가 한시름

덜었네. 네, 아. 정말 푹 잔다는 거, 너무 좋은 거긴 하네요. 나는 이렇게 대화를 이어가면서도 이모가 자신을 운 좋은 사람이라고 한다는 것에 마음이 아파왔다.

"그래도 영소야. 이 방은 잠이라도 자게 해주는 거잖아. 난 평생 아침저녁으로 일하느라 그런 적이 별로 없는데…… 말년에 이렇게 운이 좋으려고 그랬던 거야. 자는 거, 먹는 거, 입는 거. 여기서는 다 걱정 없어."

그날, 나는 이모의 그 말에 전화 통화여서 얼굴이 보이지 않는데도 눈물을 보이지 않으려고 애쓰다가, 괜히 자자가 이제 배가 고픈가봐요, 하고는 얼른 전화를 끊어야 했다.

#겨울

"올해는 밤을 많이 먹는 것 같습니다."

가을에 사놓은 밤은 겨울에 난로 위에서 류스케식 밤 조림이 되어가고 있었다. 외풍이 심한 다세대 주택이라 난로를 구입했는데 사실 자자가 있어서 처음엔 망설였다. 앞으로 자자가 조금 더 활발해지면 혹 난로가 흉기가 되지 않으려나 했는데 상화 선생님이 이야기를 듣더니 펜스를 추천해주셨다. 그렇게 구입한 난로 위엔 재빠르게 많은 것들이 원래 자리처럼 올라갔다. 고구마, 사과, 귤, 주전자. 보고만 있어도 배가 불렀다. 그리고 그 옆에 하나 더, 특별히 류스케가 겨울이 되면 꼭 만든다는 밤 조림도 함께였다. 엄마는 가을에 밤을 잔뜩 깎아 냉동고에 넣어두었다가 겨우내 삶아 까주었다면, 류스케는 달달한 조림으로 만들어 저장해두었다. 같은 계절 음식이 사람에 따라 이렇게 다르니, 이쪽도 저쪽도 영 손재주가 없는 내게는 참 좋고 감사한 일이었다. 물론 류스케가 평소 주말과 달리 수안 씨를 만나지 않고 집으로 놀러 온 것은 조금 걱정되지만 말이다. 나는 밤 조림을 데우는 데 집중했는지 미간을 좁히고 있는 류스케를 바라보다 이모와의 대화를 떠올렸다. 자신은 운이 좋다던 이모. 과연 이모는 정말 낙관하는 걸까, 아니면 해결의 기미가 없는 삶을 살아내고 싶어서 그런 말을 하는 걸까. 사실 미자 이모가 단지 엄마의 친구였다고 하면 애써 찾아뵙기는 했어도 이렇게까지 가까워지진 않았을 것이다. 나는 미자 이모가 처음 류스케를 마주친 날을 떠올렸다. 요양병원에 짐을 좀 들어 옮겨야 하는데 나는 차가 없었다. 택시를 알아보았지만 비용이 감당이 안 됐다. 그래도 마지막까지 류스케에게 부탁을 하기 망설였던 데는 두 가지 이유가 있었다. 당연히 주말엔 데이트를 하는 류스케의 시간을 빼앗지 않고 싶은 게 가장 큰 이유였고 두 번째는…… 남자와 여자가 같이 있으면 무조건 커플로 엮는 사람들의 시선 때문이었다. 이모는 그럴 것 같진 않았지만, 오히려 그렇기에 이모마저 그런 말을 한다면 더 실망하고 불편해질 것만 같았다.

266

하지만 미자 이모는 그저 류스케에게 사례도 따로 하지 못한 게 걱정인 모습이었다. 자꾸 돈 봉투를 꺼내려는 걸, 내가 이미 챙겼다고 말리는 게 힘들었을 뿐이다. 그건 그날 늦게 나와 류스케를 데리러 온 수안 씨를 보고도 마찬가지였다. 류스케가 수안을 대하는 걸 보고도 미자 이모는 별다른 반응이 없었다. 오히려 어느 날엔가 뜬금없이 류스케는 정말 좋은 사람 같은데 괜히 일본인인 게 별로인 것 같다고, 정말 예측 불가능한 말을 꺼냈었다.

"하지만 미자 이모, 이모의 외할머니는 일본인이라고 하셨잖아요?"

"어, 근데 그냥 일본 핏줄 소중하니 가서 일본 남자들 아이 낳아주라고 보내진 거야. 그러고는 전쟁 끝나니까 남자들 불러들이기 바쁘고 우리는 혼외자식이라고 여기에 버려진 거고. 왜, 한국에서 씨받이라는 거 있었지? 일본 놈들이 그 기원 아니었나 몰라……."

"이모 할머님은 저보다 한국에 오래 사신 거니까, 지금의 저보다 한국어를 잘하셨을 것 같아요. 사실 저 한국에서의 삶은 거의 신생아 수준이에요."

"뭐, 우리 할머니야 일기도 한국어로도 쓰시고 그랬으니까. 그런데, 영소야. 이상하게 난 그래서 류스케가 불편한 것 같아. 이해가 되니? 아이고, 나 지금 애먼 사람 싫다고 하면서 반성은 못할망정 뭘 이걸 이해해달라고 하는 거니?"

이모의 마지막 말만은 100퍼센트 공감했기에 나는 어깨를 으쓱해 보였다. 확실히 이모를 이해한 건 그때가 아닌 다른 날이었다. 그러니까 그날은 밤을 주우러 간다는 핑계로 이모를 찾아갔던 날이었다. 밤이 든 내 가방을 보더니 이모는 스쳐지나가듯 "그 사람도 가을이면 그렇게 밤을 잔뜩 주워오곤 했지. 가끔 냄새나는 은행도 섞이고" 하며 말을 흐렸다. 그때 나는 처음으로 이모의 전남편요? 하고 물었었다. 이모는 젊은 시절 결혼을 한 적이 있다고 했었다.

"영소야. 너 언젠가 나한테 왜 이혼했느냐고, 그 남자에 대해 싫은 말 하나 없는 게 신기하다고 물었잖아."

"아. 네."

"그 사람, 내가 아니라 남자를 사랑한대."

"네? 그럼 이모. 속은 거예요?"

"잘은 몰라. 내 속 아니고 다른 사람 속이잖아. 내 속도 모르는데…… 근데 아닐 거야. 그냥 본인도 자기에 대해 몰랐을 수는 있겠다 싶어, 그냥 우리 때는 다 나이 되면 여자, 남자 만나서 아이 낳고 사는 게 정상이라고 배웠으니까."

그 말을 하고서 한참이나 창밖을 보던 이모는 다시 나를 바라보더니 이렇게 말했다.

"영소야, 내가 그 양반을 처음 만났을 때 말이야. 명색이 소개팅인데 이 백발 머리 안 감추고 나간 거야. 뭐, 나쁜 의도는 없었어. 염색하고 가면 나중에 속인 거 될까봐."

"놀라시던가요? 그분…… 이모 전남편 분요."

"그게, 그때가 95년이었거든. 그니까 김대중 정권 들어서기 전이었고…… 아직 5·18에 대해 사람들이 잘 모르기도 하고, 폭도 소리도 많이 듣고 그러던 때."

"그때가…… 김영삼 정권 때였으려나요?"

"어, 서울은 그때도 복잡다난했지. 그 전해는 저기, 대교가 막 무너지고 또 그때는…… 그래, 삼풍백화점 무너지고 그해. 80년대, 90년대까지 그렇게 죽자고 일을 시키더니 사람들 정말 다 죽게 생겼다고들 했었지. 겉으론 민주화, 이러면서 대학에서는 여전히 학생들 잡아가고, 명절이면 뉴스에 무장공비가 넘어왔다고 나오던 시절 말이야. 근데 저 사람은 그날 내 흰머리를 보더니 아무 말 안 하고 호주머니에서 뭘 부스럭대며 꺼내는 거야."

"뭐였어요?"

"자기가 5월 18일에 대해서 좀 찾아봤대. 광주 사는 친구 녀석한테도 부탁했다면서, 너무 마음 고생했을 것 같다면서 나한테……."

이모는 그 말을 하면서 잠시 말을 멈췄다. 울음을 참으려 깨어 문 입술 위로 눈물이 흘러내렸다. 나는 가만히 이모의 우는 모습을 보다가 티슈를 몇 장 꺼내 가져다주었다.

"그니까, 영소야. 내가 하고 싶은 말은…… 그 사람이 자기 자신이 이렇다고 말하는데 내가 그걸 가지고 딴지를 걸고 그러면 안 되는 것 같았다는 거야. 그런 사람한테 내가, 너 왜 나 안 좋아하고 남자 좋아하느냐고, 그걸 해명하라고 하면 말도 안 되는 거 같았어, 그거는……."

그러면서 이모는, 자신이 젊은 시절 이해 못한 친구가 있었는데 그때야 겨우 그 마음들을 알 것 같았다고도 했다. 여자가 왜 여자를 좋아하고, 남자로, 여자로 태어난 친구가 왜 다른 성별이 되고 싶어 하는지 그런 마음들을 자신은 온전히 몰랐던 것 같다고도 했다. 그게 너무 미안해서 이모는 별말 없이 전남편과 이혼했다. 나는 더 묻지 않고 그저 티슈를 조금 더 가져다주었다. 이모가 말한 그 친구들이 바로 엄마인 경자 씨와 영자 이모의 이야기라는 것을 나는 알고 있었으니까. 게다가 그 말을 들은 후에 나는 그저 이모가 누군가를 사랑했고 또 존중받았다는 사실이 그저 너무 좋았다. 어쩐지 안심이 되는 것만 같았다. 그렇게 사랑은 참으로 명확한 것이지만 또 한편으로는 너무나 불가해한 것이라고, 나는 그런 생각들만을 했었다.

"영소 씨, 한국 와서 좋은 것 중에 하나가 바로 겨울에 이 차를 마시는 거 같아요."

류스케가 내민 차에 번뜩 정신이 돌아와 보니 달고 향긋한 유자 향이 은근하게 올라오고 있었다. 뜨거운 차를 들고 있는 건 난데 안경에 김이 서린 건 류스케였다.

"아, 그리고 이거. 우편함에서 가져왔어요. 영소 씨에게 온 편지."

나는 류스케가 내민 봉투에 쓰인 이름을 보았다. 보내는 주소는 공란이었다. 나는 가만히 미소를 떠올리며 류스케에게 고맙다는 말을 했다. 그런데 류스케. 어쩌다 너는 새해 타종 행사를 우리 집에서 보게 된 거니. 물론 나는 이 말을 덧붙이는 대신 주방으로 향했다. 불닭볶음면을 끓일 물을 올리고 맥주 두 캔을 꺼내 거실로 돌아왔다. 곧 텔레비전으로 제야의 종 타종 행사가 시작될 거였다. 고민은 그 뒤에 말해도 충분하지 않을까.

"참, 아직도 자자는 내가 무섭겠죠? 새해엔 좀 더 어필해야겠습니다."

그사이 물이 끓는 소리가 들렸고 이번엔 류스케가 나를 따라 일어섰다. 우리는 동시에 뒤를 돌았다가 잠시 서로를 마주 봤다.

"저기…… 류스케, 너 유자 그냥 먹어본 적 있어?"

"글쎄요, 그게, 없는 거 같습니다. 드셔본 적이?"

"예전에 엄마 말로는 유자는 그냥 먹으면 쓰대. 차로 마시면 달콤한데 말이지."

"에, 뭐랄까. 유자는 좀 오픈 마인드 느낌이네요."

"그래? 근데 뭐, 모든 재료가 딱 한 가지 맛만 내면 서운할 것 같네, 유자든 뭐든."

"자자를 유자로 바꿔도 되겠네요, 자자가 좀 오픈 마인드 같으니까요."

말도 안 되는 선문답을 주고받던 우리는 천천히 자자에게 다가섰다. 나와 류스케의 등 뒤로, 그리고 자자의 정면에서 새해를 알리는 폭죽과 불빛이 화면을 가득 메우고 있었다. 자자가 아주 조용히 내 곁으로 다가와 내 손등에 얼굴을 기댔다. 나는 자자의 까만 눈동자에 가득 찬 풍경들을 보았다. 자자의 삶에서 처음으로 맞이하는 새해 풍경이었다. 가만히, 아주 천천히 자자를 쓰다듬던 나는, 이윽고 테이블 위에 받아둔 편지를 향해 손을 뻗었다.

"저, 영소 씨. 저 남쪽에 조선소가 있는 그 도시로 내려가려고요. 수안이가 있는."

나는 가만히 류스케를 올려다보았다. 류스케가 미소 지으며 뒷머리를 만지작거리고 있었다.

"뭐, 나나 수안이나 애가 있을 리도 없고, 혼인 문서 같은 것도 못 만들어서 이 세상이 원하는 증명은 못하겠지만. 그래도 해보는 데까지 해보려고요."

나는 류스케를 가만히 껴안아주었다. 자자가 꼬리를 흔들며 내 뒤에 조금 더 다가오는 게 느껴졌다. 류스케는 괜히, 나중에 영소 씨의 혼인잔치는 꼭 가고 싶다는 둥, 영소 씨가 사랑을 끊을 사람은 아니라는 둥 농을 쳤지만 그 눈시울은 조금 붉어져 있었다.

#겨울_2

영소에게

나는 지금 제주도에 와 있어. 밥은 잘 챙겨 먹고 있니? 영소야, 한주라는 이름 외엔 주소를 쓰지 않아서 너가 궁금했을 텐데······ 걱정하지 마. 나는 유키노와 함께 왔어. 가족과 함께 있으니까 그때처럼 위험하지 않을 거야. 밥도 두 배로 잘 먹고 있고.

나, 저번에 말했던 서북청년단과 혐한시위를 주도하고 있는 재특회의 연관성 관련 자료조사를 위해 다시 왔어. 왜 이렇게까지 하고 있는지 묻는다면······ 일전에 서울의 한 대학에서 연구를 수행하고 있는 일본인 학자가 재특회의 자금이 한국우익단체에서, 그것도 서북청년회와 연관성이 있는 곳에서 왔다는 것을 규명하는 연구를 발표했었어. 나는 그 말을 들으면서 겨울도 아닌데 온몸이 떨렸던 기억이 난다. 이들이 광화문에서 세월호 추모 반대 집회를 열었던 사람들과도 관련이 있다지? 내가 느끼는 이 감정이 분노일까, 두려움일까. 복합적이었을 것 같아. 일본 장교 출신이 많았다던 서북청년회가 제주에서 4·3 때 어떤 짓을 했는지, 미군정 때부터 어떤 식으로 한반도에서 사람들을 위협했는지······ 그때의 기억이 너무 두려워 침묵 속에서 죽어간 사람들이 많다는 걸 이제는 모두 알고 있잖아. 그리고 일본에 넘어간 한국인들이 어떤 폭력들을 견디며 살아나갔는지도 다들 알고 있잖아. 그런데 어떻게 모든 것이 이렇게 반복되는 것인지 참 모르겠어서······ 그래, 나, 그때 그래서였어.

너와 함께 갔던 제주에서 말이야. 4·3 여성 피해자들을 조사하고 나서 그분들의 도움으로 70년대 바람나무집이라는 기생관광의 요지에서 일했던 사람들을 만날 수 있었을 때…… 우리는 열여덟밖에 안 된 아들과 그의 아버지가 함께 와서 여자 하나를 괴롭히듯 놀았다는 이야기를 들었었지. 당시 일본에서 기생관광을 하러 온 남성 중 상당수가 일본의 하층 노동자라는 이야기도 들었어. 오히려 일본 정치인들은 강남의 고급 호텔로 간다고 말이야. 그때 네가 그랬잖아, "언니, 인간은 귀신같이 자기보다 약한 존재를 골라내는 재주가 있는 거 같아요. 끝없이 자기들 사이에서도 급을 나누고…… 인간에게 폭력은 어쩌면 자신보다 약한 존재에게 되풀이하는 습관 같은 것일까요." 나는 그 순간 많은 것들이 내 안에서 빠져나가는 것만 같았어. 그럼에도 불구하고 살아가는 사람들의 낙관을 믿는다고 했지만, 물론 그것은 진심이지만, 순간 나는 나를 때리던 남자의 얼굴이 떠올랐고, 이윽고는 그가 어느 대학에서 교수가 되었다는 소식을, 전혀 원치 않았지만 들어야 했던 순간이 지나갔고, 요즘엔 젠더 이슈로 칼럼까지 쓴다는 이야기를 들으면서도 웃음을 잃지 않아야 했던 그런 날들이 떠올랐지. 안간힘을 썼던 나, 좋은 날들을 생각하며 살아간다던 피해자들의 미소…… 정말 솔직히, 사실 나도 이제 행복한 날이 더 많아. 그때의 일을 떠올리지 않을 때가 더 많아. 그런데도 왜였을까, 그날은 그런 마음이 들었어. 예상치 못한 순간에 떠오르는 기억에

서 진정하기 위해 나는 어디까지 도망쳐야 하나…… 내가 누구를
때린 것도 아닌데 왜 내가 이렇게 숨을 죽이며 살아가야 하는 건
가. 그러나 내가 당당히 발언을 하고 살아갈 수 있을까, 피해자들
이 발언할 때마다 관심 종자냐고 비꼬던 사람들의 모습들을 나는
봐왔는데…… 그래서 바다로 들어갔었어. 너는 그날 미끄러졌다
는 내 말을 의심 없이 믿었지. 영소야, 미안해, 나는 그 순간 더는
이 세계에서 버틸 힘이 없게 느껴졌어. 그런데 사실 바다에 빠지
는 순간 알았거든, 나는 너무나 살고 싶다는 것을…… 그리고 그
순간 떠오른 건, 너와 자자였어.

영소 네가 그랬잖아.

"언니, 나 이 아이 이름을 자자로 지으려고 해요. 잠을 자자, 할
때의 자자." 너는 그때 이미 완벽히 이해했을지도 몰라. 네가 그
랬지, "언니, 자자를 낳은 개도 비슷한 삶을 살았을 거래요. 자자
를 봐주시는 상화 선생님이 그런 말씀을 하시더라고요. '저는 이
런 번식용 개들을 보면서 우리 할머니가 떠올라요. 우리 엄마 집
이 9남매거든요. 나중엔 자신의 몸이 자신의 것이라는 생각조차
없어졌을 거예요' 하고요."

너는 그 말을 하면서 많은 생각을 삼키는 것 같았어. 나 또한 그랬
지, 내가 봐왔던 많은 자료 속 여자들이 생각났어, 그리고 그 끝엔
나도 있었고…… 그런데 이제 나는 다시는 바다에 뛰어들지도,
목을 매지도 않을 거야. 이제 난 자자를 기다리는 누군가를 알게
되었거든. 그러면서도 자자에게 항상 "자자야, 오늘은 날씨가 좋

아. 너는 무엇을 생각하니?" 물어주는 사람을 알거든, 여태까지처럼 자자에게 그저 밥을 가져다주고 딴청을 하며 기다릴 누군가를 알고 있거든. 굳이 눈을 마주치고 웃어달라 하지 않고, 억지로 목줄을 매고 산책을 시키지도 않는 누군가를 말이야.

영소야.

나는 이제 기다리려고 해. 그리고 또다시 질문하려고 해.

#봄

"영소야, 요즘에 혹시 이런 음악들 구할 수 있니?"

미자 이모는 먼저 통 연락을 하지 않는 사람인데, 그날은 먼저 문자가 와 있었다. 그러면서 내가 답을 하기도 전에 다음 문자가 도착했는데, 이소라와 이승환 1집을 구해볼 수 있느냐는 거였다. 심수봉하고 나나 무스쿠리를 좋아했던 이모의 취향이 언제 이렇게 90년대가 되었나 싶었는데 알고 보니 다른 사람에게 주려는 거였다. 이모 말로는 병실에 새로운 사람이 들어왔는데 이모보다도 어리다는 거였다. 아직 오십대인데 자꾸만 자신이 죽은 사람이라 한다고. 치매예요? 물으니 치매랑은 달라서 다른 건 멀쩡하다고 했다.

"야, 말도 마라, 영소야. 그런 병은 처음 봤다. 자기가 이미 죽었대. 의사 말하는 거 들으니 코타르 증후군인가 의심된다는데. 그 사람 이름이 박두자거든? 두자 씨 보호자도 너보다 어려 보이는 여자애야. 이모가 저를 어릴 때부터 키워줬다고 울고 하는데 마음이 영 안 좋아."

"이모 그래서 좀 챙겨주고 싶으시구나?"

"들어보니까 뭐 그렇게 어려운 일은 아니고, 네가 모레 온다고 하니까 혹시나 해서. 두자 씨가 자기 생전 좋아했던 음악이라고…… 어머, 얘 나 좀 봐. 두자 씨가 하도 생전이라고 하니까. 자기 이미 죽었으니까 생전 좋아하던 음악이래. 신승훈, 이소라, 이승환 뭐 이런 가수들."

이모는 박두자 씨가 가진 사연 또한 마음이 쓰이는 눈치였다. 이모 말에 의하면, 병원에 두자 씨가 젊은 시절 삼풍백화점 1층 명품매장에서 일하다 가까스로 빠져나왔다는 소문이 있다고 한다. 그냥 소문일 수 있어, 하면서도 이모는 말끝을 흐렸었다.

"백화점이라 80퍼센트가 여자 노동자들이었을 텐데, 그때 거기서 일하던 여자들 이야기는 들어본 기억이 없는 거야. 나도 새삼 그렇지, 싶고 그렇네."

나는 이모에게 알겠다고 말한 후 먹고 싶은 건 없느냐고 물었다. 이모는 그저 다시 한번, 그냥 다 괜찮다고 여전히 밤에 잠도 잘 자고 밥은 더 잘 먹는다고, 그런 말만 할 뿐이었다.

이모에게 음반을 가져다주기로 한 날, 도시락을 두 개 챙겼다. 하나는 버터를 조금 두르고 구운 쑥 절편과 조청을 담고 또 다른 하나에는 적당히 졸인 밤 조림을 넣었다. 설사 류스케가 내 곁에 더는 없다고 할지라도 아마 나는 매년 겨울이면 밤 조림을 생각할 거였다. 그런가 하면, 엄마가 봄이 되면 언제나 쑥을 한가득 캐와서 해주었던 것이 절편이었다. 엄마가 해준 마지막 절편은 여전히 냉동고 깊숙한 곳에 자리 잡고 있었다. 차마 버리지 못한 것이다. '영소 너는 꼭 너 먹고 싶은 것만 해 먹어, 자신을 위한 음식이 보양식이야.' 늘 그렇게 당부하던 엄마가 유일하게 자신을 위해 한 음식이 바로 쑥 절편이기도 했었다. 물론 내가 좋아하지 않았다면 엄마는 그마저 하지 않았을지도 모르겠다. 엄마가 말한 자신을 위한 것에는 '자신이 좋아하는 사람이 좋아하는 것'도 포함되어 있었겠지. 나는 엄마의 그 말을 떠올리며 두 개의 도시락을 잘 챙겨넣었다.

도시락을 들고 집을 나서던 나는 문득 거실 한구석에서 느릿하게 일어서는 자자를 바라보았다. 자자는 천천히 내게 다가와 섰고, 나는 자자의 머리를 한 번 쓰다듬어주었다.

나는 그렇게 다시 이모에게 향하게 되었다. 이모는 이번엔 무슨 이야기를 해줄까? 아니, 아무런 말도 하지 않을 수도 있을 것이다. 이것도, 저것도 모든 게 다 괜찮다. 이렇게 다시.

계절이 시작되고 있었다.

🖥 바통 05

관종이란 말이 좀 그렇죠

1판 1쇄 발행 2022년 5월 17일

지은이 · 김홍 서이제 손원평 이서수 임선우 장진영 장희원 한정현
펴낸이 · 주연선

(주)은행나무
04035 서울특별시 마포구 양화로11길 54
전화 · 02)3143-0651~3 ｜ 팩스 · 02)3143-0654
신고번호 · 제 1997—000168호(1997. 12. 12)
www.ehbook.co.kr
ehbook@ehbook.co.kr

ISBN 979-11-6737-170-6 (03810)